Der Schattenbringer

Marcus Hünnebeck

DER SCHATTEN BRINGER

Thriller

BE
Belle Époque Verlag

Marcus Hünnebeck

www.huennebeck.eu
www.facebook.com/MarcusHuennebeck

Copyright: © 2020 Marcus Hünnebeck

Alle in diesem Buch geschilderten Handlungen und Personen sind frei erfunden. Ähnlichkeiten mit lebenden oder verstorbenen Personen wären zufällig und nicht beabsichtigt.

Lizenzausgabe des Belle Époque Verlags, Dettenhausen, mit freundlicher Genehmigung des Autors.

Lektorat: Ruggero Leò
Korrektorat: Kirsten Wendt
Innenlayout und Schriftsatz: Hans-Jürgen Maurer
Covergestaltung: © Artwize;
Im Cover Design werden folgende Bilder verwendet:
depositphotos:
https://depositphotos.com/60080773/stock-photo-fashion-blond-woman-with-trendy.html
pexels.com Cc-zero Bild – Hand Silhouette von:
https://www.pexels.com/photo/silhouette-of-left-human-hand-673700/

Herstellung: Custom Printing, Warszawa, Polen

ISBN: 978-3-96357-150-3

1

Der Mann tippte aufs Display und startete das Video, das Matze Birker am Morgen hochgeladen hatte. »Einmaliges Sonderangebot, soso.« Birker lächelte höhnisch in die Kamera. »Wer erklärt meiner lieben Freundin Josefine die Bedeutung von *einmalig*? Wir haben November, und ich habe mich durch ihre Storys der vergangenen sechs Monate gequält. Für die von ihr beworbene Sporthose hat sie seit letztem Sommer sechsmal Werbung gemacht. Immer mit einem zwanzigprozentigen Rabatt.« Er verdrehte die Augen. »Du miese Lügnerin! Warum erlaubst du dir das? Wie viel Geld überweist dir die Firma, die ihre minderwertigen Klamotten in Bangladesch herstellen lässt, wahrscheinlich durch Kinderarbeit? Ist es das wert?« Birker wurde immer lauter. »Ist es das wirklich wert? Nein! Ist es nicht! Ich wende mich an all die Influencerinnen da draußen. Hört auf damit! Ihr habt eine Verantwortung gegenüber den Menschen, die sich jeden Tag eure Storys ansehen. Stoppt den Mist! Junge Leute glauben euch, was ihr vor der Kamera preisgebt. Wenn ihr Werbung für Müll macht, geben eure Fans am Ende Geld für Müll aus, statt nachhaltig zu konsumieren. In Zeiten wie diesen können wir uns das alle nicht mehr erlauben. Der Planet geht auf dem Zahnfleisch, und ihr bewerbt Produkte, die nach einmaligem Tragen auf einem wachsenden Müllberg landen. Josefine, ich bitte dich. Mir ist klar, dass du letztlich ein armes Ding bist. Du hast deinen Job geschmissen, als du kapiert hast, dass du mit deinem hübschen Gesicht Geld verdienen kannst. Bevor du Schrott bewirbst, solltest du lieber Pornos drehen. Oder Erotikfotos von dir verkaufen. Das wäre viel ehrlicher. Dann würde jeder sehen, wie wichtig dir dein Kontostand ist. Und ja, wir wissen dank deiner Storys alle, welcher kleine Kerl die Hauptrolle in deinem Leben spielt. Die Trennung von deinem Ehemann und Vater deines Kindes macht dir schwer zu schaffen. Trotzdem ist da draußen bestimmt irgendwer, den du lieben darfst. Konzentrier dich darauf, diesen Mann zu finden, statt weiter den Mist …«

Der Mann tippte aufs Handydisplay und stoppte Birkers Video. Die letzten Sekunden gefielen ihm so gut, dass er sie noch einmal sehen wollte. Also schob er den Videoregler ein Stück zurück und drückte wieder auf Play.

Birkers Vorschlag, Josefine solle lieber Pornos drehen, gefiel ihm. Er wäre sogar bereit gewesen, für einen solchen Film Geld zu bezahlen. Doch Josefine hatte ihre eigene Art gefunden, darauf zu antworten.

Er stoppte Birkers Beitrag und wechselte zu Josefines Profil. Die langhaarige, blonde Frau hatte sich für ihr Video an die Küchentheke gestellt. Sie trug die von ihr beworbene Sporthose, kombiniert mit einem knappen Top, das ihren durchtrainierten Bauch zeigte. Ihr Aufzug war ganz bestimmt kein Zufall.

Er drückte den Startknopf.

»Matze Birker, wie tief willst du armes Würstchen eigentlich noch sinken? Schlägst du der Mutter eines fünfjährigen Jungen ernsthaft vor, Pornofilme zu drehen? Du bist so abartig! Trotzdem frage ich mich, wieso mich das bei dir überhaupt überrascht. Wenn man sich deine *Karriere* ansieht, hast du für Geld wirklich alles getan. Du bist zum dritten Mal verheiratet. Eine deiner Ehen hat hundertachtzig Tage gehalten. In den ersten beiden Fällen hast du Frauen vor den Traualtar geschleppt, von denen du medial profitiert hast. Du hast dir mit einem ehemaligen Fußballer öffentlichkeitswirksamen Streit geliefert, bis euch ein Sender gemeinsam eine Abendshow gegeben hat. Erinnerst du dich an die Kostüme, die du in der Show getragen hast? Die Fellohrmütze? Den borat-mäßigen Badeanzug, der nicht mal ansatzweise deinen schwabbligen Bauch bedeckt hat? So etwas würde ich für keine Bezahlung der Welt in der Öffentlichkeit anziehen. Und jetzt, da dein Stern wieder einmal sinkt, greifst du Influencerinnen wie mich an. Ich trage die Hose, die du als Müll bezeichnest, bei vielen Sporteinheiten. Denn sie ist bequem und atmungsaktiv. Jemand wie du, dem man ansieht, dass seine einzige sportliche Betätigung das Öffnen von Chipstüten ist, wird das nicht verstehen. Lass mich einfach in Ruhe, du widerst mich an.«

Nach diesem Wutausbruch endete das Video. Genüsslich las er einige Kommentare. Die meisten unterstützten Birkers Position. Der Mann war ein echter Promi mit entsprechend vielen Followern. Josefine folgten zwar auch mehrere tausend Menschen, doch im Vergleich zu Matze Birker war sie ein kleines Licht. Viele Kommentatoren nutzten die Anonymität des Internets, um ihr Konsequenzen anzudrohen.

Birker hatte sich bestimmt über dieses Video geärgert. Besonders der Vorwurf, aus Berechnung geheiratet zu haben, ging deutlich zu weit. So sahen das auch die Internetnutzer. Auf der Seite des Promis waren die Reaktionen ähnlich, allerdings in anderer Größenordnung: Über zweitausend Kommentare, die meisten davon lobten Birker für seinen Mut, den Kampf gegen die Influencerinnen aufzunehmen, die ihren Fans unnütze Produkte empfahlen.

Wie sehr würden diese Leute wohl den Verlauf der nächsten Stunden gutheißen?

Er drückte den Ausschaltknopf des Handys und bestätigte seine Auswahl. Das Gerät fuhr herunter, und er legte es ins Handschuhfach seines Autos. Es war halb zwei in der Nacht. Die kleine Seitenstraße, in der Josefine mit ihrem Sohn in einem gemieteten Einfamilienhaus wohnte, war völlig ruhig. Seit seiner Ankunft vor einer Stunde hatte sich hier nichts getan. Obwohl es Samstagabend war, schienen alle Anwohner brav in ihren Betten zu liegen.

In dem kubisch gebauten Gebäude brannte kein Licht. Wie konnte sich Josefine ein solches Haus nach der Scheidung leisten? Nahm sie mit ihrer Werbung wirklich so viel Geld ein? Oder lebte sie auf Kosten des Ex-Ehemanns? Dank der Informationen, die Josefine so bereitwillig teilte, kannte die Öffentlichkeit den Ablauf der Trennung sehr genau. Vor einem Jahr hatte sich ihr Ehemann in eine Arbeitskollegin verliebt und die bereits kriselnde Ehe beendet. Der Scheidungstermin stand in wenigen Wochen an. Ob sich der arme Kerl an den Kosten für das Haus beteiligen musste? Vermutlich! Frauen zogen Männer bei Scheidungen regelmäßig über den Tisch. Daran änderten auch die neuen Gesetze nichts, die in den vergangenen Jahren zumindest ein paar Verbesserungen zugunsten der Männer angestoßen hatten.

Aus dem Seitenfach der Tür nahm er die Wollmaske, die er in den nächsten Stunden tragen würde. Sollte die Sache eine ungeplante Wendung nehmen, durfte Josefine unter keinen Umständen sein Gesicht zu sehen bekommen. Egal, wie sehr er unter der Maske schwitzen würde. Außerdem konnte er nicht wissen, ob ein Nachbar sein Grundstück mit einer Videokamera überwachte und eventuell einen zu großen Aufnahmewinkel eingestellt hatte.

Er stieg aus und drückte leise die Fahrertür zu. Aus dem Kofferraum nahm er das Stemmeisen, mit dem er die Terrassentür aufhebeln würde. Dank der vielen Geschichten aus Josefines Leben erwarteten ihn vermutlich keine unangenehmen Überraschungen. Sie verdunkelte die Räume mit schweren Vorhängen. Die Fenster wiesen keine Außenrollläden auf. Der Vorhang würde sogar den Lärm dämpfen, den er mit seinem Stemmeisen erzeugen würde. Doch darum machte er sich ohnehin keine Gedanken. Josefine warb regelmäßig für eine Kombination aus Schlafmaske und Ohrstöpsel, die sie selbst zu benutzen schien. Falls das stimmte, würde sie sein Eindringen erst bemerken, wenn er bereits in ihrem Schlafzimmer wäre. Er schulterte den kleinen Rucksack, in dem eine Rolle Panzerband, eine Taschenlampe und ein Jagdmesser steckten.

Er ging auf das Haus zu. Als er noch fünf Meter entfernt war, aktivierte ein Bewegungsmelder eine Lampe. Unwillkürlich zuckte er zusammen, obwohl er gewusst hatte, dass diese Geräte an verschiedenen Stellen des Gebäudes hingen. Seelenruhig umrundete er das Haus. Josefine würde nichts davon mitbekommen. Die Gefahr, einen Nachbarn durch die Lichtquelle zu wecken, erschien ihm unerheblich. Er näherte sich der gefliesten Terrasse, an der nun ebenfalls eine Lampe ansprang. Das Licht würde ihm die Arbeit sogar erleichtern, denn so konnte er genau erkennen, wo er ansetzen musste.

Mit aller Kraft stemmte er sich gegen das Brecheisen. Mit lautem Knirschen sprang die Tür auf. Er schob sie beiseite, huschte hinter den dunkelbraunen Vorhang und verschloss sie wieder. Als ihn der schwere Stoff vor neugierigen Blicken schützte, aber gleichzeitig das Licht des Bewegungsmelders absorbierte, schaltete er die Taschenlampe ein. Er stand in einem großen Wohnzimmer, in dem eine weiße Ledersitzlandschaft den Raum dominierte. Von einem Teil der Couch hatte man die perfekte Sicht auf den Gaskamin. Auch der Rest des Zimmers wirkte gemütlich. Mehrere Bilder hingen an den Wänden, die farblich harmonierten, da sie Meeresimpressionen zeigten. An den Fernseher war eine Spielekonsole angeschlossen. Zwei Berberteppiche rundeten den Gesamteindruck ab. Das alles kannte er schon aus Josefines Storys.

Er stellte sich auf einen der flauschigen Teppiche und zog seine Schuhe und Socken aus. Er öffnete die dicke Winterjacke, streifte sie ab und ließ sie achtlos fallen. Ebenso verfuhr er mit Pullover und T-Shirt. Das fühlte sich gut und richtig an. Hier war er wie zu Hause. Genau so würde er sich gleich aufführen. Wie ein Ehemann, der zu seiner hübschen Frau ins Bett stieg. Er zog die Jeans und seine Unterhose aus.

Da Josefine ihr gesamtes Leben in der Öffentlichkeit ausbreitete, hatte sie ihren Fans nach dem Einzug eine so genannte Roomtour geboten. Mit dem Handy war sie von Raum zu Raum gegangen. Deswegen wusste er, in welchem Zimmer sie schlief. Er nahm das Messer und das Panzerband auf. Langsam ging er auf das Schlafzimmer zu, dessen Tür geschlossen war. Er atmete zweimal tief durch, bevor er die Klinke hinunterdrückte. Dieses Gefühl der Vorfreude würde er nie vergessen. Zukünftige Wiederholungen würden wahrscheinlich nicht mehr dieselbe Intensität erreichen.

Um eine Hand frei zu haben, klemmte er sich die Taschenlampe zwischen die Lippen. Dann betrat er den Raum. Der matte Lichtschein erfasste Josefines Umriss, der sich unter der weißen Bettdecke abzeichnete. Wie erwartet, trug sie eine Schlafmaske. In dieser Hinsicht log sie ihre Follower also nicht an.

Das Bett kannte er aus ihren Videos. Eine Einzelanfertigung aus Holz, zwei Meter breit. Sie hatte sowohl für den Bettenhersteller als auch für die Matratze geworben. Mit keinem Wort war sie in den Filmen auf das Kopfteil eingegangen, das aus drei miteinander verbundenen Holzstangen bestand. Für ihn bestand kein Zweifel, warum sie eine solche Konstruktion bevorzugte. Er hätte jede Wette abgeschlossen, dass sie beim Sex auf Fesselspiele abfuhr. Den Wunsch könnte er ihr erfüllen.

Noch einmal atmete er durch. Sobald er sie bei den Armen packte, würde sie erwachen. Also musste er schnell sein. Danach könnte er sich den Rest der Nacht Zeit lassen. Im Morgengrauen zu verschwinden würde vollkommen ausreichen.

Er löste ein Stück des Panzerbands von der Rolle. Dann sprang er aufs Bett und griff nach ihren Armen. Sie erwachte und schrie los. Bevor sie sich zur Wehr setzen konnte, hatte er ihre Hände bereits an das Holzgitter fixiert. Noch immer schrie sie und versuchte, sich mit aller Kraft zu befreien. Er verpasste ihr eine brutale Ohrfeige. Dann riss er ihr die Schlafmaske von den Augen.

»Sei leise!«, zischte er. Er pulte ihr die gelben Ohrstöpsel heraus. »Sei leise! Wenn du dich wehrst, wirst du das bereuen.« Um seinen Worten Nachdruck zu verleihen, schlug er ihr erneut ins Gesicht.

Josefine jammerte. »Mein Sohn ist im Nebenzimmer. Bitte, tun Sie …«

Wieder schlug er zu. Dann hielt er ihr die Messerklinge an die Wange. »Lüg mich nicht an. Ich verfolge deine Storys. Der kleine Leonardo schläft dieses Wochenende bei seinem Vater. Du erwartest ihn morgen um vierzehn Uhr zurück.«

»Was wollen Sie?«, flüsterte Josefine.

»Das ist eine vernünftige Frage. Die ganz leicht zu beantworten ist. Du wirst mich in den nächsten Stunden lieben.«

Schockiert verzog sie das Gesicht.

»Wenn du es richtig machst, überlebst du die Nacht. Deswegen trage ich die Maske. Du kannst mich nicht identifizieren. Falls du mir allerdings keine überzeugende Show bietest, muss ich dich bestrafen. Und wenn du versuchst, mir wehzutun, werde ich dich eiskalt abstechen. Verstehst du das?«

»Tun Sie mir nichts«, bat sie.

»Kapierst du meine Bedingungen?«

Sie nickte leicht.

»Wundervoll. Ich wusste, du bist klug genug. Bestimmt willst du nachher deinen Sohn in die Arme schließen.«

»Ja. Bitte. Das will ich.«

Er rutschte ein Stück zur Seite und schlug die Bettdecke auf. Josefine war eine Nacktschläferin. Ihr Anblick steigerte sein Verlangen.

»Wir küssen uns jetzt«, sagte er. »Mal gucken, wie gut du darin bist. Denk an meine Warnung. Ich will nicht das Gefühl haben, dass es dich anwidert. Das Messer ist so nah an deinem Gesicht, dass ich sonst versehentlich zustechen könnte.« Sein von der Maske unbedeckter Mund näherte sich ihren Lippen. »Wehe, du bleibst passiv.«

Sie gehorchte. Ihre Lippen spitzten sich leicht, bevor sie

sich küssten. Ein Schauder fuhr ihm durch den Körper. Josefine war zurückhaltend, aber verkrampfte nicht. Als er ihr jedoch seine Zunge zwischen die Lippen schob, presste sie den Mund zusammen. Kurz darauf schmeckte er ihre Tränen.

Er richtete sich leicht auf und lächelte.

»Diesen Widerstand will ich dir verzeihen. Aber das bleibt eine einmalige Ausnahme.«

Er kniff ihr in die Brustwarze, ehe er den Busen sanft streichelte.

»Du bist meine Traumfrau«, sagte er leise. »Seit ich das erste Video mit dir gesehen habe, bin ich in dich verliebt.« Er seufzte. »Wirst du mich auch lieben? Oder willst du eher sterben?«

Josefine schloss die Augen. »Ich werde Sie lieben.«

»Wunderbar. Ich bin sehr gespannt. Zuerst löse ich deine Hände vom Bett. Da du Rechtshänderin bist, fixiere ich anschließend deine linke Hand neu. Aufmüpfigkeit kann ich nicht dulden. Wenn du auf dumme Gedanken kommst, steche ich zu. Verstanden?«

Sie nickte. Er schaute ihr in die Augen und sah keinen Kampfgeist darin. Mit einer Hand umklammerte er ihre Kehle, während er das Band mit dem Messer zerschnitt. Nun kam der kritische Teil. Zu seiner großen Erleichterung schien sie ihr Schicksal zu akzeptieren. Rasch fixierte er ihre Linke wieder am Holzgestell. Dann legte er sich neben sie.

»Streichle mich«, flüsterte er ihr ins Ohr. »Zärtlich und leidenschaftlich zugleich. Deine Fähigkeit, mich zu lieben, rettet dir dein Leben. Oder willst du sterben?«

»Nein.«

»Du hast es selbst in der Hand.« Er grinste wegen des Wortspiels. »Los jetzt!«

Sekunden später spürte er ihre Finger. Am liebsten hätte er die Augen geschlossen, um die nächsten Minuten zu genießen. Es fühlte sich so gut an. Leider konnte er ihr nicht vertrauen. Sobald sie den Eindruck hätte, dass seine Aufmerksamkeit nachließe, würde sie Widerstand leisten.

»Du bist so begabt«, stöhnte er ihr ins Ohr. »Mach weiter! Je besser du dich anstellst, desto schneller ist es vorbei.«

* * *

Er hockte mit gespreizten Beinen auf ihrer Brust.

»Oh Gott, warst du gut.« Er streichelte mit der freien Hand ihr Gesicht, bevor er einen kurzen Seitenblick riskierte. Auf ihrem Nachttisch stand eine halb volle Flasche Wasser.

»Jetzt bist du bestimmt durstig.« Er schwang seine Beine vom Bett und stellte sich neben sie. Dann öffnete er die Wasserflasche, die er ihr in die rechte Hand drückte. »Trink und spül deinen Mund aus. Wenn wir uns gleich zum Abschied küssen, sollst du frisch riechen.«

Sie befolgte auch diesen Befehl. Ihr Kampfgeist war längst erloschen. Der Mut, den sie bei ihren an Birker gerichteten Videos gezeigt hatte, hatte sich verflüchtigt. An ihrer Stelle hätte er anders reagiert.

Sie hielt ihm die Flasche mit dem restlichen Wasser hin.

»Erschreck dich nicht, aber da du zu den Bullen gehen wirst, sollen sie keine Spuren an dir finden.« Er schüttete ihr das Wasser über den Mund und wischte es ab.

»Jetzt hast du es geschafft. Von einer Sache abgesehen. Leider bin ich nicht so reich wie du.«

»Ich bin nicht reich«, widersprach sie leise.

»Ich weiß über den Safe Bescheid. Ist er verschlossen?«

Sie nickte.

»Wie lautet die Kombination?«

»Siebzehn, neunundvierzig, dreißig.«

»Du weißt, wie ich darauf reagiere, falls du mich anlügst?«

»Ich lüge nicht.«

»Sobald ich dir gleich aus dem Wohnzimmer einen Abschiedsgruß zurufe, kannst du anfangen, deine Hand zu befreien. Nicht eher! Das wird nicht länger als eine Viertelstunde dauern. Danach kannst du meinetwegen die Bullen rufen. Danke für die gemeinsame Zeit, so kurz sie auch war. Es war toll, deine Liebe zu spüren. Lass mich dein schönes Gesicht noch einmal streicheln.«

Er berührte ihre Wange. Inzwischen zuckte sie nicht einmal mehr zusammen. Blitzschnell hob er die Messerhand und stach ihr in den Hals. Blut spritzte hervor und besudelte ihn. Der größte Teil ihres Lebenssaftes verteilte sich auf der weißen Bettwäsche. Er stach erneut zu.

»Ich hätte an deiner Stelle zugebissen, als du die Gelegenheit dazu hattest«, rief er hämisch.

Ob sie ihn noch hörte?

Mit voller Wucht rammte er ihr das Messer in die Brust.

2

Timo Christensen stellte den Wagen am Straßenrand ab. Es war Viertel nach zwei. Seine Ex Josefine hatte zu seiner Überraschung überhaupt nicht reagiert, als er ihr seine viertelstündige Verspätung angekündigt hatte. Offenbar hatte sie eine wilde Nacht hinter sich, denn sie hatte den ganzen Sonntag noch nichts aus ihrem Leben mit der Öffentlichkeit geteilt. Absolut ungewöhnlich für sie.

Es missfiel ihm sehr, wie sich Josefine in den letzten fünf Jahren entwickelt hatte. Erst als Schwangere hatte sie sich zu einer Karriere als Influencerin entschieden. Weil sie bei ihren Beiträgen den Geschmack der Leute traf, war die Anzahl ihrer Fans schnell gewachsen, und nach ein paar Monaten trudelten Werbeangebote ein. Ob ihre Ehe länger gehalten hätte, wenn sie diesen Weg nicht eingeschlagen hätte? Timo wusste es nicht. Sie hatten bereits den Schritt vom kinderlosen Paar zur Elternschaft nicht sonderlich gut gemeistert. Vielleicht hätte er sich auch ohne Josefines Drang, jede Nichtigkeit im Internet zu teilen, in seine Arbeitskollegin verliebt. Trotzdem gab es eine geringe Chance, dass alles hätte anders kommen können. Von dem Stress der letzten Wochen mal ganz abgesehen. Auch den hätte sich seine Ex ersparen können.

»Schaffst du es allein, dich abzuschnallen, Leo?«, fragte er.

»Klar«, antwortete der Junge stolz. Er hatte vor einiger Zeit gelernt, den Gurt des Kindersitzes selbstständig zu öffnen, und freute sich jedes Mal, wenn ihm seine Eltern das erlaubten.

Timo stieg aus, eilte um das Auto herum und hob seinen Sohn aus dem SUV. Hand in Hand gingen sie auf das Haus zu. Im Gegensatz zu den letzten Malen wartete Josefine nicht an der Haustür. Ob sie einen neuen Kerl kennengelernt und mit nach Hause genommen hatte? Mit ihm sogar noch im Bett lag? Das würde zwar die bevorstehende Scheidung deutlich erleichtern, trotzdem fände es Timo unverantwortlich, wenn Leonardo unvorbereitet auf einen Unbekannten stoßen würde.

Timo klingelte. Keine Reaktion. Das durfte einfach nicht wahr sein! Er malte sich aus, wie Josefine gerade panisch ihren neuen Lover im Ankleidezimmer versteckte. Er klingelte erneut.

»Ist Mama nicht da?«, wunderte sich Leo.

»Vielleicht steht sie unter der Dusche. Hat sie dir einen Schlüssel mitgegeben?«

Der Junge zuckte die Schultern.

Obwohl Timo ahnte, dass es vergebens sein würde, durchwühlte er den Rucksack seines Sohnes nach einem Haustürschlüssel. Dann klingelte er erneut und klopfte an die Tür. Da das nichts brachte, wählte er Josefines Handynummer. Das Freizeichen ertönte, nach dreißig Sekunden landete er auf der Mailbox.

»Hi, Josefine. Wo bist du? Leo und ich stehen vor der Haustür. Meld dich bitte.«

»Mir ist kalt«, jammerte Leo.

Timo schloss ihm den Reißverschluss des Winteranoraks.

»Gehen wir mal hinten herum«, schlug er vor. »Vielleicht erkennen wir etwas durch die Terrassentür.«

Auf der Rückseite des Hauses bemerkte Timo sofort die zugezogenen Vorhänge. Dann registrierte er das zersplitterte Holz der Tür. Sein Groll gegen Josefine verblasste und wich einer unguten Vorahnung. Er dachte an die Drohungen, die seine Ex in den letzten Wochen erhalten hatte. Anderen Influencern, die sich mit Birker angelegt hatten, erging es ähnlich. Bei manchen waren schon Autoreifen zerstochen oder der Lack zerkratzt worden.

»Mir ist kalt. Ich will in mein Zimmer.«

»Jetzt bringe ich dich erst mal zurück in den Wagen. Da ist es wärmer.«

Fieberhaft dachte Timo nach. Von Josefine gab es seit gestern Abend kein Lebenszeichen. Die Einbruchspuren an der Terrassentür waren unverkennbar. Was sollte er tun? Mit Leo ins Haus gehen? Oder lieber die Polizei anrufen, selbst wenn es sich um falschen Alarm handelte?

Er setzte seinen Sohn zurück in den Wagen und öffnete ihm wieder den Reißverschluss.

»Ich muss mal eben telefonieren. Warte hier drinnen.«

Timo trat ein paar Schritte vom Auto weg, bevor er den Notruf der Polizei wählte.

* * *

»Sie haben genau richtig reagiert«, lobte Oberkommissarin Miriam Decking vom LKA Hamburg Timo Christensen.

Der Angesprochene nickte kaum merklich. »Wenn Leo seine Mutter so gesehen hätte. Nicht vorzustellen!« Er schloss die Augen.

Innerhalb von zehn Minuten nach dem Notruf war eine Streifenwagenbesatzung eingetroffen und hatte sich im Haus umgesehen. Die Leiche der Frau im Schlafzimmer war bereits erkaltet gewesen, die Tat offenbar irgendwann in der Nacht begangen worden. Christensen hatte seine Lebensgefährtin kontaktiert, die zusammen mit ihrem eigenen Kind Leonardo abgeholt hatte. In der Zwischenzeit waren Miriam Decking und ihr Partner Hauptkommissar Dorfer am Tatort eingetroffen. Decking hatte das Gespräch mit Christensen übernommen.

»Wie soll ich Leo das erklären? Ich habe vorhin so getan, als würde seine Mutter nur einen Arzt brauchen. Wenn ich nach Hause komme, will er sicher sofort wissen, ob es ihr gut geht.«

»Das ist schrecklich.« Decking seufzte. »Sie leben mit einer anderen Frau zusammen?«

»Ich bin vor einem knappen Jahr zu meiner Lebensgefährtin gezogen.«

»Wie heißt sie mit vollem Namen?«

»Katharina Johst. Wir sind Arbeitskollegen. Haben uns bei der Arbeit ineinander verliebt. Sie hat einen sechsjährigen Sohn. Mikkel. Leo und Mikkel verstehen sich wie Brüder.«

»Können Sie Leo dauerhaft bei sich aufnehmen?«

»Ja. Natürlich.«

Decking lächelte. »Das wird Ihrem Sohn vieles erleichtern.«

»Auch wenn ich mir nicht vorstellen will, wie wir das alles organisieren sollen. Mikkel geht jeden Tag bis sechzehn Uhr zur Schule. Josefine hat Leo immer um eins aus der Kita abgeholt.«

»Hatten Sie und Ihre Ex Streit?«

»Im üblichen Rahmen einer Scheidung. Sie wirft mir vor, die Ehe zerstört zu haben. Auf Katharina ist sie nicht gut zu sprechen. Der Scheidungstermin wäre in ein paar

Wochen gewesen. Aber wir haben nie …« Er schaute zum Haus. »Das da hätte ich nie …« Er presste die Lippen zusammen.

»Ich glaube Ihnen«, sagte Decking. »Trotzdem muss ich Sie fragen. Wo waren Sie gestern Nacht?«

»Katharina und ich waren das ganze Wochenende zusammen. Samstag hat sie mit den Jungs Weihnachtsplätzchen gebacken. Abends haben wir einen Film geguckt. Mikkel ist um drei Uhr nachts aus einem Albtraum hochgeschreckt, da waren wir beide wach. Und heute Morgen waren wir alle zusammen im Kino. Wollen Sie wissen, wer der Täter ist? Zumindest der geistige Brandstifter?«

Überrascht schaute Decking ihn an. »Reden Sie weiter!«

»Matze Birker.«

»Der Promi? Dieser Comedian?«

»Genau der.«

»Wie kommen Sie auf ihn?«

»Josefine bezeichnet sich selbst als Influencerin. Sie verdient ihren Lebensunterhalt mit Werbung in den sozialen Medien. Außerdem bezieht sie Kindergeld und meinen Unterhalt. Seit einigen Wochen führt dieser Mistkerl einen Kleinkrieg gegen Frauen wie Josefine. Fast alle werden seitdem bedroht. Bei manchen wurden die Autos beschädigt. Aber vielleicht war das dem einen oder anderen zu wenig. Vielleicht wollte er …« Ihm traten Tränen in die Augen. »Tschuldigung.« Rasch wischte er sie weg. »Das hat Jo nicht verdient. Niemand hat das verdient.«

Decking ließ es sich zwar nicht anmerken, doch sie wusste, von welcher Auseinandersetzung Christensen redete. In ihrer Freizeit schaute sie gern ein paar Minuten am Tag in die sozialen Medien. So war sie auf die Berichterstattung über Birkers scheinheiligen Kreuzzug gegen Frauen gestoßen, die Werbung für die unterschiedlichsten Produkte machten. Da auch Birker früher für Werbekampagnen gebucht worden war, kam ihr das verlogen vor. Er hatte sich schwache Gegner ausgesucht und es dadurch geschafft, wieder ins Gespräch der Öffentlichkeit zu kommen. Ohne Rücksicht auf Verluste. Ob einer von Birkers Unterstützern wirklich so weit gehen würde?

Vorläufig erschien ihr eine andere Theorie plausibler.

»Ihre Ehefrau hat einen Safe genutzt. Wissen Sie, was Sie darin gelagert hat?«

»Ihren Schmuck. Sie liebt teure Armbanduhren und Ketten. Außerdem hat sie ein Dutzend Goldmünzen in unsere Ehe mitgebracht. Krügerrand. Für schlechte Zeiten. Ist der Safe aufgebrochen?«

»Er wurde geleert. Ja. Allerdings kannte der Dieb die Kombination.«

»Was bedeutet das?«

»Genau das müssen wir herausfinden. Wie lautet der Name, den Ihre Ex in den sozialen Medien benutzt? Ich will mir ihr Profil in Ruhe ansehen.«

»Jolestag. Sie hat damit erst in der Schwangerschaft angefangen. Der Name setzt sich aus den beiden ersten Buchstaben ihres und Leos Vornamen zusammen.«

»Sie klingen so, als wären Sie damit nicht einverstanden gewesen.«

Er nickte. »Was sie davon hatte, sieht man doch jetzt.«

Nach dem Gespräch mit dem Noch-Ehemann, der nun als Witwer dastand, ging Miriam Decking zu ihrem Partner Bastian Dorfer.

»Die Leiche weist keine vaginalen oder analen Penetrationsspuren auf«, erklärte Dorfer. »Dafür haben die Rechtsmediziner leichte Einrisse an den Mundwinkeln aufgespürt. Sie vermuten, der Täter hat Frau Christensen oral vergewaltigt. Eventuell musste sie ihn auch mit der Hand befriedigen. Zwei der drei Stiche waren tödlich. Das Ganze ist zu einem Zeitpunkt zwischen Mitternacht und sieben Uhr morgens passiert. Eine genauere Zeitangabe ermöglicht die Obduktion. Neben dem Inhalt des Safes fehlen offenbar weitere Wertgegenstände. Zumindest haben wir in der Kameratasche keine Kamera gefunden.«

»Der Ehemann hat ausgesagt, was sie in dem Safe aufbewahrte. Teuren Schmuck und Goldmünzen.«

»Sieht für mich aus, als habe ein Dieb eine Gelegenheit gesehen und sie ausgenutzt.«

»Das wäre eine Möglichkeit. Herr Christensen hat mir aber noch mehr interessante Details genannt. Seine Ex arbeitet als Influencerin. Sie lässt ihre Fans beziehungsweise Follower intensiv an ihrem Leben teilhaben. So könnte ein Dieb darauf aufmerksam geworden sein, dass es bei ihr etwas zu holen gibt.«

»Klingt für mich plausibel. Er bricht bei ihr ein und sieht eine attraktive, junge Frau schutzlos in ihrem Bett liegen. Da er die Kombination des Safes herausfinden muss, fesselt er sie. Ihn überkommt sein Trieb, er vergewaltigt sie. Damit sie ihn nicht identifizieren kann, tötet er sie anschließend. Aber zunächst muss sie ihm die Zugangsdaten verraten. Dann räumt er in aller Seelenruhe den Safe aus und verschwindet wieder.«

»So könnte es gewesen sein«, bestätigte Decking.

»Wie lautet deine Theorie?«

»Bislang habe ich keine. Aber das Opfer war im Internet zur Zielscheibe von Matze Birker geworden.«

»Gibt's den überhaupt noch? Den habe ich im Fernsehen ewig nicht mehr gesehen.«

»Weil er inzwischen viel im Internet unterwegs ist. Seit Wochen berichten die Boulevardmedien über einen Kleinkrieg, den Birker mit Frauen wie Christensen angezettelt hat. Er profitiert enorm davon. Erst letztens habe ich irgendwo gelesen, Birker sei in Verhandlungen für eine Late-Night-Show bei einem Privatsender.« Ausführlich berichtete Decking, was sie über den Schlagabtausch zwischen Birker und Christensen wusste.

»So ein Aas. Trotzdem kann ich mir nicht vorstellen, dass einer seiner Fans so weit gehen würde.«

»Warum nicht?«, fragte Decking. »Birker bietet dem Täter die moralische Rechtfertigung. Er kennt die Frau aus ihren Videos und weiß um ihre Attraktivität. Vielleicht ahnte er sogar, dass er bei ihr gute Beute machen kann. Gründe genug für einen solchen Tathergang. Birker lebt übrigens in Hamburg. Ich meine, irgendwo in Harvestehude.«

»Was du alles weißt.«

3

Am frühen Sonntagabend fuhren Decking und Dorfer zu der Villa, in der Matze Birker lebte. Das Grundstück war mit einer mannshohen Mauer umzäunt. Ein Metallgitter sperrte die Zufahrt ab.

»Wie kann er sich das leisten?«, raunte Dorfer. »War der nicht vor Jahren insolvent?«

»Wahrscheinlich lebt er zur Miete«, vermutete Decking.

»Umso schlimmer. In dieser Lage unweit der Alster und bei der Größe zahlst du bestimmt neuntausend Euro kalt.«

»Finden Promis nicht immer einen Weg für ihren luxuriösen Lebensstil?« Decking drückte die Klingel, über der ein Videoauge angebracht war. Sekunden später erklang eine weibliche Stimme.

»Was wünschen Sie?«

»Oberkommissarin Decking und Hauptkommissar Dorfer vom LKA Hamburg. Lassen Sie uns bitte herein«, sagte Decking.

»Polizei?«

»So ist es.«

Kurz darauf erklang der Türöffner. Decking drückte das Tor auf. Zur Haustür waren es noch rund fünfzig Meter. Auf dem Weg dorthin am Wegesrand leuchteten vier Lampen mit Bewegungssensoren auf.

Die Tür öffnete sich. Decking hatte eine Auszeit im Präsidium genutzt, um sich über Matze Birker zu informieren. Im Mittelpunkt ihres Interesses stand dabei die Auseinandersetzung zwischen dem Prominenten und den Influencern. Zusätzlich hatte sie sich über Birkers Privatleben erkundigt. Die Frau, die ihnen öffnete, war seine dritte Ehefrau Conny. Die beiden waren seit zwei Jahren verheiratet. Im Gegensatz zu den früheren Gattinen war Conny Birker, ehemals Spandau, weder Model noch prominent gewesen. Die blonde Frau stammte aus gut situierten Verhältnissen und hatte für Birker ihren ersten Ehemann verlassen. Dass sie Geld mit in die Ehe gebracht hatte, war ein offenes Geheimnis. Matze Birker hatte sich mit dem dritten Jawort finanziell saniert.

Decking und Dorfer präsentierten der angespannt wirkenden Frau ihre Dienstausweise.

»Ist Ihr Ehemann zu sprechen?«, fragte Dorfer.

»Worum geht es denn?«.

»Das würden wir gern mit Ihrem Mann bereden«, sagte Decking.

Unsicher schaute sie über die Schulter. »Matze ist in seinem Studio und nimmt Videos auf. Dabei darf ich ihn nur in Notfällen stören.«

»Glauben Sie uns, das ist ein Notfall.« Decking trat noch einen Schritt näher. »Dürfen wir rein?«

Birker wich unsicher einen Meter zurück. »Meinetwegen. Kommen Sie. Ich führe Sie in sein Studio.«

Decking betrat das Haus vor ihrem Partner. Birker zeigte unterdessen nach oben.

»Die obere Etage nutzen wir geschäftlich«, erklärte sie. »Also hauptsächlich mein Mann. Ich habe da nur ein kleines Zimmer für Bürotätigkeiten.«

Eine geschwungene Holztreppe führte nach oben und mündete in einen Flur, von dem insgesamt drei Türen abgingen. Vor der letzten blieb Birker stehen und klopfte an.

»Schatz?«, fragte sie leise.

Sekundenlang passierte überhaupt nichts. Decking verlor die Geduld. Sie schob Birker beiseite und hämmerte an die Tür.

»Ist das dein Ernst?«, ertönte eine wütende Stimme. Birker riss von innen die Tür auf und wollte bereits losschimpfen, doch beim Anblick der Besucher stockte er. Unsicher fuhr er sich durchs dunkelblonde Haar. Decking musterte den Mann, der eine gut sitzende Jeans und einen lässigen Wollpullover trug. Ob er mit dem weiten Schnitt des Oberteils seinen Bauchansatz überdecken wollte? »Wer ist das?«, fragte er seine Frau.

»Kommissare vom LKA.«

»Oberkommissarin Decking und Hauptkommissar Dorfer, um genau zu sein«, führte Decking aus.

Birker musterte ihren Dienstausweis eingehend. »Ich bin mitten in einer Videoproduktion, die Sie gerade unterbrochen haben. Was soll das? Kann das nicht warten? Meine Frau hat Sie bestimmt darüber in Kenntnis gesetzt.«

»Kann es nicht«, entgegnete Decking. »Wo können wir in Ruhe miteinander sprechen?«

»Hier nicht«, sagte Birker. »Gehen wir runter.« Er wandte sich ab, holte sein Handy vom Schreibtisch und hielt es sich vors Gesicht. »Liebe Leute, ich habe Besuch vom LKA Hamburg und kann mir vorstellen, worum es geht. Mehr erfahrt ihr später.«

»Was soll das?«, fragte Dorfer. »Haben Sie das jetzt gepostet?«

»Sie Blitzmerker!«

»Löschen Sie das!«, forderte Dorfer.

»Vergessen Sie's! Ich habe nicht Ihre Namen genannt oder Sie gefilmt, insofern verletze ich keine Persönlichkeitsrechte. Gehen wir.« Er lief voran und führte die Polizisten ins Wohnzimmer. »Normalerweise würde ich meine Frau bitten, Ihnen Getränke anzubieten. Aber vermutlich dauert Ihr Besuch nicht lang genug. Was führt Sie zu mir?«

»Haben Sie in dem Video, das Sie gerade eben gepostet haben, nicht behauptet, Sie würden den Grund unseres Besuchs kennen?«, fragte Decking.

»Geht es um meinen heiligen Kampf? Hat mich eines der Weibsbilder angezeigt?«

»Was meinen Sie mit Ihrem ›heiligen Kampf‹?«, hakte Decking nach.

Birker verdrehte die Augen. »Tun Sie nicht so. Sie wissen genau, was ich mir zur Aufgabe gemacht habe. Diese Verarsche muss aufhören. Nichtsnutzige Frauen verführen ihre Follower zum Kauf von überflüssigen und überteuerten Produkten. Und das in Zeiten des Klimawandels, in denen es um Nachhaltigkeit gehen sollte. Bis sich diese Praktik nicht ändert, werde ich weiterkämpfen. Wer hat mich angezeigt?«

»Was vermuten Sie?«, fragte Dorfer.

Birker zuckte die Achseln. »Ich kann nicht hellsehen. Die Christensen?«

Den Namen des Mordopfers aus seinem Mund zu hören elektrisierte Decking. »Ja, wir sind wegen Josefine Christensen hier.«

»Diese miese …« Birker bremste sich rechtzeitig. »Was wirft sie mir vor?«

»Frau Christensen wurde heute Nacht in ihrem Haus überfallen. Jemand hat sie ans Bett gefesselt, sich an ihr vergangen und sie anschließend getötet, bevor er Wertgegenstände aus dem Haus gestohlen hat.«

Decking achtete penibel auf Birkers Reaktion.

Dessen Augen verengten sich, ansonsten hatte er seine Mimik gut unter Kontrolle. »Das tut mir leid«, behauptete er mit aalglatter Stimme.

»Und das sollen wir Ihnen glauben?«, konterte Decking. »Sie liegen seit Wochen im Clinch mit Christensen. Die Frau hat eine einstweilige Verfügung gegen Sie erwirkt, weil Sie falsche Behauptungen aufgestellt haben. Und plötzlich tut Ihnen …«

»Clinch klingt für mich übertrieben. Wir haben unterschiedliche …«

»Stopp!«, unterbrach Decking seine Verteidigungsrede. »Christensen ist eines Ihrer bevorzugten Opfer. Sie profilieren sich auf Kosten junger Frauen und haben es geschafft, Ihre am Boden liegende Karriere …«

Birker lachte lauthals. »Am Boden liegende Karriere? Ihr Ernst? Sollen wir mal unsere Einkünfte vergleichen? Bei mir läuft es fantastisch. Schauen Sie nur, wo ich lebe. Und Sie? Vermutlich im Hamburger Speckgürtel, richtig?«

»Bei Ihnen läuft es wieder, seit Sie die Frauen fertigmachen.«

»Schwachsinn. Ich mache niemanden fertig, sondern kläre die Öffentlichkeit über Schwindlerinnen auf.«

»Ihre neue Fernsehshow haben Sie nur bekommen, weil Sie durch die Auseinandersetzung zurück ins Rampenlicht getreten sind«, sagte Decking.

»Sie haben offenbar keine Ahnung vom Fernsehgeschäft. Der Sender und ich sind seit über einem Jahr wegen des Konzepts in Verhandlungen. Aber wozu soll ich Ihnen das erklären?«

Decking wandte sich Conny Birker zu, die den Schlagabtausch bisher vollkommen still verfolgt hatte. »Was halten Sie davon, wenn Ihr Mann einer jungen Mutter vorschlägt, eine Karriere im Pornobusiness anzustreben?«

»Ich gucke mir die meisten Videos ...«, setzte Conny Birker an, doch ihr Mann unterbrach sie.

»Unterlassen Sie solche Suggestivfragen. Conny, sprich nicht weiter.«

Seine Ehefrau nickte kaum wahrnehmbar.

»Wo waren Sie zwischen Mitternacht und sieben Uhr morgens?«, fragte Dorfer.

»Heute Nacht? Hier zu Hause, an der Seite meiner Ehefrau.«

»Stimmt das?« Dorfer wandte sich der Frau zu.

Die zögerte einen kurzen Moment. Sie warf ihrem Mann ein Blick zu, als erbitte sie seine Erlaubnis, antworten zu dürfen. »Wir waren den ganzen Abend und die Nacht zu Hause«, sagte sie schließlich.

»War's das von Ihrer Seite?«, fragte Birker. »Dann würde ich nämlich gern weiterarbeiten.«

»Sind Sie bereit, freiwillig eine DNA-Probe abzugeben?«, erkundigte sich Decking.

»Unter keinen Umständen. Halten Sie mich für naiv?«

»Was spricht dagegen, wenn Sie mit dem Mord nichts zu tun haben?«, fragte Dorfer.

»Ich bin ein Prominenter. Stehe in der Öffentlichkeit. Allein die leiseste Andeutung, ich könnte verdächtig sein, würde mir schaden. DNA-Probe? Sobald die *BILD* davon erfährt, bin ich erledigt. Vergessen Sie's!«

»Wir würden Ihnen absolute Verschwiegenheit zusichern, und ein negativer Vergleich würde Sie von jedem Tatverdacht befreien«, behauptete Decking. Ob die Rechtsmedizin überhaupt DNA-Spuren finden würde, war fraglich. Trotzdem erschien es ihr sinnvoll, seine Reaktion auf die Bitte zu sehen.

»Unter keinen Umständen«, wiederholte Birker. »Dazu müsste mich das LKA gerichtlich zwingen. Was eine Schadensersatzklage nach sich ziehen würde. Falls Sie außer Ihren wirren Anschuldigungen nichts mehr besprechen wollen, müsste ich Sie bitten, mein Haus unverzüglich zu verlassen.«

Er stand auf. Decking und Dorfer folgten seinem Beispiel.

»Ich bin sicher, wir sehen uns wieder.« Decking wandte sich Conny Birker zu. »Ihnen einen schönen Abend.«

* * *

Birker begleitete die Polizisten zur Tür, während seine Frau im Wohnzimmer sitzen blieb. Als er zu ihr zurückkam, funkelte er sie zornig an.

»Wieso hast du gezögert?«, fuhr Birker seine Frau an. »Willst du mir Schwierigkeiten machen?«

»Ich habe mich um zehn Uhr ins Bett gelegt. Und du?«, fragte sie leise.

»Ich war bis Mitternacht wach und bin danach in mein Schlafzimmer gegangen.«

»Woher sollte ich das wissen?«

»Weil wir gestern Sex hatten«, schrie Birker. »Schon vergessen? Die Christensen ist vergewaltigt worden. Glaubst du, ich schlafe mit dir, um mich dann anzuziehen und eine Frau zu missbrauchen? Du weißt genau, dass ich zu meinem Bedauern nicht mehr so oft kann, wie ich es mir wünschen würde.«

»Nein. Natürlich glaube ich das nicht.« Sie wich seinem Blick aus.

»Wenn die mich zu einem DNA-Test zwingen, schadet

uns das. Kapiert? Sollten sich die Bullen noch einmal nach meinem Alibi bei dir erkundigen, musst du überzeugender sein. In deinem Interesse.«

»Ja, gut. Entschuldige«, gab sie klein bei. »Mich hat das Auftauchen des LKA einfach überfordert.«

Birker seufzte. Sich mit ihr zu streiten lohnte sich nicht. Er trat zu ihr und legte ihr eine Hand auf die Schulter. Conny lächelte ihn dankbar an.

»Das muss ich für meine eigenen Zwecke nutzen«, sagte er schließlich.

»Wie meinst du das?«

»Vielleicht haben mir die Bullen einen Gefallen getan. Ich muss nachdenken. Wie können wir davon profitieren?«

»Von einer toten Frau?«

»Pst«, zischte Birker. »Lass mich überlegen.« Er wandte sich von ihr ab und steuerte die Treppe an.

4

»Noch fünf! Das schaffst du!«

Gisbert Keller warf den schweren Medizinball Alicia zu, die am Boden lag. Sie fing ihn mit beiden Händen auf, ehe er ihren Bauch berührte, streckte die Arme über den Kopf und schleuderte den Ball zu ihrem Trainer zurück.

»Noch vier! Nicht nachlassen!«, feuerte er sie an und legte etwas mehr Wucht in seinen Wurf.

»Weiter!«, stöhnte sie. »Fester.«

»So gefällst du mir!« Er warf ihr den Medizinball noch härter zu.

Fünf Minuten später war die Trainingsstunde endlich vorbei. Mit zittrigen Beinen setzte sich Alicia auf eine kleine Holzbank und wischte mit einem Handtuch den Schweiß von Gesicht und Nacken. Dann trank sie ihr Wasserglas leer und hielt es Gisbert hin. »Mehr.«

Er holte die Wasserflasche und schenkte ihr nach.

»Gibt es Neuigkeiten aus Hamburg?«, fragte er.

Alicia schüttelte den Kopf. Seit sie vor knapp drei Wochen vom Tod ihrer Freundin Josefine erfahren hatte, kannte sie nur noch ein Thema. Da auch Gisbert als Fitnesscoach einen Instagram-Kanal betrieb, war er in der Szene gut vernetzt. Er hatte sogar schon einmal während eines Influencer-Treffens mit Josefine trainiert. Für ihn war sie keine Unbekannte.

»Das ist alles so traurig. Die Bullen scheinen ziemlich

unfähig zu sein. Wie kann das sein, dass sie nach drei Wochen noch immer niemanden verhaftet haben? Am schlimmsten finde ich allerdings Birker.«

»Widerlicher Kerl«, bestätigte Gisbert.

»Ich ertrage ihn nicht mehr. Ständig markiert mich jemand in seinen Beiträgen. Zum Kotzen, wie er allen vorspielt, Josefines Tod würde ihm zu Herzen gehen. Gestern hat er in seiner Story zum x-ten Mal seine Fans aufgefordert, jede noch so unwichtig erscheinende Kleinigkeit der Polizei zu melden. Als würde es ihn interessieren, ob die Bullen den Mörder je fassen. Eine Stunde später hetzt er in einem anderen Video gegen Isabel. Nicht das erste Mal in den letzten Wochen.«

»Wichser! Hat er wenigstens dich in Ruhe gelassen?«

»Ich bin bestimmt bald wieder an der Reihe. Zumal ich morgen eine neue Werbebotschaft veröffentliche. Spätestens dann nimmt er sich meiner an. Aber ich mache es wie in den letzten Wochen und ignoriere ihn.«

Sie zog einen Schmollmund. Gisbert streichelte ihr über den Kopf.

»Ich brauche die Kohle, die mir die Kanäle einbringen«, fuhr sie fort. »Mehr als die vier Stunden im Büro jeden Morgen verkrafte ich einfach nicht. Ohne die Werbegelder von den verschiedenen Plattformen wäre ich aufgeschmissen. Wäre es nicht schrecklich, wenn ich mir die Stunden bei dir nicht mehr leisten könnte?«

Er schmunzelte. »Da findet sich immer ein Weg.«

»Warum merke ich davon bislang nichts?« Sie zwinkerte ihm zu. Nach einem weiteren Schluck Wasser stand Alicia auf und drückte ihm das Glas in die Hand. »Ich nehme an, ich war deine letzte Kundin für heute?«

»Wie immer«, bestätigte er.

»Dann gehe ich jetzt duschen.«

»Und ich schließe schon einmal alles ab und lasse die Rollläden herunter.«

Alicia verließ den Trainingsraum, an den sich ein Umkleidezimmer mit Bad anschloss. Sie zog ihre durchgeschwitzte Trainingskleidung aus und stellte den Wasserhahn der Regendusche an. Mit dem digitalen Temperaturregler erhöhte sie die Wassertemperatur auf neununddreißig Grad.

»Herrlich«, flüsterte sie und griff zum Duschgel.

Sekunden später betrat Gisbert den Raum.

»Beeil dich«, rief sie ihm zu. »Dann seif ich dein bestes Stück ein und mach dich glitschig.«

Er zog sich das T-Shirt über den Kopf. »Bin sofort bei dir.«

* * *

Alicia lebte in einer Dachgeschosswohnung. Im Erdgeschoss hauste eine vierköpfige Familie, in der ersten Etage jeweils zwei Paare, und sie wohnte als Alleinstehende auf einhundertdreißig Quadratmetern in der Maisonnette. Das alles wusste er dank ihrer unzähligen Videos, die sie mit ihren Fans geteilt hatte.

Ein Einfamilienhaus wäre günstiger für ihn gewesen, doch nur wegen ihrer Wohnumstände konnte er sie nicht einfach vom Haken lassen. Sie passte perfekt zu seinem Vorhaben.

Das Haus war in den Sechzigern gebaut worden. Vermutlich war es entsprechend schlecht schallisoliert. Ihr Schlafzimmer mit dem riesigen begehbaren Kleiderschrank war in der oberen Etage. Auch darauf hatte sie in mehreren Videos hingewiesen. Inklusive des augenzwinkernden Hinweises, dass ihre Nachbarn wegen der Anordnung der Zimmer von Glück reden konnten. Offenbar hörte man in den unteren Etagen nichts von dem, was sich weiter oben abspielte.

Er schaute auf seine Uhr. Dank ihrer täglichen Storys wusste er von der Trainingsstunde mit ihrem Personal Trainer. Wenn er sie überraschen wollte, müsste er ihre Abwesenheit ausnutzen. Dabei würde es weit schwerer sein, unbemerkt bis an ihre Wohnungstür zu gelangen, als sie zu öffnen. Einige ihrer Videos spielten teilweise vor ihrer Wohnungstür. Daher hatte er das Schloss genau analysieren können. Er ging davon aus, dass er die Tür mit einer Kreditkarte aufbekommen würde.

Ein Auto hielt direkt vor dem Haus. Ein Mann stieg aus und öffnete den Kofferraum, in dem zahlreiche Getränkekisten standen. Die ersten beiden holte er heraus und lief zum Hauseingang.

Konnte er wirklich so viel Glück haben?

Der Bewohner schloss die Tür auf und platzierte eine Kiste auf der Schwelle, damit die Tür nicht zufallen konnte. Dann verschwand er im Hausflur.

Rasch stieg der Mörder aus und schulterte seinen Rucksack. Er hatte viele Stunden gegrübelt und sich diverse Strategien überlegt, die ihn alle nicht überzeugt hatten. Kein Nachbar sollte sich an ihn erinnern. Er musste ungesehen ins Haus gelangen. Verschwinden könnte er im Schutz der Dunkelheit, während die Mieter im Bett lagen. Und nun spielte ihm das Schicksal einen unerwarteten Trumpf zu.

Der Bewohner kehrte zurück und holte die nächsten zwei Kisten aus dem Kofferraum. Der Mörder stellte sich so hin, dass er sehen konnte, wohin der Mann sie trug. Er ging die Stufen in den Keller hinab und orientierte sich nach links.

Sobald er die nächsten zwei Kisten holen würde, wäre der Mörder bereit. Er hockte sich hin und löste zur Tarnung einen Schnürsenkel, den er neu zuband. Der Bewohner kehrte in der Zwischenzeit zum Auto zurück und hievte die nächsten Getränkekisten aus dem Kofferraum. Kaum hatte der Mann ihm den Rücken zugekehrt, erhob sich der Mörder. Er wartete, bis der Bewohner im Keller verschwand, dann sprintete er los. Im Hausflur lief er langsamer, um keine Geräusche zu verursachen. Als er die erste Etage erreichte, hörte er den Kistenträger wieder das Haus verlassen. Der Mörder schlich nach oben und verharrte vor Alicias Wohnungstür. Sollte ihn jetzt jemand bemerken, würde er behaupten, mit der attraktiven Frau verabredet zu sein.

Unten fiel die Tür zu. Offenbar hatte der Bewohner seinen Job erledigt. Es dauerte nicht lange, bis aus dem Erdgeschoss die Stimme eines Kindes nach oben drang, »Hallo, Papa!«

Der Mörder zog eine Kreditkarte aus seinem Portemonnaie. Ob es ihm gelänge, damit die Tür zu öffnen?

* * *

Auf der zehnminütigen Heimfahrt erhielt Alicia einen Anruf ihrer Freundin Maite.

»Hi, Süße«, begrüßte Alicia sie.

»Hallo, Schätzchen. Störe ich dich?«

»Ich bin auf dem Nachhauseweg. Gisbert hat mir alles abgefordert.«

»Alles?«, fragte Maite kichernd.

»Worauf du dich verlassen kannst.«

»Du Biest! Hast du schon Birkers Profil gecheckt?«

»Ich war in den letzten anderthalb Stunden offline. Was ist passiert?«

»Der Mistkerl hat ein Video gepostet und über Josefine gesprochen. Diesmal gibt er ihr die Schuld an ihrem Tod.«

»Nicht dein Ernst!«

»Er behauptet, wer so wie sie die Konfrontation in der Öffentlichkeit suchen würde, begäbe sich in Gefahr.«

»So ein Schweinehund!«

»Das kann ich nicht auf sich beruhen lassen«, sagte Maite.

»Was hast du vor?« Alicia ahnte Böses.

»Ich nehme eine Gegendarstellung auf und gebe ihm die Schuld an Josefines Tod. Wenn er nicht gegen sie gehetzt hätte …«

»Nein!«, unterbrach Alicia ihre Freundin. »Mach das nicht.«

»Alicia, wir müssen etwas unternehmen.«

»Wenn du das veröffentlichst, schießt sich Birker auf dich ein. Dann war deine kluge Strategie, damals nicht auf seinen Frontalangriff einzugehen, am Ende völlig sinnlos. Wer weiß, was danach passiert. Stell dir vor, du gerätst ins Visier von …« Sie vollendete den Satz nicht.

»Wie oft wollen wir uns von Schweinen wie Birker oder Anton terrorisieren lassen?«

Anton war Maites Ex. Hatte er sie wieder drangsaliert? Normalerweise war sie nicht so angriffslustig.

»Hat sich Anton etwas Neues geleistet?«

»Siebenundvierzig Kommentare unter meinen Videos.«

»Mit seinem Namen?«

»So dumm ist er leider nicht. Das waren sechs gefälschte Profile. Aber bei jedem einzelnen Posting schreibt er ›dass‹ immer mit einem ›s‹. Außerdem sind mir noch andere Rechtschreibfehler aufgefallen, die typisch für ihn sind.«

Alicia zweifelte nicht an Maites Intuition. Für die Macken vom Ex-Partner bekam man irgendwann ein Gespür.

»Was hast du jetzt vor?«

»Wegen Anton kann ich nichts machen.«

»Aber dich deswegen mit Birker anzulegen, wäre ein Fehler.«

»Er zieht Josefines Namen in den Schmutz«, jammerte Maite. »Jemand muss sie verteidigen.«

Alicia bog in ihre Wohnstraße ein. Die besten Parkplätze in unmittelbarer Nähe des Hauses waren besetzt. Deswegen parkte sie rund hundert Meter entfernt.

»Ja, du hast recht«, sagte sie. »Aber du darfst nichts überstürzen. Warum treffen wir uns nicht morgen nach meiner Arbeit zur Mittagspause? Kannst du das einrichten?«

»Bis wie viel Uhr arbeitest du?«

»Bis zwölf.«

»Das wird dann bei mir zu knapp. Ich habe um halb eins einen Termin.«

»Und wie sieht's morgen Abend aus? Wir könnten ins Kino und uns vorher unterhalten.«

»Gute Idee. Ich checke gleich mal das Programm.«

»Versprichst du mir, nichts Voreiliges zu unternehmen?«

»Meinetwegen«, stöhnte Maite.

»Dann darfst du den Film auswählen.«

»Super. Bis später.«

Alicia schaltete den Motor aus. Sie nahm ihre Sporttasche vom Beifahrersitz und verließ das Auto. Der anfangs sonnige Tag war inzwischen ziemlich grau und kühl geworden. Der Geruch nach Schnee lag in der Luft. Mit schnellen Schritten ging sie auf die Haustür zu. Sie dachte an Birker, der einer Ermordeten die Schuld an ihrem Tod gab. Wie tief konnte man sinken? Maite hatte recht. Man müsste ihm die eigenen Worte um die Ohren hauen. Leider hatte der Prominente viel mehr Fans als alle Influencerinnen, die er aufs Korn nahm, zusammen. Selbst eine abgesprochene Aktion würde nichts bringen. Sie musste Maite ihr Vorhaben ausreden. Auch Alicia hatte sich am Anfang mit Videos gegen die Vorwürfe des Comedians gewehrt. Diesen Fehler hatte sie genau zweimal begangen und in beiden Fällen die Rechnung bezahlt. Es erschütterte sie noch immer, wenn sie an die vielen Hassbotschaften dachte. Es gab so viele ungehobelte Männer, die in der Anonymität des Internets ihre dunkelsten Gedanken offen äußerten. Der Hass und die Drohungen waren für Alicia zu viel gewesen. Sie hatte beschlossen, Birkers Anfeindungen ohne Widerspruch zu ertragen. In der Hoffnung, dass er vielleicht das Interesse an ihr verlöre.

Alicia betrat den Hausflur und überprüfte den Briefkasten, in dem nur die Werbung eines Getränkelieferanten lag, die sie achtlos in die Jackentasche stopfte. Sie stieg die Stufen zur zweiten Etage hinauf. An ihrer Wohnungstür steckte sie den Schlüssel ins Schloss. Die Tür war nicht verriegelt.

»Du bist so vergesslich«, sagte sie leise. Nicht zum ersten Mal hatte sie nicht daran gedacht, das Schloss zu verriegeln.

Sie betrat die Wohnung. »Alexa, wer ist die Schönste im ganzen Land?«, rief sie der Sprachassistentin zu.

»Frau Königin, ihr seid die Schönste hier.«

»Alexa, stopp.«

Das Gerät blieb stumm, statt ihr wie sonst von Schneewittchen vorzuschwärmen. Alicia schmunzelte. Ab und an stellte sie ihrer Sprachassistentin die Frage beim Nachhausekommen. Gisbert würde Alexas Meinung bestimmt unterstützen. Beim Gedanken an die zusätzliche Trainingseinheit grinste sie. Unter der Dusche hatte sie mindestens weitere einhundert Kalorien verbrannt. Sie zog ihren Mantel aus und hängte ihn über die Garderobe, neben der auch ihre Schuhe landeten. In der Küche trank sie einen Schluck Wasser und warf die Trainingskleidung in die Waschmaschine. Die Sachen, die sie am Leib trug, steckte sie bis auf die Unterwäsche ebenfalls hinein und schaltete das Gerät an. Nur in BH und Slip ging sie nach oben, um sich frische Wäsche zu holen. Was sollte sie anziehen? Sie würde nachher noch eine kurze Story posten und konnte deshalb nicht wahllos zugreifen.

Alicia betrat den begehbaren Kleiderschrank und wandte sich den Regalbrettern mit den T-Shirts zu. Plötzlich hörte sie hinter sich ein Rascheln. Ehe sie sich umdrehen konnte, legte ihr jemand den Arm um die Kehle und drückte ihr unbarmherzig die Luft ab.

»Du hast dich schon für mich ausgezogen. Wie wunderbar«, raunte ihr eine Stimme ins Ohr.

Alicia schlug mit dem Ellbogen nach hinten aus. Der Angreifer verstärkte den Druck. Sie konnte nicht genügend Schlagkraft entwickeln. Verzweifelt kratzte sie dem Angreifer mit ihren Fingernägeln über den Arm.

»Lass das, du Schlampe!«, zischte er.

Er schlug ihr mit der Faust gegen die Schläfe. Gleichzeitig drückte er ihr noch stärker die Luft ab. Alicia wurde schwarz vor Augen.

5

»Hat jemand von Ihnen die Ereignisse um Matze Birker verfolgt?«, fragte Polizeirat Karlsen.

Er hatte Drosten, Sommer und Kraft kurzfristig in sein Büro gebeten.

»Sie meinen vermutlich den Mord an dieser jungen Frau, mit der er sich im Internet streitet?«, antwortete Drosten. »Wann war das? Vor drei Wochen?«

»Leider sind Sie nicht mehr auf dem neuesten Stand«, entgegnete Karlsen. »Können Sie allerdings auch nicht sein. Die zuständige Polizeibehörde hat eine Nachrichtensperre verhängt. Es hat in der Bodenseeregion einen zweiten Mord gegeben.«

»Wann?«, hakte Drosten nach. Er verfolgte regelmäßig die Polizeimeldungen aus Deutschland, die er über einen Server des BKA abrief. Heute Morgen war er jedoch noch nicht dazu gekommen, weil Karlsen ihn auf dem Weg ins Büro abgefangen hatte.

»Die Polizei fand die Frau gestern am frühen Abend tot in ihrer Wohnung. Zu dem Zeitpunkt war sie vermutlich rund vierundzwanzig Stunden tot.«

»Wieder eine Influencerin?«, fragte Verena Kraft.

»Genau«, bestätigte Karlsen. »Alicia Strophe. Sechsundzwanzig Jahre alt. Fitness- und Modebloggerin. Wie das erste Opfer wurde sie sexuell missbraucht und erstochen.«

»Wie haben Sie davon erfahren?«, wunderte sich Drosten.

Karlsen beschränkte sich normalerweise auf rein administrative Tätigkeiten. Seit sich die Kriminalermittlungstaktische Einsatzgruppe – kurz KEG – in ganz Deutschland als Ansprechpartner bei Mehrfachmorden etabliert hatte, führte der Polizeirat ein beschauliches Beamtenleben. Die KEG war sein Lebenswerk, für deren Gründung er lange Zeit gekämpft hatte. Die Jahre bis zu seinem Renteneintritt würde er vermutlich ruhig verbringen. Zumindest, solange die Ermittlungsergebnisse stimmten. Umso erstaunlicher, dass Karlsen die Informationen schon vor Drosten bekommen hatte.

»Ich erhielt heute Morgen um halb sechs einen Anruf aus Hamburg. Ein alter Freund, den ich noch aus Bundeswehrzeiten kenne. Inzwischen ist er stellvertretender Leiter des LKA. Die verantwortlichen Kriminalkommissare in Hamburg haben seit der Ermordung von Josefine Christensen keine relevanten Fortschritte erzielt. Der Mord am Bodensee verkompliziert die Lage. Insofern ist das LKA daran interessiert, dass wir die Ermittlungen übernehmen. Ich warte noch auf einen Rückruf aus Süddeutschland. Die dortige Behörde ist nicht begeistert, wenn wir uns keine vierundzwanzig Stunden nach dem Leichenfund in ihre Arbeit einmischen. Letztlich können wir darauf keine Rücksicht nehmen. Durch Birkers Auseinandersetzungen mit den Frauen sehe ich ein riesiges Medienecho auf uns zurollen, sobald die Nachrichtensperre aufgehoben ist. Wir haben bei den Ermittlungen gegen den Schauspieler bewiesen, dass wir mit tatverdächtigen Prominenten umgehen können. Ich warte auf einen Rückruf, ziehe im Hintergrund die Fäden und gebe Ihnen dann den Marschbefehl – falls nichts Unvorhergesehenes passiert. Rechnen Sie am späten Mittag damit. Am besten fahren Sie jetzt alle wieder nach Hause und packen Ihre Koffer.«

***

Lukas Sommer betrat die Diele. »Jemand zu Hause?«, rief er.

»Ich bin in der Küche«, antwortete seine Frau Jenny.

Sie saß am Küchentisch und hielt einen Teebecher in der Hand, an dem sie nippte. »Ich ahne, was deine frühe Heimkehr zu bedeuten hat«, sagte sie.

Sommer ging zu ihr und gab ihr einen Kuss. Dann rückte er einen Stuhl vom Tisch ab und setzte sich ihr gegenüber. »Und wie immer hast du recht.«

»Wo ermittelt ihr diesmal?«, fragte sie.

Seine Frau hatte sich in den letzten Jahren an seine regelmäßigen Reisen gewöhnt und ihren Alltag darauf ausgerichtet. Ihr Sohn Jeremias war alt genug, um in der Nacht allein zu bleiben, wenn seine Mutter Dienst im Krankenhaus hatte und sein Vater irgendwo in Deutschland unterwegs war.

»Zwei Morde. Einer am Bodensee und einer in Hamburg«, sagte Sommer. »Karlsen versucht gerade, die Verantwortlichen in Süddeutschland davon zu überzeugen, uns hinzuzuziehen. Sobald er das geschafft hat, geht's los.« Er stand auf und holte aus dem Schrank eine angebrochene Tüte Cashewkerne, an der er sich bediente. »Was denkst du über Matze Birker?«, fragte er.

Jenny runzelte die Stirn. »Ist in Hamburg nicht diese junge Frau getötet worden, die sich mit Birker in aller Öffentlichkeit gestritten hat?«

»Du weißt darüber Bescheid?«

»Klar. Ich gucke mir gerne Storys an. Das entspannt ungemein. Bei der Arbeit im Pausenraum oder wenn ich allein im Bett liege. Manche Influencerinnen haben diese schreckliche Tat erwähnt.«

»Storys?«, fragte Sommer verständnislos.

Seine Frau verdrehte die Augen. »In den sozialen Medien posten viele Nutzer Ereignisse aus ihrem Leben. Entweder als Beitrag, der dann für immer auf den Profilen anzusehen ist, oder als Story. Die verschwinden meist nach einem Tag.«

»Und du guckst dir so etwas an?«

»Total gerne.«

»Klingt langweilig.«

»Ganz im Gegenteil. Es ist spannend, so am Leben anderer Menschen teilzunehmen. Ich folge momentan zum Beispiel einer Familie, die vor Kurzem ihr fünftes Kind bekommen hat. Das Baby ist zuckersüß.«

»Du guckst dir fremde Babys im Internet an?«

»Besser als mich wegen zweiundzwanzig Menschen aufzuregen, die einem einzigen Ball hinterherlaufen, so wie du das gerne machst.«

»Da passiert wenigstens etwas.«

»Bei den Familien auch. Sonst würden sie es ja nicht ins Netz laden.«

»Was weißt du über Birkers Auseinandersetzungen?«

Jenny überlegte kurz. »Das fing vor ungefähr vier oder fünf Monaten an. Da lud er ein Video hoch. Seine Frau Conny hatte sich einen Smoothie-Maker bestellt, dessen Gefäß bei der zweiten Nutzung zersprungen war. Der Beerensmoothie hatte sich auf der weißen Küchenwand verteilt. Sie hatte das Gerät auf Empfehlung einer Fitnessbloggerin gekauft. Birker warnte seine Fans vor dem Kauf des Apparats. Die Bloggerin schrieb einen Kommentar unter Birkers Video, in dem sie einen Anwendungsfehler unterstellte. Hätte sie nicht reagiert, wäre vermutlich nichts passiert. Doch das wollte Birker nicht auf sich sitzen lassen. Aus diesem kleinen Disput wurde ein Feldzug gegen die Werbeflut in den sozialen Medien. Seitdem nimmt sich Birker einige der Frauen vor, die ihr Geld als Influencerinnen verdienen. In meinen Augen ist Birker eine Nullnummer. Er beleidigt Menschen, die deutlich jünger sind und erheblich weniger Follower haben als er. Sobald die sich wehren, hat Birker erreicht, was er wollte. Dann produziert er im großen Stil Beiträge, in denen er massiv unter die Gürtellinie geht. Er fordert seine Fans auf, den Frauen zu schreiben, was sie von ihnen halten.« Sie trank einen Schluck Tee. »Die Folgen sind unschwer auszurechnen. Die Influencerinnen werden beleidigt, manche eindeutig bedroht. Gelegentlich tauchen die Adressen der Betroffenen in den Kommentaren auf. Daraufhin sind schon mehrere Autos beschädigt oder Häuserwände mit Graffitis beschmiert worden. Birker behauptet immer, mit dem Vandalismus nichts zu tun zu haben.«

Sommer schüttelte den Kopf.

»Leider hat seine Masche Erfolg«, fuhr Jenny fort. »War er in den letzten Jahren von der Bildfläche verschwunden, hat ihm ein Privatsender mittlerweile eine Sendung angeboten. Einmal in der Woche, abends um zweiundzwanzig Uhr. Da soll er nach den miesesten Abzockmaschen im Internet Ausschau halten und seine Zuschauer auf humorvolle Weise davor schützen. Humorvoll und Birker passen leider nicht zusammen. Ich schätze, die Sendung wird schnell eingestellt. Soll ich dir mal ein paar der Videos zeigen, die Birker ins Netz gestellt hat?«

Sommer überlegte. Da die Polizei eine Nachrichtensperre verhängt hatte, müsste das Profil der zweiten ermordeten Frau noch aufrufbar sein. Alles andere wäre zu auffällig. »Kannst du nach einer Alicia Strophe suchen?«

Eine Stunde später hatte sich Sommer mehrere Videos angesehen, in denen Birker über die junge Frau hergezogen war. Anfangs hatte sich Alicia gegen die Angriffe gewehrt, dann jedoch offenbar die Strategie geändert und den Kopf lieber in den Sand gesteckt. Geholfen hatte ihr das nicht. Da auch noch Videos der ermordeten Josefine Christensen abrufbar waren, hatte er sich die ebenfalls angesehen. Die Ähnlichkeit zwischen den Mordopfern war eindeutig. Durchtrainierte, schlanke Frauen mit langen, blonden Haaren. Beide sehr attraktiv.

»Widerling«, brummte Sommer.

»Du sagst es«, stimmte seine Frau zu.

Trotzdem hieß das nicht automatisch, dass Birker die Schuld an den Morden trug. Vielleicht war es bloß Zufall, dass zwei Frauen gestorben waren, mit denen sich Birker in der Öffentlichkeit auseinandersetzte. Gerade bei der Ähnlichkeit der Opfer durfte die KEG diesen Gedanken nicht außer Acht lassen.

Sommers Handy klingelte und übertrug Drostens Rufnummer. »Hallo, Robert.«

»Karlsen hat mir gerade grünes Licht gegeben. Wir sollen zuerst an den Bodensee fahren. Außerdem habe ich die Telefonnummer der zuständigen Kommissarin in Hamburg. Verena holt mich gleich mit dem Dienstwagen ab, auf dem Weg zu dir kontaktiere ich Hamburg.«

»Dann packe ich meinen Koffer. Bis gleich.« Er trennte die Verbindung.

»Soll ich dir helfen?«, fragte Jenny.

»Nicht nötig. Das geht schnell.«

»Weißt du, was mich freut?«

Sommer schaute seine Frau an und zuckte die Achseln.

»Falls Birker in die Morde verwickelt ist, legt ihm mein Mann jetzt das Handwerk. Ich bin stolz auf dich.« Jenny nahm ihn in den Arm und küsste ihn.

6

Birkers Handy übertrug die Nummer eines stellvertretenden Chefredakteurs, der für die größte deutsche Zeitung arbeitete. Die beiden kannten sich von verschiedenen Galaveranstaltungen. Seit Karl Dickhart vor sechs Monaten in der internen Hackordnung aufgestiegen war, hatten sie jedoch nicht mehr miteinander gesprochen. Veranstaltungen zu besuchen, zu denen Birker geladen war, lag nun offenbar unter Dickharts Würde.

»Hallo, Karl, was für eine schöne Überraschung«, begrüßte Birker den Anrufer.

»Moin, Matze. Alles gut bei dir?«

»Man kämpft sich so durch. Glückwunsch zu deinem neuen Posten.«

»Danke, danke. Nur ganz kurz. Ich will dich nicht lange stören. Für unser tägliches Live-Format im Internet ist uns ein Gesprächspartner abgesprungen. Hättest du in einer halben Stunde Zeit, uns Rede und Antwort zu stehen? Wir könnten über deinen Kampf gegen miese Werbemaschen sprechen, über die neue Show und auch deinen Aufruf, die Polizei in einer Mordermittlung zu unterstützen. Damit sollten wir ein paar Minuten Programm gefüllt kriegen. Was meinst du?«

Birker war überrascht. In den letzten Tagen war das Interesse für das Thema stark abgeflaut. Christensens Mörder war zwar noch nicht gefasst, trotzdem waren die Polizeiermittlungen für die Medien nicht mehr besonders relevant. Die Karawane war weitergezogen.

»Warum nicht? Am besten legen wir den Fokus auf die ersten beiden Punkte. Oder?«

»Wahrscheinlich«, bestätigte Dickhart. »Du bist also dabei?«

»Na klar.«

»Dann richte dich bitte kameratauglich her. In zwanzig Minuten schicken dir Kollegen aus der Technik den Link. Du brauchst nur eine internettaugliche Kamera und ein Headset. Ich freue mich auf unser Gespräch.«

Genau dreißig Minuten nach dem Telefonat wurde Dickhart Birker in die Sendung zugeschaltet.

»Unser erster Gast heute ist der Comedian, Schauspieler und TV-Moderator Matze Birker, der in den letzten Tagen und Wochen seine soziale Reichweite auf ungewöhnliche Weise nutzt. Guten Tag, Matze.«

»Hallo, Karl.«

»Ich hab's ja gerade angekündigt, und die meisten unserer Zuschauer werden es ja auch mitbekommen haben. Auf deinen verschiedenen Profilen geht es derzeit hoch her. Woran liegt das deiner Meinung nach?«

»Ich glaube, den Leuten reicht in der heutigen Zeit das Übermaß an verlogener Werbung, die ja besonders auf …«

»Entschuldige, dass ich dich direkt unterbreche. Dein Kampf gegen unlautere Werbeversprechen in allen Ehren. Aber mir geht es um die zwei Morde an den Influencerinnen, mit denen du schon Auseinandersetzungen hattest.«

»Zwei?«, wiederholte Birker völlig überrumpelt.

»Hat dich die Polizei deswegen noch nicht befragt?«

»Sorry, Karl. Ich verstehe gerade kein Wort. Ich weiß nur von dem Mord an Josefine Christensen. Schreckliche Sache.«

»Ja, wir bringen die Meldung in wenigen Minuten exklusiv. Die Polizei hatte zunächst eine Nachrichtensperre verhängt. Trotzdem habe ich gedacht, du wüsstest Bescheid. In Überlingen am Bodensee ist vorgestern Alicia Strophe getötet worden. Die du ebenfalls in deinen Videos angegriffen hast. Deswegen war ich überzeugt, dass sich die Polizei schon bei dir gemeldet hat.«

»Das ... ich ... also ich meine ... wo soll ... wieso ...«, stammelte Birker hilflos. Er räusperte sich und fuhr sich durchs Gesicht. »Ich wusste das von Strophe noch nicht. Wieso hast du mich nicht vorgewarnt?«

Dickhart lächelte, antwortete jedoch nicht. Durch sein Schweigen setzte er Birker unter Druck. Er musste weiterreden.

»Das tut mir unendlich leid. Ich werde selbstverständlich meine soziale Reichweite nutzen, um die Polizei zu unterstützen. Schrecklich! So junge Frauen. In der Blüte ihres Lebens. Grauenhaft!«

»Hat dich die Polizei schon um eine DNA-Probe gebeten?«, fragte Dickhart.

»Wieso sollte sie?«

»Du bist das einzige verbindende Element. Die Frauen haben sich öffentlich zur Wehr gesetzt, und vielleicht hat dir nicht gefallen, wie sie dich beleidigt haben.«

»Karl, du kannst mir nicht unterstellen ...«

»Darf ich dich an deinen Rosenkrieg bei der ersten Scheidung erinnern? Deine Ex-Frau Valerie hat sogar Anzeige gegen dich erstattet wegen häuslicher Gewalt.«

»Das ist ewig her. Ich war betrunken und habe dafür gesühnt.«

»Also hast du nichts mit den Morden zu tun?«

»Natürlich nicht!«

»Außer, dass du mit beiden Opfern eine wilde Auseinandersetzung im Internet hattest.«

»*Wild* klingt total überzogen.«

»Ich sehe schon, wir kommen so nicht weiter. Vielen Dank für deine Stellungnahme. Bis bald.«

Dickhart warf ihn aus der Sendung. Fassungslos starrte Birker auf den schwarzen Bildausschnitt. Dann riss er sich die kabellosen Kopfhörer aus den Ohren. Wütend brüllte er auf und schleuderte sie in die Ecke des Raums. Warum hatte Karl ihn so auflaufen lassen? Früher hatten sich die beiden gut verstanden, nun unterstellte er ihm, in zwei Mordfällen tatverdächtig zu sein.

Es klopfte sachte an der Tür.

»Komm rein!«

Conny betrat den Raum. Sie wirkte bedrückt. »Ich habe das online verfolgt. Was für ein Arschloch!«

»Das ist eine Katastrophe, Schatz.«

»Ich weiß.«

»Alle werden mich verdächtigen, bis der Täter gefasst ist. Und selbst wenn ich jetzt einem DNA-Test zustimme, wird sich Dickhart auf die Schulter klopfen und das als sein Werk darstellen.«

»Was willst du unternehmen? Die Polizei anrufen? Wann war der Mord? Vorgestern? Wir waren den ganzen Tag zu Hause. Ich gebe dir ein wasserdichtes Alibi.«

»Das reicht nicht. Du bist meine Ehefrau. Wir brauchen eine stärkere Reaktion.« Hektisch schaute er sich um. »Wir nehmen ein Video auf und stellen es online. Drei Kameras. Zwei auf festgeschraubten Stativen, eine bedienst du, damit du auf mein Gesicht zoomen kannst. In fünf Minuten.«

Er eilte um den Schreibtisch herum und lief an seiner Frau vorbei.

Mit schwarzem Langarmpullover und grauer Jeans stellte sich Birker auf Position. Er wollte seriöser wirken als bei dem Interview zuvor, wo er ein weißes T-Shirt und eine lässige Leinenhose getragen hatte.

»Kamera läuft«, flüsterte Conny.

Birker hatte sich gegen eine Live-Aufnahme entschieden. Lieber würde er ein professionelles Video hochladen, ohne Versprecher und andere Patzer.

»Hallo, meine Freunde«, begann er, schüttelte dann jedoch den Kopf. »Noch mal.« Er räusperte sich und deutete ein Lächeln an. »Hallo, da draußen. Vielleicht habt ihr schon die schrecklichen Nachrichten gehört. Nach der Ermordung von Josefine Christensen ist jetzt auch Alicia Strophe getötet worden. Zwei junge Frauen, mitten im Leben stehend.«

Er schaute betrübt zu Boden, ehe er sich auf die Kamera konzentrierte, die Conny in den Händen hielt. »Ein herber Verlust für die Menschen, denen Josefine und Alicia nahestanden, und denen ich mein tief empfundenes Beileid ausspreche. Eine Tragödie. Nein, viel mehr als das. Zumal es Menschen in diesem Land gibt, die eine solche Tat für ihre eigenen Zwecke ausschlachten. Zum Beispiel bin ich gerade online interviewt worden. Um die Quote hochzutreiben, wurde mir unterstellt, ich sei ein Tatverdächtiger in den beiden Ermittlungen. Was absoluter Quatsch ist. Ich habe für die Morde Alibis. Man wollte mich mit dem Interview überrumpeln, und zum Teil ist das dem Redakteur auch gelungen. Glückwunsch, Karl, zu deinem billigen Triumph. Euch, meine lieben Fans, möchte ich noch einmal ans Herz legen, die Polizei zu kontaktieren, falls ihr etwas zu den Mordermittlungen beitragen könnt. Die Verantwortlichen brauchen eure Unterstützung. Allein schaffen sie es anscheinend nicht, den Mörder zu finden. Aber um weitere Taten zu vermeiden, möchte ich einige Sätze an die Influencerinnen richten, die ähnliche Videos wie Alicia und Josefine veröffentlichen. Hört bitte auf damit! Ihr schickt die falschen Botschaften ins Netz. Ist es da wirklich verwunderlich, wenn ihr die falschen Kerle anlockt? Mit dem Hochladen eurer Videos gefährdet ihr euer Leben. Wäre es nicht an der Zeit, jetzt aufzuhören? Eure Unversehrtheit ist so viel mehr wert als die paar Euro, die euch die Werbepartner bezahlen. Alicia und Josefine könnten noch leben, wenn sie klüger gewesen wären. Danke für eure Aufmerksamkeit.«

Conny senkte die Kamera. »Ist das dein Ernst?«

Er wunderte sich über ihren Tonfall. »Wie meinst du das?«

»Du kannst den Frauen nicht die Schuld an ihrem Tod geben.«

»Natürlich kann ich das! Weil es wahr ist! Da läuft ein Spinner draußen frei herum, der Influencerinnen tötet. Wie wird er denn auf sie aufmerksam? Durch ihre Präsenz im Netz.«

»Und Frauen, die in der Disco einen Minirock tragen, sind schuld, wenn man sie vergewaltigt?«

»Du kannst das eine nicht mit dem anderen vergleichen.«

»Bist du dir sicher?« Sie legte die Kamera auf den Tisch. »So hätte ich dich nicht eingeschätzt. Falls du das Video hochlädst, brauchst du mich nicht mehr um Hilfe zu bitten.« Wütend verließ sie den Raum.

»Conny!«, rief er ihr hinterher. Sie antwortete nicht. Hatte seine Frau recht? Ging er zu weit?

Er lud das Material auf seinen PC und schaute sich das

Video in Ruhe an. Conny hatte ihn vorteilhaft eingefangen. Er könnte daraus eine Stellungnahme produzieren, die für Aufmerksamkeit sorgen würde. Er hatte klargemacht, wie überflüssig er den Tod der Frauen fand und wie hinterhältig ihn Dickhart überrumpelt hatte. In erster Linie würde man allerdings darüber diskutieren, ob die Opfer eine Mitschuld trugen. So stände nicht er im Mittelpunkt des Interesses, sondern die Ermordeten.

Birker rief die Homepage der Zeitung auf, deren Hauptschlagzeile bereits den Mord an Alicia Strophe thematisierte. Oben rechts tauchte sein Name auf.

Ist Matze Birker in die Morde verwickelt? Ein Interview mit ihm wirft Fragen auf.

Wie hatte Karl ihn bloß so hinters Licht führen können? Er musste sich dagegen wehren. Leider war es keine Option, den Kampf gegen die Zeitung aufzunehmen. Dabei konnte er nur verlieren, denn sie hatte eine höhere Reichweite und viel mehr Möglichkeiten. Ihm blieb nichts anderes übrig, als den Fokus auf die Ermordeten zu lenken.

Birker schnitt aus dem Filmmaterial der drei Kameras das Video zusammen. Kaum war er damit fertig, überprüfte er die neuen Kommentare auf seinen Profilen. In den letzten Minuten waren zwanzig Meinungsäußerungen eingegangen. Eine erstaunlich große Anzahl für die kurze Zeit.

Du solltest dich schämen, Matze! Ich fand dich noch nie lustig.

Da hat dich jemand mit deinen eigenen Waffen geschlagen!

Wie bescheuert du bei dem Interview glotzt!
Schnappen bald die Handschellen zu? Du unwitziger Witz-
bold hättest es nicht anders verdient.

Hey, Matze, ich bin ein großer Fan. Du hast jedes Recht dieser
Welt, die Masche der Frauen aufzudecken. Wenn die jetzt je-
mand ermordet, ist es nicht deine Schuld. Lass dir das nicht
einreden. Mach weiter so wie bisher. Ich brauche deine Postings
wie die Luft zum Atmen.

Birker klickte auf das Profilbild des Mannes, der den letzten Kommentar geschrieben hatte. Er nannte sich Juli-An. Sein Profilbild zeigte den Hinterkopf eines Mannes, der aufs Meer schaute.

»Du hast recht«, sagte Birker. »Ich mache weiter so.«

In der Zwischenzeit waren vier neue Kommentare eingetroffen. Alle negativ. Der Wind blies ihm momentan heftig ins Gesicht. Umso wichtiger, das Ruder in der Hand zu behalten.

Noch einmal begutachtete er das zusammengeschnittene Video. Hatte Conny recht? Normalerweise schätzte und berücksichtigte er ihre Meinung. Sie hatte ein gutes Gespür. Doch in dieser Auseinandersetzung war sie auf dem Holzweg. Wenn er nicht Gefahr laufen wollte, dass die Öffentlichkeit ihn für einen Mörder hielt, musste er den Leuten eine Alternative anbieten. Was lag da näher, als den Opfern die Schuld zu geben?

Birker lud das Video hoch. Falls er die falschen Reaktionen erhielte, könnte er es jederzeit wieder löschen.

7

»Das darf einfach nicht wahr sein«, fluchte Drosten. Er saß auf der Rückbank und hielt ein Tablet in der Hand. Kurz zuvor hatte er auf dem Handy eine Nachricht empfangen. Leider hatte sich der Inhalt der Mitteilung bestätigt.

Sommer warf einen überraschten Blick in den Rückspiegel. »Was ist passiert?«

»Die Presse hat Wind von dem Mord in Überlingen bekommen. Auf verschiedenen Online-Portalen wird inzwischen darüber berichtet. Inklusive der Tatsache, dass Birker mit den Opfern in Verbindung stand. Er wird als Verdächtiger dargestellt. Wie lange brauchen wir noch, bis wir da sind?«

»Eine Dreiviertelstunde.«

* * *

Die zuständigen Kommissare empfingen sie im Friedrichshafener Kriminalkommissariat, das rund fünfunddreißig Kilometer vom Tatort entfernt lag. Sie saßen in einem überfüllten Zweierbüro, an dem jede Wand mit Regalschränken zugestellt war.

»Herzlich willkommen«, sagte Hauptkommissar Bruno Linke.

Drosten hatte sich in internen Polizeidatenbanken über die Ermittlungsleiter informiert. Linke war Ende vierzig, seine Partnerin Oberkommissarin Yvonne Kampfeld rund zehn Jahre jünger.

»Wir hätten Sie gerne mit weniger Druck in unserer schönen Region begrüßt«, fuhr Linke fort.

»Die Zentrale wird gerade mit Presseanfragen überflutet«, fügte Kampfeld hinzu. »Und zu allem Überfluss hat Birker vor einigen Minuten ein Video gepostet, in dem er den ermordeten Frauen eine Teilschuld gibt.«

Drosten nickte düster. »Ich habe das kurz vor unserer Ankunft gesehen. Damit tut er sich keinen Gefallen.«

»Gehen wir in unseren Besprechungsraum«, schlug Kampfeld vor. »Bringen wir uns gegenseitig auf den neuesten Stand.«

»Wieso die Zeitung auf die Idee kommt, Birker als verdächtig erscheinen zu lassen, ist uns schleierhaft«, sagte Drosten. »Die Hamburger Kollegen sehen keinen Anlass, an dem Alibi zu zweifeln. Die Entfernung zwischen den beiden Tatorten spricht auch eher gegen einen Prominenten als Täter, da er Gefahr liefe, auf dem Weg dorthin erkannt zu werden.«

»Haben sich in Hamburg andere Verdächtige herauskristallisiert?«, fragte Linke.

»Niemand«, erwiderte Drosten. »Das soziale Umfeld ist überprüft. Hauptkommissar Dorfer und seine Kollegin Decking sind auf keine Person gestoßen, die ihnen verdächtig erschien.«

»Unsere Rechtsmediziner haben zwei verschiedene DNA-Spuren gefunden«, offenbarte Kampfeld. »Frau Strophe hatte vor ihrem Tod einvernehmlichen Sex mit einem noch unidentifizierten Mann.«

»Einvernehmlich?«, vergewisserte sich Kraft.

»Nichts an der Vagina deutet auf einen erzwungenen Akt hin. Das Sperma war in ihrem Unterleib. Die Rechtsmediziner konnten zudem Hautpartikel unter einem ihrer Fingernägel sichern. Wir vermuten, sie stammen von einem Kampf mit dem Täter. Zumindest stimmen sie nicht mit der DNA des akzeptierten Geschlechtspartners überein. Der Täter hat Frau Strophe oral vergewaltigt, worauf Spuren am Mund hindeuten. Wir haben Spermareste gefunden, in einer nicht ganz verheilten Zahnfleischwunde, die von einer Weisheitszahnoperation stammt. Die Sperma-DNA stimmt mit der der Partikel unter der Haut überein.«

»Wer war der zweite Sexualpartner?«, fragte Sommer.

»Darüber können wir derzeit nur spekulieren. Frau Strophe war vor ihrem Tod in keiner festen Beziehung«, führte Linke aus. »Sie hatte am Tag ihrer Ermordung morgens einen Zahnarzttermin. Mit dem Zahnarzt haben wir gesprochen. Sie war zur Nachsorge wegen des gezogenen Weisheitszahnes da. Der Mann ist sechzig Jahre alt und vierfacher Großvater. Er wirkt nicht so, als würde er seine Patientinnen verführen. Außerdem war sein Terminkalender an dem Tag sehr voll. Nachmittags trainierte Frau Strophe mit einem Personal Trainer. Der käme altersmäßig eher infrage. Wir wollen ihn uns heute vorknöpfen.«

»Darüber hinaus erhoffen wir uns Erkenntnisse von Strophes bester Freundin, die wir ebenfalls heute aufsuchen wollen.«

»Da wir zu fünft sind, könnten wir uns aufteilen«, schlug Kampfeld vor. »Dann sparen wir Zeit und sind direkt alle auf demselben Wissensstand.«

»Ich habe nichts dagegen«, sagte Sommer. »Mich würde der Personal Trainer interessieren.«

»Geht mir genauso. Vielleicht kann ich mich anschließend motivieren, mal wieder selbst ein bisschen Sport zu treiben«, sagte Linke und klopfte dabei auf seinen Bauchansatz.

* * *

Auf der gut halbstündigen Fahrt von Friedrichshafen nach Überlingen unterhielten sich Sommer und Linke über die beiden Mordfälle. Sie spekulierten, ob die Ähnlichkeit der Mordopfer und ihre Auseinandersetzung mit Birker die Ermittlungen in ein falsches Licht rückten.

»Seit Yvonne und ich zum Tatort gerufen worden sind, frage ich mich, ob die Taten vielleicht gar nicht zusammenhängen.«

»Das sollten wir nicht ausschließen«, stimmte Sommer zu. »Trotzdem erscheint es mir unwahrscheinlich.«

»Die Distanz zwischen den beiden Tatorten ist riesig«, entgegnete Linke.

»Ein herumreisender Mehrfachmörder wäre nichts Ungewöhnliches. Wir haben ständig damit zu tun.«

Linke schaute ihn fragend an. »Ständig?«

»Öfter, als uns lieb ist«, antwortete Sommer. »Allerdings dürfen Sie nicht nur an Serienmörder denken, wie sie uns im Fernsehen präsentiert werden. Die meisten Mörder, die wir in den letzten Jahren verhaftet haben, folgten einem bestimmten Plan. Ihnen ging es um Rache. Weniger um die Befriedigung sexueller Begierden – selbst wenn sie ihre Opfer missbrauchten.«

Linke schnaubte. »Klingt nicht so, als müsste ich Sie beneiden.«

Der Trainer hatte sein Fitnessstudio in einem zweigeschossigen Haus eingerichtet. Vor dem Gebäude stand eine Werbetafel, die auf seine Dienstleistung hinwies. An der Haustür war ebenfalls ein Schild angebracht.

Gisbert Keller – Fitnesscoach, Schmerztherapeut, Mentaltrainer

Sommer drückte für mehrere Sekunden den Klingelknopf. Es dauerte eine Weile, bis ihnen ein durchtrainierter Mann in Sportkleidung öffnete. Um seinen Nacken lag ein Handtuch.

»Hallo«, begrüßte er die Polizisten. »Wie kann ich Ihnen helfen? Ich bin allerdings gerade in einer Trainingseinheit.«

»Dann müssen Sie die leider unterbrechen«, sagte Sommer. Er zeigte dem Mann seinen Dienstausweis.

»Was will die Polizei von mir?«, fragte Keller überrascht.

»Besprechen wir das drinnen«, schlug Linke vor.

Keller schaute über seine Schulter. »Na gut. Kommen Sie rein. Ich trainiere zum Glück nur mit meiner Lebensgefährtin. Ist also nicht ganz so schlimm.«

Er ging voran und führte sie in einen etwa siebzig Quadratmeter großen Raum, in dem an verschiedenen Stellen unterschiedliche Fitnessgeräte aufgebaut waren. Eine Frau saß am Rudergerät.

»Das ist meine Lebensgefährtin Sofia«, sagte Keller. »Sofia, die Herren sind von der Polizei.«

»Guten Tag«, begrüßte sie die Neuankömmlinge. Sie erhob sich von der Rudermaschine und trocknete sich mit einem Handtuch das schweißnasse Gesicht ab. »Gisbert, was hast du jetzt wieder angestellt?«

»Ich bin mir keiner Schuld bewusst«, antwortete der Mann.

Der belustigte Tonfall der beiden war nicht zu überhören – offenbar hatten sie noch nichts von dem Mord an Alicia Strophe mitbekommen.

Sommer überlegte, ob er Kellers Lebensgefährtin außer Hörweite schicken sollte. Da jedoch die Vermutung nahelag, dass Keller und Strophe einvernehmlichen Sex gehabt hatten, interessierte ihn die Reaktion der dunkelhaarigen Frau. »Haben Sie in den letzten Stunden Nachrichten gelesen?«

»Nein. Ich hatte drei Termine nacheinander. Was habe ich verpasst?«

»Alicia Strophe ist eine Kundin von Ihnen?«, vergewisserte sich Linke.

Bei dem Namen zuckte Keller zusammen. »Ja«, sagte er leise. Dann wandte er sich seiner Gefährtin zu. »Schatz, wieso gehst du nicht schon unter die Dusche?«

»Nein«, entgegnete sie. »Was ist mit Alicia?«

»Sie kennen sich?«, fragte Sommer.

»Flüchtig«, antwortete Sofia. »Ich habe sie zwei- oder dreimal mit meinem Mann trainieren sehen.«

Der Unterton in ihrer Stimme war aufschlussreich. Sommer hörte zweifelsfrei Eifersucht heraus.

»Es tut mir leid, Ihnen mitteilen zu müssen, dass Frau Strophe ermordet wurde.«

»Wann?«, fragte Keller. Die Nachricht erschütterte ihn zutiefst.

Sommer wandte seine Aufmerksamkeit der dunkelhaarigen Frau zu. Die war ebenfalls überrascht, aber bei Weitem nicht so bestürzt wie ihr Partner.

»Vorgestern«, erklärte Linke. »In den Stunden nach Ihrem gemeinsamen Training. Deswegen sind wir hier.«

Keller setzte sich auf eine Bank. Seine Körperspannung war verschwunden. Er schaute zu Sofia, die seine Reaktion aufmerksam verfolgte. »Schatz, geh bitte duschen, und fahr schon mal nach Hause.«

»Wieso?«

»Ihr Partner hat recht«, sagte Sommer. »Falls Sie vorgestern nicht bei der Trainingsstunde dabei waren, möchte ich Sie bitten, uns allein zu lassen.«

»Na, super!« Sie erhob sich und öffnete die Tür zu der kleinen Umkleidekabine. »Ich dusche zu Hause. Wenn ich hier nicht erwünscht bin, muss ich das wohl akzeptieren.«

Es dauerte nicht lange, bis die Frau aus der Kabine zurückkehrte. Sie hatte sich eine dicke Jacke übergezogen und die Kapuze aufgesetzt.

»Ciao«, sagte sie leise, fast aggressiv.

»Entschuldigen Sie meine Freundin. Manchmal geht ihr sizilianisches Temperament mit ihr durch«, flüsterte Keller, sobald sie verschwunden war.

Sommer beschloss, ihn nicht danach zu fragen, ob er ein Liebesverhältnis mit seiner Kundin gehabt hatte. Der Trainer würde seine Glaubwürdigkeit erhöhen, wenn er von allein darauf zu sprechen käme. Er hoffte, Linke würde seinen Plan nicht vereiteln.

»Erzählen Sie uns von dem Training«, bat Linke ihn. »Wann hat es begonnen?«

»Um fünfzehn Uhr«, antwortete Keller prompt. »Alicia war vorgestern meine letzte Kundin.«

»Wie lange dauern normale Trainingseinheiten?«, hakte Sommer nach.

»Eine Stunde.«

»Also hat sie gegen sechzehn Uhr das Gebäude verlassen«, folgerte Linke.

»Nein«, widersprach Keller. »Deutlich später. Es war eher gegen siebzehn Uhr.«

»Wie kam es dazu?«, fragte Sommer.

»Da sie meine letzte Kundin war, haben wir das Training ein bisschen überzogen. Vielleicht um zehn Minuten. Danach haben wir noch miteinander gequatscht. Alicia und ich kennen uns seit Jahren, da hat man viel zu erzählen, wenn man sich nur zweimal die Woche sieht. Höchstens.« Keller mied den Blickkontakt zu den Polizisten. »Außerdem duscht sie immer ziemlich lang. Ich bin dazu übergegangen, sie als letzte Trainingseinheit des Tages einzutragen. Wir sind beide in den sozialen Medien unterwegs, tauschen uns …« Plötzlich hielt er inne. »Hat das mit Birker zu tun? Dem Mord an Josefine? Alicia und ich haben darüber gesprochen.«

»Wie kam das Thema auf?«, fragte Linke.

»Alicia kannte Josefine. Seit sie von ihrem Tod erfahren hatte, war sie …« Er verstummte erneut. »Ich liege richtig, oder? Fuck! Dieser widerliche Kerl.«

»Wen meinen Sie?«, erkundigte sich Sommer.

»Birker. Wen sonst?«

»Wir untersuchen einen Zusammenhang zwischen den Morden. Trotzdem können wir auch unterschiedliche Täter nicht ausschließen«, erklärte Linke. »Hat Frau Strophe sich bedroht gefühlt?«

»Nein«, sagte Keller. »Ihr ging es gut. Sie war fröhlich.«

»Fröhlich?«, wiederholte Sommer.

Keller nickte.

»Ist bei dem Training sonst etwas vorgefallen, was wir wissen müssten?«, fragte Linke.

»Was meinen Sie?«

»Hat sie einen Anruf bekommen? Eine Nachricht erhalten? Solche Sachen? Halt alles, was für unsere Ermittlungen relevant sein könnte.«

»Wir schalten beim Training unsere Telefone aus. Sonst ist man die ganze Zeit abgelenkt.«

»Also fällt Ihnen nichts ein, was Sie uns mitteilen müssten?«

Wieder mied Keller den Blickkontakt. Er starrte zu Boden. »Nein«, sagte er leise.

8

»Hier wohnt man als Autofahrer, der nach einem anstrengenden Arbeitstag nach Hause kommt, bestimmt gerne«, stöhnte Oberkommissarin Kampfeld.

Sie fuhr langsam eine Straße entlang, an der die Parkstreifen zu beiden Seiten dicht besetzt waren. Verena Kraft hielt auf dem Beifahrersitz ebenfalls Ausschau.

»Solche Reihenhaussiedlungen finde ich eigentlich ganz interessant. Man hat Nachbarn, gleichzeitig aber auch sein eigenes Häuschen. Es gibt schlimmere Gegenden.«

»Aber aus Platzmangel keine Garagen.«

»Zu welcher Hausnummer müssen wir?«

»Siebenundzwanzig«, antwortete Kampfeld. »Da sind wir gerade dran vorbeigekommen. Die Architekten könnten wenigstens Garagen einplanen, dann hätten Besucher bessere Parkbedingungen.«

Kraft sah einen Mann in seinem Wagen sitzen. Er fing ihren Blick auf, machte allerdings nicht den Eindruck, als wollte er die Parklücke freigeben.

Kampfeld rollte die Straße entlang. Vor der nächsten Kreuzung hatte sie endlich Glück. Eine Frau fuhr soeben aus einer Lücke, die die Oberkommissarin gleich belegte. Sie stiegen aus und gingen den rund zweihundert Meter langen Weg zurück.

»Unsere Gesprächspartnerin ist ebenfalls Influencerin«, sagte Kampfeld. »Sogar in einem ähnlichen Feld wie Strophe. Sie bloggt über Fitness, Mode und Kosmetik. Ich habe nur ein Video gefunden, in dem Birker über sie herzieht. Sie hat nicht darauf reagiert. Danach hat er sie in Ruhe gelassen.«

Erneut fiel Kraft der Mann auf, der in seinem Wagen hinterm Steuer saß. Er erwiderte den Blick und schaute gleich wieder weg. Ihr Instinkt meldete sich. Kraft prägte sich das Kennzeichen des schwarzen Fahrzeugs ein.

»Da vorne ist es«, sagte Kampfeld. Sie trat unter das Vordach des Reihenhauses. Die Oberkommissarin drückte die Klingel, auf der der Name ›Geib‹ stand. Kraft bemerkte den schmalen, gepflasterten Weg, der ums Haus herumführte. Offenbar gab es auf der Rückseite sogar kleine Gärten. Ihr hätte eine solche Wohnlage gefallen. Nicht unbedingt für sich allein, aber vielleicht später für Jonah und sie.

»Hallo?«, riss eine weibliche Stimme sie aus ihrem Tagtraum.

»Kampfeld. Wir haben heute Vormittag miteinander telefoniert.«

»Ich öffne Ihnen.«

An der Tür empfing sie eine blonde Frau in sportlicher Bekleidung. Cremefarbene Leggins, dazu passende Sneaker und ein schwarzes Langarmshirt vermittelten den Eindruck, als wäre sie auf dem Weg zum Sport.

»Hoffentlich kommen Sie sich nicht überfallen vor. Ich hatte keine Gelegenheit, Sie vorab über meine Begleitung zu informieren«, entschuldigte sich Kampfeld. »Das sind Kollegen aus Wiesbaden.«

»Ich fürchte, ich habe für uns alle zu wenig Tee zubereitet. Aber das lässt sich leicht ändern. Hereinspaziert.«

Die Frau führte sie ins Wohnzimmer, wo in einer Ecke ein Esstisch stand. Darauf entdeckte Kraft ein Stövchen mit brennender Kerze, eine Teekanne, drei Tassen, genauso viele Gläser, eine Wasserflasche und eine Keksdose.

»Mir reicht Wasser«, sagte Kraft.

»Mir auch«, schloss Drosten sich an. »Sie müssen sich unseretwegen keine Umstände machen.«

»Ganz wie Sie wollen«, erwiderte Geib. »Wiesbaden ist weit weg. Dort ist das BKA, oder?«

»Und unsere Behörde«, antwortete Kraft. »Die KEG. Wir ermitteln in Mordfällen, die sich in verschiedenen Bundesländern zutragen.«

»Also sind Sie auch wegen Josefine hier?«

»Sie kannten sich?«, fragte Drosten.

Geib nickte.

»Nur virtuell oder persönlich?«, hakte Kraft nach.

»Beides. Allerdings haben wir uns bloß dreimal gesehen. Trotzdem hat mich ihr Tod erschüttert. Vor allem …« Maite Geib hielt kurz inne und setzte sich. »Das alles hat mit Birkers Hetze gegen Frauen wie uns zu tun. Davon bin ich überzeugt.«

»Darauf kommen wir noch zu sprechen«, sagte Kampfeld. »Ich würde allerdings chronologisch gerne früher ansetzen. Wie lange kannten Frau Strophe und Sie sich?«

»Wir haben uns in der Realschule angefreundet.« Geib griff zu der Teekanne. »Trinkt jemand mit mir schwarzen Tee?«

Kampfeld nickte. Geib schenkte ihnen ein. Dann öffnete sie die Wasserflasche und versorgte ihre übrigen Gäste mit Wasser.

»Nach dem Abschluss haben wir uns ein bisschen aus den Augen verloren. Alicia machte ihre kaufmännische Ausbildung, ich konzentrierte mich viel zu sehr auf meinen damaligen Partner. Ich habe mit zwanzig geheiratet, was ziemlich dumm war. Aber so war ich versorgt, außerdem konnte ich auch ohne Ausbildung im Betrieb meiner ehemaligen Schwiegereltern arbeiten. Vor ein paar Jahren begegneten Alicia und ich uns auf einem Ehemaligentreffen und verstanden uns auf Anhieb wie früher. Seitdem waren wir richtig befreundet. Wir haben uns gegenseitig motiviert, die sozialen Medien auszuprobieren. Bei mir hat es besser geklappt als bei ihr. Ich kann mittlerweile gut davon leben. Alicia musste ein paar Stunden in der Woche nebenbei arbeiten. Aber alles in allem war sie über die Möglichkeiten der heutigen Zeit genauso erleichtert wie ich. Zumindest bis dieser Idiot, also Birker, uns ins Visier nahm. Wie sehr ich ihn dafür hasse.«

»*Sie* haben Ruhe vor Birker? Abgesehen von dem einen Video?«, vergewisserte sich Kraft.

»Pure Glückssache. Mich hätte es auch härter treffen können. Zumal ich viel mehr poste als Alicia. Als Birker mich ins Visier nahm, hatte ich gerade eine Phase mit wenigen Beiträgen. Wahrscheinlich habe ich ihn gelangweilt.«

»Hat sie mit Ihnen darüber gesprochen, wie es ihr damit ging?«

»Das war in den letzten Wochen oft unser Hauptgesprächsthema. Es hat sie völlig fertiggemacht. Sie hat sich einmal gegen ihn gewehrt, woraufhin er richtig fies wurde. Den anschließenden Shitstorm hat sie über sich ergehen lassen und sich nie wieder getraut, ihm zu kontern. Dann starb Josefine, und dieser Penner schlachtet das für sich aus. Wir haben uns so geärgert. Josefine war eine ganz Liebe. Wir haben uns auf einer Fitnessmesse kennengelernt.« Geib seufzte und trank einen Schluck Tee. »Insgesamt sind wir uns dreimal begegnet. Wir hatten ähnliche Interessen, sahen uns ähnlich und waren total auf einer Wellenlänge.

Als Birker ihr in einem Video quasi die Schuld an ihrer Ermordung zuschob, wäre ich fast ausgerastet. Alicia hat mich davon abgehalten, ihm öffentlich entgegenzutreten. Darüber haben wir uns bei unserem letzten Telefonat ...« Unvermittelt rannen ihr Tränen über die Wangen. »Entschuldigung.«

Sie stand hektisch auf und verließ den Raum. Kurz darauf hörte Kraft eine Tür zufallen. Die Polizisten schwiegen und hingen ihren eigenen Gedanken nach. Es dauerte nicht lange, bis Geib zu ihnen zurückkehrte.

»Entschuldigung«, murmelte sie erneut.

»Sie haben keinen Grund, sich für Ihre Tränen zu schämen«, sagte Kraft. »Sie erwähnten gerade Ihr letztes Telefonat. Das haben Sie mit Frau Strophe geführt, als sie von einer Trainingsstunde mit Herrn Keller nach Hause kam, richtig?«

Geib nickte.

»Hat Frau Strophe beunruhigt gewirkt?«

»Ganz im Gegenteil. Sie war verdammt gut drauf. Wie nach jeder Trainingsstunde mit Gisbert.«

»Das heißt?«, hakte Kraft nach.

»Sie hat es nie klar ausgesprochen, aber ich schätze, Gisbert und sie haben ihr Training immer auf spezielle Art verlängert.«

»Die beiden hatten eine Affäre?«, vergewisserte sich Kampfeld.

»Ich bin mir ziemlich sicher. Alicia war niemand, der Andeutungen gemacht hätte, wenn es keinen Grund dafür gegeben hätte. Allerdings lebt Gisbert in einer festen Beziehung mit einer eifersüchtigen Italienerin. Deswegen hat Alicia das auch nicht laut herausposaunt.«

Falls das mit der Affäre stimmte, würden sich die unterschiedlichen

DNA-Spuren erklären, dachte Kraft. *Zumindest kommt Kellers Partnerin nicht als Täterin infrage, wegen der festgestellten Spermaspuren.*

»Was können Sie uns noch über Frau Strophe berichten?«, fragte Kampfeld.

»Ich weiß nicht, wie ich ohne sie klarkommen soll«, erwiderte Geib leise. »Wenn Sie wüssten, wie sehr sie mir bei meiner Scheidung Rückendeckung gegeben hat.«

»Wann haben Sie sich scheiden lassen?«, erkundigte sich Kraft.

»Das rechtskräftige Urteil wurde vor knapp über zwei Jahren gefällt. Getrennt habe ich mich von Anton vor dreieinhalb Jahren. Mit allen Konsequenzen. Ich stand wirtschaftlich vor dem Nichts. Antons Eltern haben mich sofort entlassen, weil er die Trennung nicht akzeptieren wollte. Selbst nach der Scheidung nicht.«

»Das heißt?«, fragte Kampfeld.

Geib winkte ab. »Anfangs hat er mich ständig angerufen. Telefonterror betrieben, besonders gern nachts. Seit ich als Influencerin Erfolg habe, kommentiert er meine Videos boshaft unter diversen falschen Namen. Seine Rechtschreibung ist allerdings so schlecht, dass ich jedes Mal durchschaue, wenn er zugeschlagen hat. Ist nicht so schlimm, wie das, was Birker veranstaltet. Trotzdem nervt es. Außerdem hat er immer wieder Phasen, in denen er mir auf Schritt und Tritt folgt. Da war mir Alicia eine große Hilfe. Sie hat ihn mehrfach mit dem Handy aufgenommen, wenn er vor der Haustür herumlungerte. Meistens hat es gereicht, ihm mit einer Anzeige zu drohen, um wenigstens ein paar Wochen Ruhe zu haben.«

Kraft runzelte die Stirn. »Fährt Ihr Ex einen schwarzen Golf? Dunkelblonde Haare, hoher Stirnansatz?«

»Woher wissen Sie das?«

»Scheiße!«, fluchte Kraft. »Ich fürchte, ich habe ihn vorhin auf der Straße gesehen.« Sie sprang auf und lief in den Flur.

»Verena!«, rief Drosten ihr hinterher.

»Bleib du hier. Ich komme damit alleine klar und kann ihn so besser überraschen.«

Sie rannte hinaus. Vor der Haustür wandte sie sich nach links und senkte den Kopf. Wenn Geibs Ex noch immer an Ort und Stelle war, wollte sie ihn nicht zu früh aufschrecken. Kraft lief an den geparkten Fahrzeugen vorbei, ohne den schwarzen Golf zu entdecken. Hatte er in den letzten Minuten seinen Beobachtungsposten verlassen, weil sich ihre Blicke zweimal getroffen hatten? Bei einem Mann, der seine Ex-Ehefrau belästigte, aber Angst vor juristischen Konsequenzen hatte, wäre das eine nachvollziehbare Handlung. Kraft hob den Kopf und musterte die Umgebung, ohne ihn irgendwo zu entdecken. Frustriert trat sie den Rückweg an. An der Haustür klingelte sie.

»Hast du ihn vertrieben?«, fragte Drosten, als er die Tür öffnete.

»Er ist schon vorher verschwunden.«

»Sind Sie sicher, dass das Anton war?«, erkundigte sich Geib. »In den letzten Wochen hat es ihm gereicht, mir mit gehässigen Kommentaren das Leben schwer zu machen. Hier in der Straße habe ich ihn länger nicht mehr gesehen.«

Kraft nannte ihr das Kennzeichen, das sie sich eingeprägt hat.

»Dieser Idiot!«, fluchte Geib. »Ja, das ist er. Was soll das denn jetzt schon wieder?«

»Sie haben während Ihrer Ehe mit den sozialen Medien angefangen?«, fragte Kraft.

»Ja. Gegen Antons Willen. Er wollte nicht, dass sich seine Frau so öffentlich präsentiert. Mir war seine Meinung aber egal. Als ich zum ersten Mal einen gehässigen Kommentar von ihm fand, den er unter falschem Namen geschrieben hatte, hat das unsere Trennung beschleunigt.«

»Er kannte Frau Strophe?«, fragte Kraft.

Geib nickte. »Nach meinem Auszug rief er bei ihr an und bettelte darum, dass sie mich zur Vernunft bringen sollte. Sie hat ihm klargemacht, wie sehr sie meinen Schritt unterstützte. Das fand er nicht amüsant.«

Kraft lehnte sich im Stuhl zurück. »Die Fitnessmesse, auf der Sie Josefine Christensen kennengelernt haben, hat *wann* genau stattgefunden?«

»Vor vier Jahren.«

»Hat Ihr Ex-Mann Sie damals begleitet und Frau Christensen ebenfalls kennengelernt?«

Nun runzelte Geib die Stirn. »Ja. Halten Sie Anton für verdächtig?«

Kraft suchte Drostens Blick.

Der nickte knapp. »Zumindest sollten wir ihn näher unter die Lupe nehmen.«

»Ich verteidige Anton nur ungern, aber warum sollte er zwei Frauen töten, die ihm letztlich nichts getan haben? Trotz allem, was in letzter Zeit passiert ist.«

»Was meinen Sie damit?«, erkundigte sich Kampfeld.

Geib lächelte selbstzufrieden. »Anton und seine Eltern haben mir immer prophezeit, irgendwann vor dem wirtschaftlichen Ruin zu stehen. Ohne Ausbildung, ohne festen Job. Finanziell geht es mir allerdings besser als je zuvor. Ich bin unabhängig. Meine Schwiegereltern hingegen mussten vor einem Dreivierteljahr mit ihrer Firma Insolvenz anmelden. So spielt manchmal das Leben.«

Kampfeld zog eine Visitenkarte aus ihrem Portemonnaie. »Wenn Sie Ihren Ex das nächste Mal sehen, rufen Sie mich bitte sofort an. Mein Handy ist immer angeschaltet. Sie erreichen mich zu jeder Uhrzeit.«

Geib nahm die Karte an sich und nickte. Ihre Skepsis war allerdings unübersehbar.

9

Am frühen Abend kehrten die Polizisten ins Präsidium zurück. Sommer und Linke berichteten zuerst, welchen Eindruck sie bei ihrer Befragung gewonnen hatten.

»Keller hat mit keinem Wort erwähnt, dass Frau Strophe und er eine Affäre hatten. Dass er uns das verschwiegen hat, war aber offensichtlich.«

»Das passt zu der Aussage von Frau Geib«, sagte Drosten. »Sie konnte es zwar nicht hundertprozentig bestätigen, weil Alicia Strophe nicht damit hausieren ging, trotzdem hatte sie keinen Zweifel an einer Beziehung zwischen den beiden.«

»Macht das den Trainer verdächtig?«, fragte Kampfeld.

»Das passt vom zeitlichen Ablauf nicht«, erwiderte Linke. »Er trainiert mit seiner Kundin, nach der Sporteinheit haben sie einvernehmlichen Sex. Danach fährt Strophe nach Hause, telefoniert mit Geib. Strophe wird irgendwann in den eigenen vier Wänden überfallen. Der Täter zwingt sie zum Oralsex. Die Rechtsmedizin kann Sperma in ihrem Mund nachweisen, das nicht mit dem aus ihrer Vagina übereinstimmt. Keine Ahnung, warum Keller das Verhältnis für sich behielt, aber als Verdächtigen schließe ich ihn aus.«

»Was uns zu seiner Lebensgefährtin führt«, sagte Sommer. Er suchte Linkes Blick, der zustimmend nickte. »Sie wirkte eifersüchtig und ist möglicherweise der Grund, warum Keller nicht offen mit uns gesprochen hat.«

»Eine weibliche Täterin ist aber vom Tisch, oder?«, fragte Kraft. »Wegen der Spermaspuren.«

»Genau. Trotzdem könnte sich Kellers Lebensgefährtin als wertvoller Hebel für uns erweisen. Hauptkommissar Linke und ich haben uns darüber schon abgestimmt. Wir wollen Keller noch einmal aufsuchen, allerdings nicht im Fitnessstudio, sondern besser in einer privaten Situation. Wenn er und Strophe eine Affäre hatten, hat sie sich ihm hoffentlich anvertraut. Vielleicht hat er von ihr Informationen bekommen, die auf einen Verdächtigen aus Strophes sozialem Umfeld hindeuten.«

»Heute Abend ist es dafür zu spät?«, fragte Drosten.

Sommer nickte. »Wir haben uns das für morgen Abend vorgenommen.«

»Kommen wir auf Frau Geib zu sprechen. Nach unserem Wissensstand die letzte Person, mit der Strophe vor ihrem Tod gesprochen hat. Vom Mörder abgesehen«, sagte Kampfeld. Sie gab zunächst für Sommer und Linke den ersten Teil der Aussage wieder. Dann kam sie auf Geibs Ex-Ehemann und Krafts Beobachtung zu sprechen. »Anton Geib hat die Influencer-Tätigkeit seiner Ehefrau abgelehnt und sie sogar boykottiert. Frau Strophe hat seine Frau bei der Scheidung unterstützt. Die Geibs kannten die getötete Hamburgerin Christensen persönlich. Wir finden die Spur ziemlich interessant. Der Täter vergewaltigt und tötet Frauen, die eine gewisse Ähnlichkeit zu Frau Geib aufweisen und beruflich ebenfalls als Influencerinnen arbeiteten. Die Verbindung zu Birker könnte ein geschicktes Ablenkungsmanöver sein.«

»Der Familienbetrieb der Geibs hat ein paar Monate vor der ersten Tat Insolvenz angemeldet. Anton Geib hat dadurch seinen Job verloren«, fuhr Drosten fort. »In gewisser Weise auch seine Eltern. Wir haben mittlerweile herausgefunden, dass sie nach der Abwicklung der Firma nach Teneriffa gezogen sind, wo sie jetzt dauerhaft leben.«

»Er könnte sich also vorgenommen haben, Rache zu üben. Fängt aber nicht direkt bei seinem eigentlichen Ziel an«, murmelte Sommer. »Er übt in Hamburg und schlägt dann bei einer Frau zu, die er als persönliche Feindin ansieht.«

»Wäre seine Frau das nächste Opfer? Müssen wir Personenschutz organisieren?«, fragte Linke.

Kraft nickte. »Nicht auszuschließen. Wir haben Maite Geib gewarnt und sie gebeten, sich sofort mit uns in Verbindung zu setzen, wenn sie ihn irgendwo lauern sieht. Wichtig wäre es, mehr über Anton Geib herauszufinden. Die Handynummer, die seine Ex-Frau kannte, ist zum Beispiel nicht aktiv. Das haben wir überprüft. Auch auf der Festnetznummer kommt eine Betreiberansage, dass die gewählte Nummer nicht vergeben sei.«

Sommer schaute auf seine Uhr. »Ich habe heute Abend nichts mehr vor. Wo lebt er?«

»Ebenfalls in Überlingen«, sagte Kampfeld.

Sommer erhob sich. »Na dann!«

* * *

Das Haus, in dem Anton Geib gemeldet war, wirkte unbewohnt. Nirgendwo brannte Licht, an einigen Fenstern waren die Rollläden heruntergelassen. In dem Briefkasten vor dem Haus steckten diverse Werbesendungen.

Wenig optimistisch trat Sommer an die Haustür und klingelte. Nichts passierte.

»Wenn er noch hier leben würde, wäre wenigstens der Briefkasten geleert«, vermutete Drosten.

»Aber ich habe ihn erst vor ein paar Stunden gesehen«, sagte Kraft. »Er ist also nicht wie seine Eltern aus der Region geflüchtet.« Sie schaute auf ihre Uhr. »Viertel nach acht. Ist es zu spät, um sich bei Nachbarn umzuhören?«

»Nicht, wenn wir uns beeilen und aufteilen«, entschied Linke. »Drei Teams?«

»Einverstanden. Ich bin gerne solo unterwegs«, sagte Sommer.

Sie teilten die umstehenden Häuser untereinander auf. Sommer wandte sich nach links und klingelte am angrenzenden Gebäude, an dem einige Lampen brannten. Kaum hatte er die Klingel gedrückt, bellte ein Hund. Durch die Milchglastürscheibe sah Sommer das Tier angerannt kommen. Vorsichtshalber trat er zwei Schritte zurück.

Es dauerte ein paar Sekunden, bis das Bellen verstummte. Ein etwa sechzigjähriger Mann öffnete ihm. Ein Australian Shepherd stand mit wedelndem Schwanz neben ihm.

»Entschuldigen Sie die späte Störung«, begann Sommer.

»Kommt darauf an«, erwiderte der Bewohner. »Was wünschen Sie?«

»Hauptkommissar Lukas Sommer. KEG Wiesbaden.« Er zeigte seinen Dienstausweis. »Meine Kollegen und ich suchen Herrn Geib.« Er drehte sich leicht zur Seite, damit sein Gegenüber sehen konnte, wie Drosten und die anderen Polizisten ebenfalls bei Nachbarn klingelten.

»Den werden Sie hier nicht mehr antreffen«, sagte der Bewohner. »Das Haus steht zum Verkauf. Gesehen habe ich Anton das letzte Mal vor vier Wochen. Wird er vermisst?«

»Er könnte für uns ein wichtiger Zeuge sein«, behauptete Sommer. »In einer Mordermittlung.«

»Herrje! Tut mir leid, ich habe keine Ahnung, wo er untergekommen ist. Anton hat keine leichte Zeit hinter sich. Nach der Scheidung musste er auch die Insolvenz der Firma verkraften. Er hat sich deswegen ziemlich zurückgezogen. Letzten Sommer haben wir nicht einmal zusammen gegrillt. Absolut ungewöhnlich. Denn davor die Jahre war er ein umgänglicher Zeitgenosse.«

»Er hat Ihnen also keine Information hinterlassen, wo man ihn antreffen kann?«, vergewisserte sich Sommer. »Und sei es nur eine Telefonnummer?«

»Leider nicht. Als im November ein Umzugswagen hier in der Straße stand, kam das für uns ziemlich überraschend.«

»Wissen Sie zufällig noch den Tag?«

Der Rentner lächelte zufrieden. »Da haben Sie Glück. Das war am Geburtstag unserer Enkeltochter. Also am Siebten.«

Und somit nur wenige Tage vor dem ersten Mord, dachte Sommer. Hatte Geib alle Brücken hinter sich abgerissen, um in Ruhe seinen Racheplan auszuüben?

»Verkauft er das Haus über einen Makler?«, fragte Sommer.

Der Mann zuckte die Achseln. »Tut mir leid, das weiß ich nicht.«

Sommer bedankte sich bei ihm und wandte sich um. Während der Rentner die Haustür schloss, lobte er seinen Hund, was Sommer ein Lächeln entlockte. Er liebte große Hunde und beneidete Drosten um dessen Haustier. Da Jenny und er absolut unregelmäßige Arbeitszeiten hatten, kam die Anschaffung eines Hundes für sie leider nicht infrage. Jedes Mal, wenn sie darüber sprachen, endeten sie bei diesem enttäuschenden Ergebnis.

Auf der Straße trafen die Polizisten zusammen. Sommer hatte die konkreteste Information in Erfahrung gebracht, denn niemand der anderen Nachbarn hatte sich an den exakten Tag des Auszugs erinnern können.

»Kurz darauf begann die Mordserie. Zufall?«, fragte Kampfeld.

»Genau mein Gedanke«, stimmte Sommer zu. Er angelte das Handy aus der Jackentasche. »Hier am Bodensee gibt es wahrscheinlich viele Makler, oder?«

»Wenn wir die einzeln abklappern müssen, haben wir gut zu tun«, bestätigte Linke.

Sommer öffnete den Browser und rief eine Seite mit Immobilienangeboten auf. Seine Auswahlkriterien lauteten »Kaufen, Haus, Überlingen«. Das System lieferte ihm dreizehn Treffer. »Hier ist es«, sagte er. »Oder?« Er zeigte den Kollegen das Suchergebnis.

»Definitiv«, bestätigte Kampfeld. »Über eine Million als gewünschter Verkaufspreis ist in dieser Lage und bei dem Alter des Hauses allerdings sportlich. Die wird er nicht bekommen.«

»Der Verkauf scheint mir nicht über einen Makler zu laufen. Zumindest ist hier keine Firma aufgeführt. Ich rufe mal die Nummer in der Anzeige an. Seid bitte leise.«

Sommer gab die Handynummer ein. Er drückte die Verbindungstaste und lauschte. In der Leitung erklang ein Freizeichen. Nach ein paar Sekunden meldete sich ein Mann.

»Hallo?«

»Hertz hier, guten Abend«, nannte Sommer seinen alten Undercover-Tarnnamen. »Ich bin auf Ihre Hausanzeige gestoßen. Sind Sie ein Makler, oder verkaufen Sie das Haus privat?«

»Das ist ein privater Verkauf. Ich bin der Besitzer.« Schlagartig klang der Mann freundlicher.

»Wundervoll. Ich hasse diese ganzen Makler. Geld verdienen fürs Nichtstun, sag ich immer. Na ja. Die Bilder von Ihrem Haus gefallen mir. Ich suche derzeit für meine Familie und mich eine Bleibe am Bodensee. Wir ziehen im Frühling berufsbedingt vom Main hierher. Besteht kurzfristig die Gelegenheit, sich das Haus anzusehen?«

»Reicht Ihnen übermorgen? Da könnte ich direkt vormittags.«

»Morgen können Sie es nicht einrichten?«

»Leider nicht. Ich bin derzeit beruflich unterwegs.«

»Dann sehen wir uns übermorgen. Was halten Sie von zehn Uhr?«

»Das passt bei mir. Herr Herz? Habe ich das richtig verstanden?«

»Geschrieben mit *tz*. Genau. Und Sie sind?«

»Mein Name ist Anton Geib.«

»Dann sehen wir uns übermorgen vor dem Haus.«

Kurz darauf beendete Sommer das Telefonat. Vom vereinbarten Zeitpunkt abgesehen, war er mit dem Verlauf des Gesprächs zufrieden. Sie hatten einen Termin mit Geib, zudem besaßen sie seine aktuelle Rufnummer.

»Die Frage ist, ob wir die Nummer orten lassen«, sagte er.

Drosten schüttelte den Kopf. »Dafür ist der Verdacht gegen ihn nicht stark genug. Warten wir ab, wie er sich übermorgen uns gegenüber verhält.«

»Ich kann allerdings weder dich noch Verena mitnehmen. Er könnte euch wegen eurer kurzen Begegnung auf der Straße wiedererkennen.«

»Also falle ich auch raus«, folgerte Kampfeld.

Sommer nickte.

»Ich komme gerne mit«, sagte Linke. »Morgen nehmen wir uns dann den Trainer vor. Übermorgen den Ex-Ehemann. Das passt wundervoll.« Der Hauptkommissar schaute auf seine Uhr. »Und jetzt sollten wir den Abend beenden. Meine Frau freut sich bestimmt, wenn wir noch gemeinsam fernsehen können.«

10

Gisbert Keller stand an seinem geöffneten Kleiderschrank. Er würde morgen in aller Frühe nach München aufbrechen, wo ihn ein reicher amerikanischer Kunde für ein paar Trainingseinheiten an zwei Tagen gebucht hatte. Allerdings konnte er sich nicht konzentrieren. Seine Gedanken kreisten um die schreckliche Erkenntnis, dass Alicia tot war. Ermordet von einem Unbekannten.

Er konnte das nicht glauben. Sie war nur Stunden nach ihrem Liebesakt gestorben.

Hätte er der Polizei davon berichten müssen? Die Angst davor, dass Sofia auf diese Weise von der Affäre erfuhr, war zu groß gewesen. Sie würde das nicht einfach akzeptieren, sondern ihm die Hölle auf Erden bereiten. Sich vielleicht sogar von ihm trennen. Trotz seines Seitensprungs wollte er das nicht.

Sex und Liebe standen für ihn auf zwei unterschiedlichen Blättern. Er liebte Sofia, während er Alicia bloß begehrt und zum Vergnügen benutzt hatte. Genau so war sie auch mit ihm umgegangen.

Keller nahm zwei Sport-Shirts aus dem Schrank und legte sie in die Reisetasche. Sofia hatte ihn direkt nach seiner Rückkehr vom Studio ausgequetscht. In ihren Augen hatte er Misstrauen gelesen. Er musste ihr ausführlich erzählen, was die Polizisten gefragt hatten. Bei fast jedem einzelnen Punkt hatte sie nachgehakt. Ein Anruf von Sofias Mutter aus Neapel hatte ihn gerettet, und er hatte die Gelegenheit genutzt, sich ins Schlafzimmer zurückzuziehen.

Er zog die frisch gewaschene Sporthose aus dem Schrank. Sein amerikanischer Kunde trainierte auch bei Minusgraden gern im Freien – solange es nicht regnete. Sobald allerdings nur ein Tropfen Wasser vom Himmel fiel, bestand er auf ein Training im Fitnessstudio des Hotels. Deshalb benötigte Keller mindestens vier unterschiedliche Outfits und zwei Paar Schuhe.

Die Schlafzimmertür öffnete sich.

»Weißt du, was mir während des Telefonats durch den Kopf gegangen ist?«, fragte Sofia. Sie klang wütend.

Langsam drehte er sich zu ihr um. »Keine Ahnung, Schatz.«

»Die Polizei hat keinen Grund, dich aufzusuchen. Es sei denn, du …«

»Es sei denn, ich war der Letzte, der Alicia lebendig gesehen hat. Wie oft soll ich das noch wiederholen? Sie ist vom Training nach Hause gefahren und dort überfallen worden. Die Polizisten wollten wissen, ob sie beunruhigt gewirkt hat und …«

»Glaub ich nicht!«, schrie Sofia.

Er zuckte die Achseln. »Was soll ich daran ändern?«

»Du hast sie gefickt!« Sie funkelte ihn wütend an.

»Das wievielte Mal wirfst du mir das vor? Ich kann es nicht mehr hören!« Keller wurde lauter. Angriff war manchmal die beste Verteidigung. »Ich habe Alicia nicht gefickt. Und auch keine meiner anderen Kundinnen. Wenn du ein Problem mit meinem Job und dem zwangsläufig engen Kontakt zu Frauen hast, hättest du dich nicht auf einen Personal Trainer einlassen dürfen. Außerdem will ich gar nicht wissen, wie du im Büro mit deinen männlichen Kollegen umgehst.«

»Das kannst du nicht vergleichen. Meine Kollegen sind nicht halbnackt und duschen auch nicht bei mir.«

»Schatz, ich liebe nur dich«, sagte er deutlich leiser. »Keine andere, sondern bloß dich. Warum sollte ich mich auf eine andere einlassen, wenn die Schönste zu Hause auf mich wartet? Das ergibt keinen Sinn!« Er ging einen Schritt auf sie zu. »Komm her!« Keller breitete die Arme aus.

Sofia zögerte. Sie zog einen Schmollmund. »Du darfst mir nicht das Herz brechen«, warnte sie ihn.

»Das mache ich nicht«, versprach er.

»Ich würde mich furchtbar an dir rächen. Vergiss nie, ich bin Sizilianerin. Nichts geht über unsere Ehre. Die darfst du nicht beschmutzen!«

»Wie könnte ich das vergessen? Genau deswegen liebe ich dich.«

Endlich ließ sie sich von ihm umarmen.

»Du bist mir immer treu?«, fragte sie leise.

»Immer.« Er gab ihr einen Kuss auf den dunklen Haarschopf. Dabei dachte er an Alicia.

* * *

Um siebzehn Uhr erreichten Sommer und Linke das Haus, in dem Gisbert Keller mit seiner Partnerin lebte. Am Tag zuvor hatte sich der Mann zu dieser Uhrzeit noch im Fitnessstudio aufgehalten. Die Polizisten hofften darauf, zunächst seine Freundin allein anzutreffen.

»Hallo?«, erklang eine weibliche Stimme durch die Gegensprechanlage.

Sommer lächelte und zeigte seinem Kollegen den erhobenen Daumen.

»Hauptkommissar Sommer. Guten Tag.« Er las den

Namen der Frau vom Klingelschild ab. »Frau Moretti, ich glaube, wir haben uns gestern schon gesehen. Im Fitnessstudio von Herrn Keller.«

»Das stimmt. Ich öffne Ihnen.«

Das lief besser als erwartet. Sie stiegen die Treppe in die erste Etage hoch, wo die Frau in der Tür stand.

»Hallo«, begrüßte Sommer sie. »Nach unserem gestrigen Gespräch mit Ihrem Lebensgefährten haben sich noch ein paar Fragen ergeben. Ist er zu sprechen?«

»Kommen Sie rein«, sagte die Frau. »Hinten links durch die Tür. Da ist das Wohnzimmer.«

Sommer ging voran, Linke folgte. Von Keller war nichts zu sehen.

»Gisbert ist die nächsten zwei Tage nicht da«, sagte sie bedauernd. »Ein Amerikaner, mit dem er öfter zusammenarbeitet, hat ihn gebucht. Gisbert ist in einem Hotel in München.«

»Oh«, entfuhr es Linke. »Das hätte er gestern erwähnen müssen.«

»Tut mir leid. Das hat er wohl vergessen. Vielleicht kann ich Ihnen ja helfen. Die meisten Fragen kann ich bestimmt beantworten, und wenn etwas ungeklärt bleibt, rufe ich ihn per Videocall an. Falls er nicht gerade mit seinem Kunden trainiert, ist das kein Problem.«

Sommer bemerkte die Neugierde in ihrer Stimme. Sie war versessen darauf, Einzelheiten zu erfahren. Er nahm auf dem Sofa Platz.

»Ist Ihr Partner öfter über Nacht weg?«, fragte er.

»Ja«, brummte sie. »Sein Job erfordert das, obwohl es mir nicht gefällt. Ich bin nachts ungern allein.«

»Verstehen Sie uns nicht falsch, wir betrachten Herrn Keller nicht als verdächtig. Trotzdem ist es uns am liebsten, ihn zweifelsfrei bei den Ermittlungen ausschließen zu können. Haben Sie eine Übersicht, wann er nicht da war? Uns interessiert vor allem ein Tag vor gut drei Wochen.« Sommer nannte das Datum des Hamburger Mords.

»Das lässt sich leicht überprüfen. Ich hole eben unseren Familienkalender.« Sie verließ den Raum.

Sommer blickte zu Linke, der ihm zur Antwort zunickte. Die Frau allein anzutreffen gab ihnen eine perfekte Gelegenheit, mehr über den Fitnesstrainer zu erfahren.

Sofia Moretti kehrte zurück, einen länglichen Kalender in der Hand. »Da war er tatsächlich nicht da, sondern hat eine Kundin in Karlsruhe trainiert. Hier steht als Eintrag bloß Eva Schrägstrich Karlsruhe. Ich glaube, sie heißt mit vollem Namen Tannenbusch. Eine sehr attraktive und erfolgreiche Influencerin.«

»Sie waren dann vermutlich allein in der Wohnung?«, fragte Linke.

Moretti nickte. »Wie so oft.«

»Telefonieren Sie bei solchen Gelegenheiten miteinander?«, erkundigte sich Sommer.

»Jeden Abend. Mindestens eine Stunde. Per Videocall.«

»Dann haben Sie Gewissheit, dass er sich im Hotelzimmer aufhält«, sagte Sommer.

Sie nickte. »Zumindest während des Telefonats, das ich gerne in die Länge ziehe.«

»Trainiert er oft mit Frauen?«

»Leider. Wahrscheinlich sehen Sie es mir an. Ich bin Italienerin und kann meine Eifersucht nicht verhehlen. Gisbert ist ein attraktiver Mann, der mit nicht minder hübschen Frauen engen Körperkontakt hat.«

»Und das gefällt Ihnen nicht?«

»Leider gehört es zu seinem Job. Verraten Sie ihm bitte

nicht, dass ich Ihnen gegenüber so ehrlich gewesen bin, aber Gisbert hat einen ausgeprägten Sextrieb. Wenn wir uns nicht mindestens vier- bis fünfmal die Woche lieben, wird er schnell unzufrieden. Also liegt es auf der Hand, warum ich mir Sorgen mache, sobald er für zwei Nächte außer Haus ist. In dem Hotel, in dem er sich gerade aufhält, ist wahrscheinlich jede zweite Mitarbeiterin scharf auf ihn.« Sie seufzte. »Gisbert ist groß, muskulös und wortgewandt. Er müsste nur mit dem Finger schnippen.« Sie führte die Geste vor und zuckte dann hilflos mit den Achseln.

»Haben Sie denn Grund, an seiner Treue zu zweifeln?«, fragte Sommer.

»Er würde das verneinen.«

»Weil Sie so ehrlich sind, ziehen wir Sie auch ins Vertrauen«, preschte Linke vor.

Sommer riss die Augen auf. Er ahnte Böses. »Es ist vielleicht nicht angebracht …«, setzte er an, doch sein Kollege hob rasch mahnend die Hand. »Das geht in Ordnung. Frau Moretti hat die Wahrheit verdient.«

»Wahrheit?«, wiederholte sie. »Was hat er getan?«

»Alicia Strophe hatte zweimal Sex vor ihrem Tod. Einmal erzwungen, einmal freiwillig.«

»Maledetto stronzo!«, flüsterte sie leise. »Hat er sie also gefickt? Ich habe ihn gefragt, er hat es abgestritten.«

»Wir wissen es nicht«, sagte Linke. »Aber Sie könnten helfen, das für uns herauszufinden. Wir brauchen eine DNA-Probe. Überlassen Sie uns einen Kamm oder eine Zahnbürste oder …«

»Das geht nicht«, widersprach Moretti. Tränen standen ihr in den Augen. »Es wäre besser, wenn Sie jetzt gehen.«

»Frau Moretti …«, begann Linke.

»Verlassen Sie meine Wohnung. Dieser Scheißkerl kommt übermorgen wieder. Dann dürfen Sie ihn darauf ansprechen. Mich wird er hier nämlich nicht mehr antreffen. Ich lasse mich nicht von ihm mit Dreck bewerfen.«

Sommer erhob sich. »Kommen Sie«, sagte er an Linke gewandt. »Danke für Ihre Auskünfte. Wir finden allein nach draußen.«

* * *

Abends in der Hotelbar rekapitulierten Sommer, Drosten und Kraft die geringen Fortschritte des Tages.

»Linke ist zu weit gegangen«, urteilte Sommer. »Er hätte Sofia Moretti keine Ermittlungsdetails erzählen dürfen. Das war taktisch äußerst dumm. Keller ist für mich noch immer kein Verdächtiger. Wahrscheinlich hat er seine Freundin mit Strophe betrogen, aber es steht uns nicht zu, darüber zu urteilen.«

»Ich habe heute lange mit den zuständigen LKA-Kommissaren in Hamburg geredet«, wechselte Drosten das Thema. »Die wirken beide sehr sympathisch und kompetent. Trotzdem sind sie in den letzten Tagen nicht vorwärtsgekommen. Sie würden uns gern schnellstmöglich persönlich treffen.«

»Wir haben morgen den Termin mit Geib«, sagte Sommer.

»Je nachdem, wie der verläuft, könnten wir anschließend nach Hamburg aufbrechen«, schlug Drosten vor.

Sommer wirkte skeptisch. »Weiß nicht. Eigentlich würde ich übermorgen gern mit Keller sprechen. Der arme Kerl sollte wissen, warum er nach Hause kommt und seine Partnerin …«

»Armer Kerl?«, wiederholte Kraft. »Dein Ernst? Er hat sie betrogen.«

»Was ich richtig scheiße finde. Treue ist für mich ein wesentlicher Bestandteil in Beziehungen. Aber wir sind keine Paartherapeuten. Linke ist zu weit gegangen. Und ehrlich gesagt zweifle ich daran, dass Moretti einfach ihre Sachen packt und geht.«

»Sorgst du dich um Keller? Er wird sich wohl verteidigen können«, entgegnete Kraft.

»Trotzdem hat er es verdient, den Verlauf des heutigen Gesprächs aus neutraler Quelle zu hören. Na ja. Sehen wir morgen weiter. Einverstanden?«

In seinem Hotelzimmer wählte Sommer eine halbe Stunde später Jennys Nummer.

»Du hast Glück«, begrüßte sie ihn. »Ich habe noch fünf Minuten Pause. Wie war dein Tag?«

Er berichtete ihr von der schiefgelaufenen Befragung. »Du kennst dich mit diesem ganzen Instagram-Kram aus. Besser als ich zumindest«, sagte er schließlich.

»Was willst du wissen?«

»Der Mann heißt Gisbert Keller. Er ist Personal Trainer. Sein Studio liegt in Überlingen, aber er trainiert anscheinend auch oft Kunden in Hotels. Kannst du mal recherchieren, was du über ihn herausfindest?«

»Spannend. Reicht dir eine Rückmeldung bis morgen? Das müsste ich schaffen.«

»Das reicht locker. Momentan ist Keller beruflich in München. Besteht also kein Grund zur Eile.«

11

Mitten in der Nacht durchlebte Sofia einen Albtraum. Sie kam nach Hause und hörte eindeutige Geräusche aus dem Schlafzimmer. Langsam schlich sie zur Tür, unter der Blut in die Diele floss.

»Gisbert«, flüsterte sie, ohne eine Antwort zu erhalten. »Schatz! Geht's dir gut?«

Sie wartete, bis ihre nackten Füße vom roten Blut umspült waren. Ihre Hand tastete nach der Klinke, die sie vorsichtig hinunterdrückte.

Im Schlafzimmer bot sich ihr ein Bild des Grauens. Gisbert lag nackt auf dem Bett, die Laken waren blutgetränkt. Neben ihm rekelten sich zwei unbekleidete Schönheiten. Beide blond. Die eine massierte Gisberts bestes Stück, das in ihrer Hand zuckte. Blut schoss pulsierend aus der Spitze, scheinbar unerschöpflich. Die zweite Frau hielt ihm zeitgleich ihre perfekt geformten Brüste ins Gesicht. Aus den Brustwarzen spritzte ebenfalls Blut, das an Gisbert herabfloss.

Gisbert schaute Sofia wollüstig an. »Leg dich zu uns, Schatz. Mach dich locker. Sei nicht so verkrampft. Das wird dir gefallen.«

Gegen ihren Willen näherte sie sich dem Bett. »Ich möchte das nicht«, flüsterte sie. »Ich möchte das nicht.«

Der Traum entließ sie endlich aus seinen Fängen. Schweißgebadet wachte Sofia auf. Sie tastete nach dem Lichtschalter und überzeugte sich davon, dass sie nicht auf einem blutdurchtränkten Laken lag.

»Du verdammtes Schwein«, flüsterte sie auf Italienisch. »Wieso hast du mir das angetan?«

Sofia dachte an den Besuch der Kommissare. Am liebsten wäre sie nach deren Verschwinden ins Schlafzimmer gestürzt, hätte ihre Sachen gepackt und wäre für immer aus ihrem alten Leben verschwunden. Aber damit hätte sie es Gisbert zu leicht gemacht. Er hatte ihre Ehre beschmutzt und müsste dafür bezahlen. Kurz darauf hatte er bei ihr angerufen, und sie hatte es geschafft, sich nichts anmerken zu lassen. Gisbert hatte keine Ahnung, wie groß ihr Rachewunsch war.

Sie schlug die Bettdecke zurück und ging in die Küche. Um nicht vor allen Freunden und Verwandten das Gesicht zu verlieren, müsste sie es ihm heimzahlen. Auf die sizilianische Art. Aus einem Schrank holte sie ein Trinkglas und ließ Leitungswasser einlaufen. Sie trank mehrere kleine Schlucke, bis ihr Durst gestillt war.

»Du wirst nie wieder eine Frau mit deinem Schwanz beglücken«, flüsterte sie. Langsam zog Sofia eine der Schubladen auf. Darin lag unter anderem eine Geflügelschere. »Nie wieder.« Die Schere fühlte sich in ihrer Hand wie ein göttliches Racheinstrument an. Würde Gisbert sie in diesem Moment lächeln sehen, würde er Reißaus nehmen. Aber dazu käme er nicht, denn Sofia würde ihm bei seiner Rückkehr ein unvergessliches Schauspiel liefern. Bis er ihr hilflos ausgeliefert wäre.

* * *

Um Viertel vor zehn warteten Lukas Sommer und Bruno Linke vor dem Haus, das Geib zum Verkauf anbot. Kampfeld, Kraft und Drosten hatten sich zwei Straßen entfernt positioniert. Sie könnten jederzeit zu ihnen stoßen, falls es Schwierigkeiten gab.

Sommer schaute zum Nachbargebäude, an dem alles ruhig wirkte. Er musste darauf hoffen, dass der Nachbar nicht zum falschen Zeitpunkt einen Spaziergang mit seinem Hund machen und sie ansprechen würde. Dann wäre ihre Tarnung schlagartig ruiniert.

»Wiederholen wir es noch einmal.« Linke wirkte ungewöhnlich nervös. »Ich bin Ihr Bruder ...«

»... weswegen wir uns dringend duzen sollten. Nenn mich ruhig Lucky. Das war bei früheren Undercoverermittlungen mein Tarnname und klingt vertraut.«

»Lucky. Alles klar. Ich bin Bruno. Du hast mich mitgenommen, weil ich Bauingenieur bin.«

»Genau. Vorausgesetzt, du traust dir ein paar kluge Bemerkungen zur Bausubstanz zu. Ich will ihn in Sicherheit wiegen, bis die Haustür hinter uns zugefallen ist und wir uns zu dritt im Gebäude befinden.«

Linke nickte. »Mein Vater, der Bauingenieur war, hat uns früher immer mit seinem Wissen gelangweilt. Davon ist genug hängen geblieben.«

»Sobald er uns nicht mehr entwischen kann, geben wir uns zu erkennen und verhören ihn. Sollte er verdächtig wirken, nehmen wir ihn mit ins Präsidium.«

»Toi, toi, toi«, sagte Linke. Er blickte auf seine Armbanduhr. »Ich an Geibs Stelle wäre schon längst hier. Einmal kurz durchlüften, alle Lampen ausprobieren. Solche Dinge.«

Auch Sommer warf einen Blick auf die Uhr. »Zehn Minuten hat er noch.«

Nach der Hälfte der Zeit bog ein dunkler Golf in die Straße ein.

»Das könnte er sein«, sagte Sommer. »Verena hat Geib in so einem Fahrzeugmodell gesehen.«

Der Wagen näherte sich in langsamer Geschwindigkeit. Der Fahrer am Steuer trug eine Wollmütze und einen Schlauchschal, der einen Teil des Kinns verbarg. Als er auf ihrer Höhe war, hob der Mann eine Hand. Sommer und Linke erwiderten die Geste.

Der Fahrer bremste ab. Für eine Sekunde hielt das Auto an. Dann beschleunigte es plötzlich mit durchdrehenden Reifen. Sommer rannte los und versuchte, den Türgriff an der Fahrerseite zu erreichen. Doch er war zu langsam.

»Scheiße!«, brüllte er. Hektisch zog er sein Handy aus der Jackentasche und wählte Drostens Nummer.

»Geib war hier und rast gerade die Straße entlang. Schwarzer Golf. Ihr müsst ihn aufhalten.«

»Alles klar«, erwiderte Drosten. »Wir sind unterwegs.«

Sommer trennte die Verbindung, gemeinsam mit Linke stiegen sie in ihr eigenes Fahrzeug und nahmen die Verfolgung auf.

Schon an der übernächsten Kreuzung mussten sie eine intuitive Entscheidung treffen.

»Nach links«, schlug Linke vor. »Unsere Kollegen sind bestimmt rechts abgebogen, sonst würden wir sie sehen.«

Sommer folgte dem Rat. Sie fuhren auf einer Hauptverkehrsstraße, sodass er mit gutem Gewissen auf siebzig statt der erlaubten fünfzig Stundenkilometer beschleunigte. Trotzdem kam kein schwarzer Golf in Sicht.

»Wir sind falsch abgebogen«, brummte Sommer enttäuscht.

Linke antwortete nicht. Schweigend setzten sie ihren Weg fort, bis sie an einer roten Ampel anhielten. In diesem Moment klingelte Sommers Handy.

»Seht ihr ihn noch?«, fragte Drosten hoffnungsvoll.

»Nein. Er ist uns entwischt!« Wütend schlug Sommer aufs Lenkrad.

* * *

In einem Café an der Überlinger Seepromenade setzten sie sich zusammen, um den Fehlschlag zu verarbeiten.

»Warum ist er abgehauen? Ich kapier's einfach nicht«, sagte Linke. »Sehen wir so sehr nach Bullen aus?«

»Ich habe eine andere Befürchtung«, entgegnete Sommer. »Kann es sein, dass er dich erkannt hat?«

Linke schaute Sommer überrascht an. »Mich? Ich kenne ihn nicht.«

»Warst du irgendwann in den regionalen Zeitungen?«, nahm Drosten den Faden auf.

»Nein. Ausgeschlossen. Das letzte Mal, dass ich in der Zeitung abgebildet wurde, liegt sieben oder acht Jahre zurück.«

»Letztlich ist es egal«, meinte Kampfeld. »Die Flucht lässt ihn verdächtig wirken. Wir sollten ihn zur Fahndung ausschreiben.«

Linke nickte zustimmend. »Das veranlassen wir vom Präsidium aus. Außerdem müssen wir mehr über seine Hintergründe erfahren. In letzter Zeit hat er viele Niederlagen eingesteckt. Vielleicht ist er durchgedreht und hat deshalb in Hamburg eine Frau ermordet, die ihn an seine Ex erinnerte. Jetzt macht er weiter.«

»Schwebt Frau Geib in Gefahr?«, fragte Kraft.

»Wir suchen sie noch einmal auf und bieten ihr vorübergehend Polizeischutz an«, schlug Kampfeld vor. »Falls unser Vorgesetzter das genehmigt. Unsere Personaldecke ist ziemlich dünn.«

»Und wie gehen wir jetzt vor?«, fragte Drosten. Er wandte sich Sommer zu.

»Wie meint ihr das?«, erkundigte sich Linke.

»Wir haben gestern Abend darüber gesprochen, dass wir uns aufteilen. Verena und Robert könnten nach Hamburg, während ich bei euch bleibe. Ich will mit Keller sprechen. Er soll mir in die Augen sehen und zugeben, uns etwas verschwiegen zu haben. Geibs Flucht macht es ebenfalls notwendig, dass wenigstens einer von uns hierbleibt. Andererseits haben die Morde in Hamburg angefangen. Es wird Zeit, uns Birker vorzuknöpfen. Er ist eines der verbindenden Elemente – vielleicht sogar der Schlüssel zur Lösung.« Sommers Handy klingelte. Er schaute aufs Display. »Das ist meine Frau. Ich habe sie gestern gebeten, auf Instagram nach Keller zu suchen. Sie kennt sich damit viel besser aus.« Er nahm das Gespräch entgegen. »Hallo, Schatz. Ich aktiviere den Lautsprecher, dann können meine Kollegen mithören. Wir sitzen gerade mit den ortsansässigen Polizisten in einem Café.«

»Ihr habt ein beneidenswertes Leben. Hallo zusammen.«

Drosten und Kraft begrüßten Sommers Ehefrau und stellten kurz ihre süddeutschen Partner vor.

»Ich habe die letzten Stunden das Profil des Mannes durchsucht, dessen Name ich jetzt mal nicht ausspreche«, begann Jenny.

Sommer lächelte stolz. Als Gattin eines Polizisten wusste sie, auf welche Kleinigkeiten es ankam.

»Der Kerl ist mir ziemlich unsympathisch. In seinen Videos konzentriert er sich auf zwei Sachen. Entweder führt er Übungen zum Nachmachen vor. Meistens trainiert er übrigens in den Klamotten eines Sportartikelherstellers, der ihn offenbar unterstützt. Oder er zeigt Trainingseinheiten mit Kundinnen, bei denen es sich um erfolgreiche Influencerinnen handelt. Die meisten von ihnen blond. Alle mit perfekten Körpern. Was ihn absolut unsympathisch macht, sind seine sexistischen Sprüche, die er anscheinend lustig findet. Ein Macho, wie er im Bilderbuch steht. Mich wundert's, dass er trotzdem mehrere tausend Follower hat. In einigen Videos mustert er die Frauen beim Training, als seien sie Frischfleisch, das nur darauf wartet, von ihm … na ja, ihr wisst schon. Und zwar völlig unabhängig, ob sie das wollen oder nicht.«

»Kannst du mir die Links zu diesen Videos schicken?«, bat Sommer.

Eine Viertelstunde später hatten sie zwei der Beiträge geprüft. Sie teilten Jennys Eindruck.

»Fangen wir noch einmal von vorne an«, schlug Linke vor. »Kommt Keller als Täter infrage? Er war bei dem Mord in Hamburg zumindest nicht zu Hause. Zwar hat es ihn wohl beruflich nach Karlsruhe verschlagen, aber das hindert ihn ja nicht daran, nachts nach Hamburg aufzubrechen.«

»Von wem wäre dann die zweite DNA in Strophes Körper?«, fragte Kampfeld.

»Ein Ablenkungsmanöver?«

»Das passt zeitlich nur schwer«, gab Sommer zu bedenken. »Strophe trainiert bei ihm und fährt nach Hause. Keller müsste ihr gefolgt sein, überfällt sie in ihrer Wohnung und vergeht sich an ihr, nachdem sie zuvor einvernehmlichen Sex hatten. Er hinterlässt die falschen Spuren und fährt nach Hause, damit Sofia Moretti ihm ein Alibi geben kann.« Er schnaubte. »Schwer vorstellbar. Mir sind übrigens keine Kratzspuren an ihm aufgefallen.«

»Aber ist die Theorie völlig undenkbar?«, fragte Linke.

»Nicht hundertprozentig«, gab Sommer zu. »Ich will ihn mir morgen nach seiner Rückkehr aus München vorknöpfen. Er soll den Seitensprung gestehen. Seine Partnerin weiß ja inzwischen Bescheid. Aus dem, was sie von uns erfahren hat, konnte sie sich alles zusammenreimen. Wahrscheinlich ist sie schon ausgezogen, und Keller kehrt in eine leere Wohnung zurück. In so einem emotionalen Zustand ist er hoffentlich unvorsichtig.«

»Okay, du hast recht«, sagte Drosten. »Wir sollten uns vorläufig aufteilen. Wenn Verena und ich jetzt gleich nach Hamburg aufbrechen, treffen wir dort heute Abend ein und suchen vielleicht schon morgen Birker auf. Du kannst in der Zwischenzeit hier den Spuren nachgehen. Und dann entscheiden wir jeden Tag aufs Neue. Einverstanden?«

Sommer nickte.

12

Da die Fahrt nach Hamburg wegen verschiedener Staus länger als geplant gedauert hatte, fand das Treffen erst am folgenden Vormittag statt. Nach einem freundlichen Empfang im Präsidium des LKA kamen Hauptkommissar Bastian Dorfer und seine Partnerin Miriam Decking direkt aufs Wesentliche zu sprechen. Sie berichteten offen von den wenigen Ermittlungserfolgen, die ihnen in den letzten Wochen gelungen waren.

»In erster Linie haben wir herausgefunden, wer nicht als Täter infrage kommt«, sagte Oberkommissarin Decking. »Christensens Ex-Partner hat ein lupenreines Alibi. Wir haben noch andere Männer unter die Lupe genommen, die in den vergangenen Monaten eine Rolle in Josefines Leben gespielt haben. Keine dieser Spuren hat uns weitergebracht.«

»Was ist mit Matze Birker?«, erkundigte sich Drosten.

»Charakterlich ein ganz mieser Kerl«, erwiderte Decking. »In der Öffentlichkeit stellt er sich so dar, als sei er uns eine große Hilfe bei der Jagd nach dem Täter. Er postet Videos, in denen er seine Anhänger bittet, Verdächtiges der Polizei zu melden. Gleichzeitig veröffentlicht er Stellungnahmen, in denen er den Opfern eine Mitschuld gibt. Und sein Kleinkrieg mit einem Medienhaus ist auch nicht gerade hilfreich. Der Journalist Dickhart kann Birker offenbar nicht leiden. Mir scheint, die beiden haben eine Rechnung offen. Dickhart war allerdings während des Mordes beruflich in Amerika. Das belegen diverse Onlinevideos. Er hat mittlerweile in mehreren Artikeln Andeutungen gemacht, die Birker als Verdächtigen darstellen.«

»Trotzdem gibt Birker keine DNA-Probe ab?«, fragte Kraft. »Die würde seine Unschuld beweisen.«

»Nein«, sagte Dorfer. »Er weigert sich. Behauptet, dass es ihm schaden würde. Vor allem, wenn Dickhart davon erfährt. Wir haben ihm absolute Vertraulichkeit zugesichert, ohne seinen Entschluss umzustoßen.«

»In einer Hinsicht ist die medial geführte Auseinandersetzung vielleicht interessant für uns«, fuhr Decking fort. »Vorgestern hat Dickhart ein Interview mit Conny Birkers Ex-Ehemann veröffentlicht. Thorsten Spandau und Conny waren fünf Jahre verheiratet. Conny hatte während der Ehe für ein international tätiges Unternehmen Öffentlichkeitsarbeit geleistet. Im Rahmen eines von ihr organisierten Events hatte sie Matze Birker gebucht – und sich im Zuge dessen offenbar in ihn verliebt. Spandau beklagt sich darüber, dass Birker eine weitgehend funktionierende Ehe ruiniert hat. In dem Interview wirkt er verbittert.«

»Jetzt glauben Sie …«, begann Drosten.

Decking nickte. »Wir sammeln gerade Hintergrundmaterial über Spandau. Er ist nicht uninteressant. Vor der Ehe mit Conny ist er mehrfach aktenkundig worden, inklusive zweier Verurteilungen wegen Körperverletzung. Beide Delikte wurden mit Geldstrafen belegt. Die Ehejahre schienen ihn gezähmt zu haben.«

»Dann kommt Birker und entreißt sie ihm«, murmelte Kraft. »Aber das ist jetzt mehrere Jahre her, oder?«

»Drei«, antwortete Dorfer. »Deswegen ist Spandau für uns kein heißer Verdächtiger. Trotzdem schließen wir nicht aus, dass er in der Auseinandersetzung zwischen Birker und den Influencerinnen eine Chance gesehen hat, dem Promi zu schaden.«

»Wo lebt Spandau?«, fragte Drosten.

»Hier in Hamburg.«

»Sie haben ihn vermutlich noch nicht persönlich gesprochen?«, wollte Kraft wissen.

»Das steht auf unserer Liste«, sagte Dorfer. »Wir nehmen das Interview zum Anlass, ihn aufzusuchen. Zeigen uns verständnisvoll. Und gewinnen dadurch hoffentlich ein umfassendes Bild.«

»Da wären wir gern dabei«, bat Drosten. »Aber vorab möchten wir zu Birker. Am liebsten unangekündigt, auch auf die Gefahr, dass wir ihn nicht antreffen.«

Decking lächelte. »Klingt gut. Ich begleite Sie als Hamburger Ansprechpartnerin.«

»Ich bleibe hier«, beschloss Dorfer. »Mache mich weiter über Spandau schlau.«

* * *

Sommer dachte an Gisbert Keller. Ob der Trainer morgens um halb zehn schon auf dem Heimweg war? Oder hatte der Kunde ihn auch heute noch gebucht, wodurch er vermutlich erst in der zweiten Tageshälfte in München aufbrechen würde?

Sommer sah in Keller keinen Verdächtigen, sondern eher einen notorischen Lügner und Betrüger. Trotzdem war es ihm wichtig, noch einmal mit ihm zu sprechen. Außerdem hielt er Linkes Vorpreschen in Morettis Gegenwart für falsch. Keller sollte wissen, warum er voraussichtlich in eine leere Wohnung zurückkehren würde. Oder gab seine Partnerin ihm eine Chance, den Fehler wiedergutzumachen?

»Du wirkst nachdenklich«, sagte Kampfeld. Die süddeutschen Kommissare hatten einen kleinen Beistelltisch und einen Stuhl besorgt und Sommer in ihrem Büro untergebracht.

»Ich mache mir Gedanken um Keller und Moretti«, bekannte Sommer. »Ist Kellers Partnerin wortlos gegangen, oder macht sie ihm bei seiner Rückkehr die Hölle heiß?«

»Hast du Angst um sein Wohlergehen?«, hakte Linke nach.

Sommer zuckte die Achseln. Er scheute sich, Linkes Verhalten bei der Befragung offen anzusprechen.

»Du siehst gerade aus wie meine Frau, wenn sie unzufrieden mit mir ist«, sagte Linke amüsiert. »Du findest, ich habe Moretti zu viele Informationen gegeben. Tut mir leid. Vielleicht hast du recht. Ich habe geglaubt, uns auf diese Weise ihre Kooperation zu sichern. Mein Fehler. Was willst du tun?«

»Am liebsten mit Keller sprechen, bevor er nach Hause kommt.«

»Warum rufen wir ihn nicht einfach an?«, fragte Kampfeld.

***

Je näher Gisbert Keller seinem Zuhause kam, desto mehr dachte er über seine Beziehung mit Sofia nach. Ihre beiden letzten Telefonate hatten ihn irritiert. Normalerweise zog Sofia jedes Gespräch in die Länge, wenn er die Nächte nicht an ihrer Seite verbrachte. An den vergangenen Abenden hatte keine Unterhaltung länger als zehn Minuten gedauert. Was hatte das zu bedeuten? Sofia war freundlich geblieben und hatte keinen Streit gesucht – eigentlich ein gutes Zeichen. Sie hatten sich jeweils mit Liebesbekundungen voneinander verabschiedet. Trotzdem war etwas anders als sonst. Sofias Gesichtsausdruck hatte fast wie versteinert ausgesehen – soweit man das bei einem Videotelefonat beurteilen konnte.

Hatte das mit Alicia zu tun? Sofia hatte den richtigen Riecher besessen. Dass er die Affäre abstritt, hatte bloß mit ihrer Eifersucht zu tun. Er wollte sie nicht verlieren, doch einen Seitensprung würde sie ihm nur schwer verzeihen können. Eine Beichte würde ihre Beziehung vermutlich für immer belasten.

In den nächsten Tagen und Wochen würde er sich vermehrt um Sofia kümmern. In einem knappen Monat feierte sie ihren sechsundzwanzigsten Geburtstag. Bislang hatte er noch keine Geschenke besorgt. Vielleicht wäre es an der Zeit, ihr ein schönes Schmuckstück zu kaufen.

Sein Handy klingelte in der Jackentasche. Ob das Sofia war? Während der Fahrt angelte Keller das Smartphone aus der Jacke und warf einen Blick aufs Display. Das System übertrug ihm eine unbekannte Nummer. Da er auf der Rückfahrt von München die Freisprecheinrichtung nicht aktiviert hatte, ignorierte er den Anruf. Er würde später zurückrufen.

* * *

Die Wohnungstür war nicht abgeschlossen. Hatte sich Sofia freigenommen oder heute Morgen bloß vergessen abzuschließen?

»Schatz?«, rief Keller.

»Ich bin in der Küche.«

Er stellte seine Reisetasche in den Flur und zog seine

Jacke aus, die er an der Garderobe aufhängte. Dann ging er in die Küche. Sofia stand an der Arbeitsfläche und rührte mit einem langen Löffel in einer Glaskaraffe voller Orangensaft. Daneben lagen zahlreiche ausgepresste Orangenhälften.

»So früh habe ich nicht mit dir gerechnet. Entschuldige die Unordnung.«

Keller fiel auf, dass ihr Gesicht gerötet war – hatte sie sich abgehetzt? »Hast du dir freigenommen?«

Sofia nickte und legte den Löffel beiseite. »Spontaner Überstundenabbau. Ich habe dich total vermisst. Obwohl du nur zwei Nächte fort warst.« Sie lachte. »Bleib da stehen, und lass mich ein bisschen die Unordnung beseitigen.« Sie schob die Orangenhälften zusammen und warf sie in den Abfalleimer. Mit Küchenpapier wischte sie über die Fläche. »Bin gleich so weit. Warte kurz.«

So übertrieben hektisch kannte Keller seine Partnerin gar nicht. Was war hier los? Hatte sie ihm auch etwas zu beichten? Er ging zwei Schritte in die Küche.

»Nein! Stehen bleiben!«, kreischte sie beinahe. Dann lachte sie erneut auf. »Entschuldige. Meine Hände sind so klebrig. Ich will den Moment nicht ruinieren.«

Sofia warf das Küchenpapier ebenfalls in den Abfalleimer und drückte die Schranktür mit dem Knie zu. Sie öffnete den Wasserhahn. Über das Rauschen des Wassers hinweg hörte Keller das Läuten seines Telefons.

»Mein Handy!«

»Lass es klingeln.« Sofia trocknete sich die Hände ab und drehte sich zu ihm um. »Endlich bist du wieder da.« Sie trat zu ihm und umarmte ihn. »Ich habe dich voll vermisst.«

Der Klingelton erstarb.

»Ich dich auch. Deswegen bin ich direkt nach dem Frühstück in München aufgebrochen.«

Sie küssten sich leidenschaftlich.

»Und ich habe mir freigenommen, um meinen fleißigen Helden zu überraschen. Frisch gepresster Orangensaft. Unter meiner Kleidung trage ich schon sexy Unterwäsche.«

»Wirklich?«

»Wirst du gleich sehen. Unser Streit tut mir leid«, sagte sie. »Ich sollte nicht an dir zweifeln. Aber ich liebe dich halt so. Es macht mich wahnsinnig, mir dich mit einer anderen Frau vorzustellen.«

»Es gibt nur dich.«

»Außerdem sage ich viel zu selten Danke. Du arbeitest so hart, nimmst oft weite Strecken in Kauf und unterstützt mich finanziell. Das würde nicht jeder Mann machen.«

»Ich kann mir keinen Mann vorstellen, der das für dich nicht tun würde.«

Sie gab ihm einen Kuss, und ihre Hand berührte seinen Schritt. »Ui«, sagte sie lächelnd. »Da freut sich jemand.«

»Allerdings!«

Sofia wandte sich von ihm ab. Aus einem Schrank holte sie ein Trinkglas. Sie schüttete es ihm fast bis zum Rand mit Orangensaft voll.

»Hier, mein Held. Genieß es!«

»Trinkst du nichts?«, fragte er.

»Ich habe schon probiert. Nach dem Sex teilen wir uns den Rest.«

Er nahm ihr das Glas ab. »Danke. Du bist die Allerbeste.« Die Autofahrt hatte ihn durstig gemacht. Keller leerte das Glas in drei Schlucken. Der Saft schmeckte leicht bitter. »Herrlich. Genau das Richtige nach einer langen Fahrt.«

»Soll ich dir noch etwas eingießen?«

»Das reicht mir erst mal.« Er stellte das Glas auf die Arbeitsfläche.

»Geh schon ins Schlafzimmer«, schlug sie vor. »Aber nicht gucken, wer dich angerufen hat. Nicht, dass du meine Stimmung ruinierst.«

»Unter keinen Umständen. Ich bin kurz im Bad, und danach lege ich mich aufs Bett.«

Sie küssten sich erneut. Als er sich umdrehte, gab sie ihm einen Klaps auf den Po. Er grinste. Das lief deutlich besser als erwartet. Im Badezimmer pinkelte er und zog sich aus. Seine Erregung war unübersehbar. Nur der Nachgeschmack des Saftes irritierte ihn. Er spülte den Mund mit Wasser aus, ehe er ins Schlafzimmer ging und sich hinlegte.

»Ich bin so weit. Zeig mir deine Unterwäsche.«

»Hab noch einen kurzen Moment Geduld. Gleich bin ich bei dir.«

Er starrte zur Decke. Plötzlich überkam ihn leichter Schwindel. Was war los mit ihm? Keller schloss die Augen und öffnete sie wieder. Das Schwindelgefühl wurde stärker. Außerdem wurde ihm übel. »Was ist denn los mit mir?« Er setzte sich aufrecht hin. Die abrupte Bewegung verstärkte seinen Schwindel. »Sofia?«, rief er.

»Was ist, mein Schatz?«

»Kannst du mal kommen? Ich fühle mich so komisch.«

Er hörte sie in der Küche an einer Schublade hantieren. Kurz darauf tauchte sie an der Türschwelle auf. Die Arme hielt sie hinter dem Rücken versteckt.

»Du fühlst dich komisch?«, fragte sie.

Keller sah ihren Umriss von Sekunde zu Sekunde verschwommener. »Mir ist schwindelig.«

»Entspann dich. Das liegt an der Vergewaltigungsdroge, die ich dir in den Saft geschüttet habe.«

»Ist das ein Witz?«

»Nicht ganz. Ich werde dich allerdings nicht vergewaltigen. Leg dich lieber hin, bevor du umkippst und dir den Kopf anschlägst. Weißt du, womit dein Schwanz gleich Bekanntschaft macht?«

Sie führte ihren rechten Arm vor die Brust. In der Hand hielt sie einen glitzernden Gegenstand, den er allerdings nur undeutlich wahrnahm.

»Was hast du da?«

»Schnipp, schnapp, du Drecksack.« Sie lachte gehässig.

Auf wackligen Beinen erhob er sich und stützte sich an dem weißen Sessel neben dem Bett ab. Er konzentrierte sich auf das Objekt in ihrer Hand. »Was ist das?«

»Bleib lieber sitzen!«, warnte sie ihn. »Du kannst es nicht verhindern.«

»Nicht verhindern?«

»Du solltest dich selbst nuscheln hören. Ich verstehe dich kaum. Deine Kastration, du mieses Schwein. Du hast deinen Schwanz ein letztes Mal in eine Muschi gesteckt. Ich habe dich immer gewarnt.«

Er wankte ihr entgegen. Endlich erkannte er, dass sie ihm die Geflügelschere zeigte. Sein Herz raste. Das Zimmer drehte sich vor seinen Augen.

»Schatz …«

»Du elender Drecksack.«

Sie versetzte ihm einen Stoß. Keller torkelte zurück und stürzte zu Boden.

13

Birker riss die Tür auf und funkelte Oberkommissarin Decking wütend an.

»Nicht Ihr Ernst, hier unangekündigt aufzutauchen.« Er schaute an den Beamten vorbei zum Straßentor. »Haben Journalisten Sie gesehen?«

»Mir ist niemand aufgefallen«, sagte Decking wahrheitsgetreu.

»Kommen Sie rein, ehe noch Schlimmeres passiert. Wenn mir Ihr Auftauchen schadet, verklage ich das LKA.«

Die Polizisten betraten die Vorhalle der Villa.

Birker wandte sich den Besuchern zu, die er noch nicht kannte. »Wer sind Sie?«

»Ich bin Hauptkommissar Robert Drosten von der KEG aus Wiesbaden. Das ist meine Kollegin Hauptkommissarin Kraft.«

»KEG?«, wiederholte Birker. »Haben Sie letztes Jahr Leander Hell verhaftet?«

»Ja, das war unsere Behörde«, antwortete Drosten.

»Mir kommt Ihr Gesicht bekannt vor«, fuhr Birker fort. »Aus Pressekonferenzen, richtig? Leander und ich waren befreundet. Ich war mir anfangs sicher, dass sich die Polizei irrt. Aber so kann man sich täuschen. Menschen schaut man immer nur vor die Stirn.« Er blickte auf seine Luxusarmbanduhr. »Gehen wir in mein Arbeitszimmer. Fünf Minuten kann ich vielleicht erübrigen.«

»Wir sind hier, um uns zu vergewissern, dass wir uns

nicht in Ihnen getäuscht haben«, sagte Decking. »Das sollte ja in Ihrem Interesse sein.«

Birker erwiderte nichts, sondern führte sie in sein Arbeitszimmer. »Machen Sie die Tür hinter sich zu«, bat er Drosten, der als Letzter eintrat. Unterdessen setzte sich der Prominente an seinen Schreibtisch. »Was wollen Sie wissen?«

Drosten nannte ihm den Zeitpunkt des zweiten Mordes. »Wo waren Sie da?«

»In meinem schönen Heim. Was das LKA übrigens weiß.«

»Den ganzen Tag?«, vergewisserte sich Kraft.

»Vielleicht war ich zwischendurch mal spazieren, aber grundsätzlich habe ich den größten Teil des Tages hier verbracht.«

»Und abends sind Sie früh ins Bett gegangen?«, hakte Drosten nach.

»Auch das ist für mich nicht ungewöhnlich.«

Kraft lachte spöttisch. »So habe ich mir das Leben eines Prominenten nicht vorgestellt. Immer früh ins Bett und nur zu besonderen Anlässen außer Haus.«

»So leben viele meiner Kollegen«, behauptete Birker. »Das ist die Schattenseite des Erfolgs. Oder hätten Sie Lust, in aller Ruhe spazieren zu gehen, wenn Sie dabei ständig erkannt werden? Ich kann normalerweise darauf verzichten. Außerdem wissen Ihre Hamburger Kollegen genau, dass ich für den Mord an Strophe überhaupt nicht infrage komme. Der fand in Süddeutschland statt. Wie hätte ich unerkannt da hinkommen sollen?«

»Sie haben gerade selbst Leander Hell erwähnt. Der hat noch ganz andere Dinge geschafft, die für einen Prominenten ungewöhnlich waren. Inklusive Verkleidungen, in denen ihn nicht einmal seine engsten Freunde erkannt hätten«, entgegnete Drosten. »Aber lassen wir das. Was bewegt Sie dazu, die Influencerinnen vor laufender Kamera fertigzumachen?«

Birker haute wütend auf den Schreibtisch. »Ich verbitte mir solche Unterstellungen. Eine Unverschämtheit. Ich mache niemanden fertig! Ganz im Gegenteil. Ich kläre meine Mitmenschen auf.«

»Sie tun also etwas Gutes?«, fragte Kraft mit ironischem Unterton.

»So sieht's aus. Haben Sie sich mal mit den Produkten auseinandergesetzt, die diese Influencerinnen ihren Fans unterjubeln wollen? Das ist überteuerter Schrott. Jeder Euro ist dafür zu viel. Mit dem schönen Schein der Frauen verkaufen Firmen den allergrößten Mist.«

»Sie machen nichts anderes, oder?«, fragte Drosten.

Birker starrte ihn aggressiv an. »Was bezwecken Sie mit Ihrem Auftritt? Wieso wollen Sie mich provozieren?«

»Ich erinnere mich an eine Werbekampagne mit Ihnen für Frühstückscerealien. Hat das Unternehmen die nicht zurückgezogen, weil sie zu viel Zucker enthielten?« Drosten hatte die Information im Internet gefunden.

»Das können Sie überhaupt nicht vergleichen«, behauptete Birker. »Ich konnte nichts über die Zusammensetzung der Inhaltsstoffe wissen. Außerdem …«

»Komisch«, unterbrach Decking ihn. »Musste die Firma das nicht in der Zutatenliste angeben?«

»Außerdem waren das noch ganz andere Zeiten«, fuhr Birker fort. »Immerhin ist das fast acht Jahre her.«

»Halten wir also fest, dass Sie unschuldig sind und einen gerechten Kampf für Verbraucherrechte führen«, sagte Drosten.

»Wenn Sie jetzt noch den Sarkasmus aus Ihrer Stimme

verbannen würden, wären wir auf einer Linie. War es das, was Sie wissen wollten?«

»Nicht ganz«, erwiderte Drosten. »Ich glaube Ihnen sogar, was Ihre Unschuld an den Morden anbelangt. Aber wir sind uns hoffentlich einig, dass die beiden Ermordeten von Ihnen angegriffen wurden.«

»Ich habe sie in Videos erwähnt und ihnen den Spiegel vorgehalten. Einen Angriff kann man das nicht nennen.«

»Könnte es sein, dass Ihnen jemand schaden will?«, fragte Drosten. »Wenn ich an die Zeitungsartikel von Karl Dickhart denke, scheint sich das zu bewahrheiten.«

»Dickhart ist ein riesiger Arsch«, brummte Birker. »Keine Ahnung, warum er es auf mich abgesehen hat. Haben Sie schon sein Alibi überprüft?«

»Wasserfest«, sagte Decking.

Enttäuscht presste Birker die Lippen aufeinander. »In der Branche gibt es haufenweise Leute, die mir die Pest an den Hals wünschen. Das bleibt bei meinem jahrzehntelangen Erfolg nicht aus. Viele Kollegen, die vor zehn Jahren mit mir an der Spitze standen, sind im Gegensatz zu mir in der Versenkung verschwunden. Das erzeugt Neid. Aber ich kann mir niemanden vorstellen, der zwei Frauen kaltblütig umbringt, um mir zu schaden.«

»Wirklich niemanden?«, wollte Drosten wissen.

Birker starrte auf seine Hände und schien intensiv nachzudenken. »Nein.«

»Was ist mit Thorsten Spandau?«, fragte Kraft.

Birker riss die Augen auf. »Wie kommen Sie auf ihn? Durch das Interview? Darüber hat sich Conny richtig geärgert. Mich hat das weniger aufgeregt. An seiner Stelle würde ich wohl auch denken, dass er noch immer mit Conny verheiratet wäre, wenn es mich nicht gäbe.«

»Das Interview hat unser Interesse geweckt«, bestätigte Decking.

»Warum holen wir nicht Conny dazu?« Birker ging zur Tür. »Conny?«, rief er. »Hörst du mich?«

»Was gibt's?«

»Kommst du zu uns? Ins Arbeitszimmer.«

Sie brauchte nur wenige Sekunden. »Hallo«, begrüßte sie die Anwesenden.

Drosten stellte Kraft und sich vor. Dann sprach er ihr Anliegen an.

»Sie halten Thorsten für verdächtig?« Conny Birker trat nicht zu ihnen in den Raum. Stattdessen lehnte sie sich an den Türrahmen und verschränkte die Arme vor der Brust.

»Wir wollen erst mal mehr Informationen über ihn. Sie sind vor drei Jahren geschieden worden?«, fragte Drosten.

»Ja«, übernahm Matze Birker die Antwort. »Er hat sich lange dagegen gewehrt, uns aber am Ende keine Steine in den Weg gelegt. Conny und ich wussten schnell, dass wir heiraten wollen. Deswegen war die Scheidung ein notwendiger Verwaltungsakt.«

»Wie hat er sich damals verhalten?«, fragte Drosten.

»Anfangs konnte er die Trennung nicht akzeptieren. Er hat immer behauptet, Matze wäre schuld daran. Dabei saßen unsere Probleme viel tiefer. Wir hatten uns auseinandergelebt. Auch ohne Matze hätte ich mich von ihm getrennt.«

»Hat er Gewalt angewandt oder angedroht?«, fragte Kraft.

»Nein. Damit hatte er vor unserer Ehe Schwierigkeiten, mir hat er nie etwas angetan.«

»Und seit der Scheidung haben Sie Ruhe vor ihm?«, vergewisserte sich Drosten.

Zu seiner Überraschung wandte sie den Blick ab und murmelte nur leise »Ja.«

»Conny?«, fragte Birker, der ihr seltsames Verhalten ebenfalls bemerkte. »Hast du mir etwas zu sagen?«

Sie schnaubte. »Thorsten hat mir vor ungefähr einem Monat eine Nachricht geschickt, ob ich es nicht leid sei, wie du dich mit anderen Frauen bekriegst. Bist du jetzt zufrieden?«

»Wieso hast du mir das nicht gesagt?«

»Weil es keine Rolle gespielt hat. Ich habe ihm geantwortet, wir schickten uns zwei oder drei Nachrichten, dann hatte ich wieder Ruhe.«

»Haben Sie den Chatverlauf aufbewahrt?«, erkundigte sich Drosten.

Conny Birker schüttelte den Kopf. »Gelöscht.«

»Was haben Sie ihm geschrieben?«, fragte Decking.

»Ich habe ihm gesagt, dass Matze und ich glücklich sind. Er bohrte weiter nach, was ich über die Auseinandersetzungen denken würde. Ich habe geantwortet, uneingeschränkt hinter dir zu stehen. Er behauptete, genau zu wissen, dass mir das nicht gefällt. Dafür sei ich zu gutherzig.«

Matze Birker stöhnte genervt. Nun richtete sich seine Ehefrau zur vollen Größe auf. »Ich habe ihm recht gegeben. Du weißt, mir wäre es lieber, du würdest dich nicht mit ihnen zoffen.«

»Also bist du mir in den Rücken gefallen.«

»Von wegen.«

»Wie hat Ihr Ex auf das Eingeständnis reagiert?«, fragte Kraft.

»Er schrieb nur, dass er mich jederzeit zurücknehmen würde, falls es mir zu viel wird.«

»Und das verschweigst du mir? Na super!«, ärgerte sich Birker. »Das hätte ich gerne gewusst.«

»Wieso? Ich habe nicht vor, zu ihm zurückzugehen.«

»Wie großzügig.«

»Frau Birker, haben Sie die Nachrichten nie mit den Morden in Verbindung gebracht?«, fragte Drosten.

»Natürlich nicht«, entgegnete sie. »Thorsten tötet keine unschuldigen Frauen. Ausgeschlossen.«

»Da sind Sie sich absolut sicher?«

»Hundertprozentig.«

»Falls Sie in der nächsten Zeit wieder von Ihrem Ex-Ehemann hören oder lesen, möchte ich darüber informiert werden«, sagte Decking.

»Ich auch«, brummte Birker.

»Fällt Ihnen sonst noch etwas ein?«, wandte sich Drosten an das Ehepaar. »Sie sehen, uns interessieren sogar Begebenheiten, die Ihnen unwichtig erscheinen.«

Conny Birker schüttelte den Kopf.

Ihr Mann zögerte. »Keine Ahnung, ob das etwas bedeutet. Schließlich bekomme ich jeden Tag zahllose Fanzuschriften. Aber seit ein paar Wochen schickt mir ein Mann, dessen Profil auf den Namen Juli-An läuft, Nachrichten, wie sehr er mich verehrt. Er sei mein größter Fan. Unglaublich, dass jemand heutzutage noch diese Formulierung nutzt, er aber schon.«

»Wissen Sie, wer hinter dem Profil steckt?«, fragte Drosten.

»Keine Ahnung. Fotos von sich hat er nicht gepostet.«

»Zeigen Sie mir ein paar dieser Nachrichten.«

Birker deaktivierte den Ruhemodus seines Computers und tippte etwas auf der Tastatur. »Hier sind seine gesammelten Werke.«

Drosten und Decking traten um den Schreibtisch herum. Der Unbekannte schickte dem Prominenten im Zwei-Tages-Rhythmus Nachrichten. Dass er keine Antworten erhielt, schien ihn nicht abzuhalten.

»Sie reagieren darauf gar nicht?«, vergewisserte sich Drosten.

»Das hat nichts mit dem Inhalt zu tun«, bekannte Birker. »Wenn ich anfangen würde, Nachrichten meiner Fans zu beantworten, würde ich zu nichts anderem mehr kommen. Das wäre zu viel Arbeit. Meine Follower verstehen das. Die rechnen nicht mit Antworten.«

»Würden Sie mir seine Nachrichten ausdrucken?«, bat Drosten.

»Ich verlasse mich auf Ihre Diskretion.« Ohne Drostens Zusicherung abzuwarten, druckte er den Chatverlauf aus.

14

Lukas Sommer schaute zur Uhr. »Wie lange braucht man aus München nach Überlingen? Zwei Stunden?«

»Dann müsstest du schon sehr gut durchkommen. Drei fände ich nicht unrealistisch«, entgegnete Linke.

»Und man checkt in einem Hotel im Regelfall spätestens gegen zehn Uhr aus, oder?«

Linke grinste. »Was willst du mir damit sagen?«

»Vielleicht lohnt es sich, ein bisschen früher zu Keller zu fahren. Ihn bei seiner Ankunft anzutreffen, könnte nicht schaden.«

»Mach mir ruhig ein schlechtes Gewissen«, erwiderte Linke.

»Darum geht es mir nicht. Stell dir vor, wir erwischen Keller, bevor er die Wohnung betritt. Er kommt nach Hause, seine Partnerin ist möglicherweise ausgezogen. Das nimmt ihn emotional garantiert mit und macht ihn vielleicht auskunftsfreudiger.«

»Und falls Moretti nicht ausgezogen ist …«

»… kommt sie in unserer Gegenwart nicht auf dumme Gedanken«, beendete Sommer den Satz.

Nun blickte auch Linke zur Uhr. »Gibst du mir noch zehn Minuten? In einem anderen Fall wartet der zuständige Staatsanwalt auf meine Rückmeldung. Ich rufe ihn an, danach können wir aufbrechen.«

»Das klingt nach einem vernünftigen Plan.«

Linke griff zum Telefon und suchte in seinen Unterlagen nach der Nummer des Staatsanwalts.

* * *

Gisbert Keller dröhnte der Schädel. Er schlug die Augen auf und fühlte sich völlig desorientiert. Es dauerte eine Weile, bis ihm dämmerte, dass er nackt auf seinem eigenen Bett lag.

»Mein Kopf«, stöhnte er leise.

Er wollte sich an die Schläfe fassen, spürte jedoch jetzt erst die Handschellen an den Gelenken, die seine Hände an die Stäbe des Gitterbetts fixierten. Schlagartig kehrte die Erinnerung zurück. Sofia, die ihn so überaus liebevoll begrüßt und ihm frisch gepressten Orangensaft gereicht hatte. Kurz darauf der bittere Nachgeschmack in seinem Mund und ein unerklärliches Schwindelgefühl. Was hatte das zu bedeuten? Er zerrte an den Handschellen, die sich jedoch nicht abstreifen ließen. Dann bemerkte er den Druck an seinen Fußgelenken: Sie waren mit zwei Seilen ans Fußende gefesselt.

»Oh Gott«, flüsterte er leise.

Er hob den Kopf und schaute sich im Zimmer um. Von Sofia war nichts zu sehen. Hatte sie ihn hier eingesperrt und allein gelassen, um ihm eine Lektion zu erteilen? Eine weitere Erinnerung drängte sich in den Vordergrund. Sie hatte eine Geflügelschere in der Hand gehalten.

»Scheiße.«

Er drehte den Kopf. Lagen die Handschellenschlüssel auf dem Nachttisch? Sie benutzten die Schellen gelegentlich für besondere Liebesstunden. Manchmal fesselte er Sofia, manchmal kam er in den Genuss, ihr ausgeliefert zu sein. Um das Gefühl realistisch zu gestalten, hatten sie sich für Handschellen entschieden, die man nur mit dem passenden Schlüssel öffnen konnte. Von dem silberfarbenen Exemplar war nichts zu sehen.

Mit aller Kraft riss er seine Arme nach vorne. Klirrend stoppten die Schellen die Bewegung. Das Metall schnitt sich in seine Haut. Sofia hatte sie sehr eng angelegt.

Stellte sich nur die Frage, ob das mit der Geflügelschere eine echte Erinnerung war oder ihm sein Verstand etwas vorgaukelte. Er musste wissen, ob sie noch in der Wohnung oder gegangen war.

»Sofia?«, rief er.

Sie antwortete ihm nicht. War sie verschwunden? Nur für eine gewisse Zeit, um ihm einen Schrecken einzujagen? Oder war sie für immer fort und hatte ihn hilflos zurückgelassen? Was sollte er dann tun? Das Haus war zum Glück extrem hellhörig. Wenn er wiederholt um Hilfe schreien würde, könnten ihn Nachbarn hören. War einer von ihnen um diese Uhrzeit daheim, oder sollte er seine Stimme lieber noch schonen? Er könnte jedoch unmöglich bis zum frühen Abend in dieser Position ausharren – zumal er einen stetig wachsenden Druck auf der Blase spürte.

»Hilfe!«, brüllte er. »Hilfe!«

»Schatz, nicht aufregen«, erklang Sofias Stimme aus der Diele.

Überrascht zuckte Keller zusammen.

»Baby«, stöhnte er. »Mach mich bitte los.«

»Ich bin gleich bei dir, mein Liebling.«

Ihre Stimme klang trotz der Kosenamen kalt. Hektisch zerrte er an den Handschellen. Sekunden später tauchte sie im Türrahmen auf. So nackt wie er.

»Schau mich an«, forderte sie. »Begehrst du mich?«

Mit ihren Händen umfasste sie ihre prallen Brüste. Was hatte das zu bedeuten? War das nur ein Sexspiel? Hoffnung keimte in ihm auf.

»Du bist meine Göttin«, flüsterte er. »Aber ich muss dringend pinkeln. Löst du kurz die Fesseln?«

»Leider musst du einhalten«, entgegnete sie. Sie trat näher. »Ich bin also deine Göttin.«

»Natürlich.«

»Was steht im ersten Gebot?«

»Hä? Wovon sprichst du?«

»Die Zehn Gebote, die Gott Mose am Berg Sinai auferlegt hat.«

Im Gegensatz zu der streng katholischen Sofia hatte Keller mit der Kirche nichts am Hut. Er versuchte, sich an den Religionsunterricht zu erinnern. »Ich habe keine Ahnung«, flüsterte er, obwohl er ahnte, worauf sie hinauswollte.

Sie setzte sich zu seinen Füßen aufs Bett. »Mein Atheist«, sagte sie lächelnd. »Im ersten Gebot steht der alles entscheidende Satz. Du sollst keine anderen Götter neben mir haben.«

Sie streichelte seinen Fußballen. Keller zuckte bei der Berührung unwillkürlich zusammen – was ihr ein Lächeln entlockte.

»Hast du Angst vor mir?«

»Ich verstehe das alles nicht. Warum hast du mich gefesselt? Was war in dem Orangensaft?«

»Hat er dir nicht geschmeckt? Du bist undankbar.« Sofia seufzte. »Na gut, dann lassen wir diese Spielchen. Ich habe mir schon vor Monaten von einem Cousin eine Vergewaltigungsdroge besorgt.«

»Sofia, wieso …«

»Deinetwegen. Ich habe dich immer vor einer Sache gewarnt, die schlimme Konsequenzen nach sich ziehen würde: Untreue. Aber ich bin dir körperlich unterlegen. Deswegen musste ich für diesen Moment vorsorgen.«

»Ich bin nicht untreu.«

»Du warst es!«

»Nein!«, widersprach Keller vehement. »Niemals!« In dieser Situation konnte er nur lügen und darauf hoffen, dass sie ihm glauben würde. Falls er das hier unbeschadet überstehen würde, wäre eine Trennung unumgänglich.

»Ich habe Beweise«, behauptete sie.

»Es gibt keine Beweise für etwas, was nie stattgefunden hat.«

Sie seufzte erneut und schaute ihn mitleidig an. »Mein armer Schatz, du hast deine Triebe nicht unter Kontrolle gehabt, und die Polizei hat es dir nachgewiesen.«

»Was hat die Polizei damit zu tun?«

»Bei der kleinen Schlampe haben sie vermutlich zwei verschiedene Spermaspuren sichern können.«

»Von wem redest du, verdammt noch mal?«

»Von der toten Fotze. Alicia Strophe.«

»Und was habe ich damit zu tun? Ich kapiere gar nichts!«

»Ihre Leiche wurde ganz sicher obduziert. Dabei kam wohl heraus, dass sie vor ihrem Tod zweimal Sex hatte, einmal freiwillig, einmal erzwungen, das hat mir ein Polizist verraten. Ich bin sicher, du vergewaltigst keine Frauen. Das hast du nicht nötig.«

»Ich schlafe nur mit dir«, sagte er. »Schau dich an. Du bist meine Traumfrau. Wieso sollte ich …«

»Weil du dumm und gierig bist«, zischte sie. »Deinen Schwanz nicht unter Kontrolle hast. Wie oft hast du sie gefickt? Ich möchte mir einreden, bloß dieses eine Mal. Aber der Zufall wäre ein bisschen groß, oder?«

»Kein einziges Mal!«, kreischte Keller. »Glaub mir bitte. Ich weiß nicht, was die Bullen dir erzählt haben. Wenn Alicia Sex vor ihrem Tod hatte, dann bestimmt nicht mit mir. Vielleicht irren sich die Bullen, und das ist alles ein Missverständnis. Ist doch viel wahrscheinlicher, dass sich der Mörder zweimal an ihr vergeht.«

»Ich glaube dir kein Wort.«

»Bitte, Sofia! Ich lüge nicht. Bind mich los, und wir reden vernünftig miteinander. Das habe ich verdient nach all den Jahren.«

»Du hast etwas anderes verdient«, entgegnete sie. »Weil ich dich sehr liebe. Wenn du mir die Wahrheit gestehst, reduziert das deine Strafe. Ich behaupte nicht, du würdest dann mit einer einfachen Entschuldigung davonkommen, aber es wird bei einem Geständnis nicht so schmerzhaft. Seit wann hast du Alicia gefickt?«

»Gar nicht.«

Sie schaute ihn an und schüttelte leicht den Kopf. »Ist das dein letztes Wort?«

»Es ist die Wahrheit. Sofia! Wie kannst du mir das hier antun?«

»Allerletzte Chance.«

»Glaub mir.«

Sie ohrfeigte ihn. »Du feiger Mistkerl. Dass du überhaupt jeden Morgen in den Spiegel schauen kannst.« Sie erhob sich vom Bett.

»Und jetzt?«, fragte er.

»Das wirst du gleich sehen, mein Schatz.«

Hilflos schaute er dabei zu, wie sie den Raum verließ. Diesmal zerrte er an den Fußfesseln, die jedoch zu straff gebunden waren, um sich daraus zu befreien. Er hatte keine Chance. Egal, was sie plante, er war ihr ausgeliefert.

»Hilfe!«, schrie er. »Hilfe!«

»Ach, Schatz«, drang ihre Stimme aus einem anderen

Raum. »Wer soll dich denn um diese Uhrzeit hören? Spar dir deine Kräfte.«

»Polizei!«, brüllte er, so laut er konnte.

Sofia tauchte wieder an der Türschwelle auf. »Sei endlich still! Langsam werde ich richtig wütend.«

Er bemerkte, dass sie etwas hinter dem Rücken verbarg. Bruchstückhafte Erinnerungen kehrten zurück.

»Was hältst du in der Hand?«

Lächelnd kam sie näher. »Das wirst du gleich spüren. Hab noch einen Augenblick Geduld.«

»Hilfe!«, schrie er erneut. »Sofia will mich töten!«

»Nein. Keine Sorge.« Sie grinste. Der Ausdruck ihrer Augen jagte ihm eine Höllenangst ein. »Ich hoffe echt, du überlebst das hier. Auch wenn ich nicht einschätzen kann, wie groß dein Blutverlust sein wird. Aber es wäre die größte Strafe für dich, den Rest deiner Tage schwanzlos durchs Leben zu laufen.«

»Sofia!«, kreischte Keller. »Was hast du vor?«

»Schnipp, schnapp.«

Sie nahm die Arme hinter dem Rücken hervor. In der rechten Hand hielt sie die Geflügelschere.

»Geh weg!«, schrie er. »Hilfe!«

»Dir ist nicht mehr zu helfen. Hättest du mir die Wahrheit gesagt, hätte ich dir bloß für jeden Monat der Affäre einen Finger abgetrennt. Aber du wolltest lieber lügen. Dafür bezahlst du mit deinem besten Stück.«

Sie setzte sich auf seine Beine. Er bäumte sich auf, hatte jedoch gegen sie wegen der Fesseln keine Chance.

»Das Rumgezappel macht es bloß schlimmer«, warnte sie ihn.

Ihre Finger umklammerten seinen Penis.

»Nein!«, kreischte er. »Lass mich! Es tut mir leid!«

»Hast du Alicia gefickt?«

»Ja. Es tut mir so leid. Sie hat mich verführt. Ich war zu schwach, ihr zu widerstehen.«

»Wie lange ging das mit euch beiden?«

»Zwei Monate.« Er hyperventilierte beinahe, so schnell atmete er ein und aus.

»Wie oft?«

»Nach fast jedem Training.«

»Endlich glaube ich dir, mein Schatz. Aber deine Reue kommt zu spät. Du hättest wissen müssen, dass ich das nicht akzeptiere. In mir fließt sizilianisches Blut. Wir regeln das jetzt auf unsere Weise. Sieh es mal so. Du wirst nie wieder in deinem Leben schwanzgesteuert sein.«

15

Birker war fassungslos. Die legendäre KEG hatte ihn besucht. Sogar der Polizist, der Leander Hell das Handwerk gelegt hatte, war hier aufgetaucht, um ihn zu befragen. Um seine Eindrücke zu verarbeiten, hatte er auf YouTube Pressekonferenzen gesucht, an denen Hauptkommissar Drosten teilgenommen hatte. Zwei davon waren im Netz zugänglich. Die hasserfüllten Kommentare vieler Hell-Fans jagten ihm einen eiskalten Schauer über den Rücken. Als Hauptverantwortlicher in einer solchen Ermittlung musste man Nerven wie Drahtseile haben.

Konnte Birker das Auftauchen der KEG zu seinen Gunsten ausschlachten? Wenn es ihm gelingen würde, dem Mörder noch vor der Wiesbadener Behörde das Handwerk zu legen, würden die Medien ihn als Helden feiern. Vermutlich sogar der arrogante Dickhart.

Und Birker hatte eine Idee, wie er das schaffen könnte. Allerdings durfte er darüber nicht mit Conny sprechen, denn die wäre garantiert dagegen. Deswegen hatte er sie angewiesen, ihn unter keinen Umständen zu stören und die Bürotür geschlossen.

Der Täter hatte es anscheinend auf Frauen abgesehen, mit denen sich Birker in der Öffentlichkeit stritt. Die Theorie der Polizisten, dass ihm der Mörder schaden wollte, erschien ihm logisch. Genau an der Stelle wollte er ansetzen. Wenn er eine Influencerin auswählte, die Christensen und Strophe ähnlich sah, wäre sie der perfekte Lockvogel. Vorausgesetzt, sie stieg auf die Auseinandersetzung mit ihm ein. Aber normalerweise war es ziemlich einfach, die Frauen in ihrer Ehre zu kränken und sie herauszufordern. Im schlimmsten Fall würde er behaupten, die Influencerinnen hielten sich nicht an die geltenden Spielregeln, um eine Gegenreaktion zu provozieren. Der Vorwurf, die Frauen erkauften sich Zustimmung im Internet bei Agenturen gegen Geld, wog zum Beispiel so schwer, dass jede von ihnen darauf reagieren würde. Und ihm drohte bei solchen Behauptungen nichts Schlimmeres als eine Unterlassungsklage. Was ein stumpfes Schwert war, solange er die Vorwürfe nicht wiederholte.

Stellte sich bloß die Frage, wie er den Lockvogel einsetzen sollte, um den Mörder zu schnappen. Er konnte ihn unmöglich selbst überwältigen. Also musste er jemand anderen einspannen, den er in die Aktion einweihen müsste.

Wer würde sich das zutrauen?

Birker dachte an seinen langjährigen Leibwächter, der ihn oft zu öffentlichen Auftritten begleitete. Besonders, wenn die Menschenmenge zu zudringlich wurde, konnte sich Birker auf den einen Meter fünfundneunzig großen Hünen verlassen. Seine Präsenz schüchterte jeden vorlauten Fan ein. Einen Versuch, ihn zur Zusammenarbeit zu bewegen, war es wert.

Birker wählte die Nummer des Leibwächters, der den Anruf sofort entgegennahm.

»Mein Lieblingskunde!«, begrüßte Benedikt Mendler ihn. »Wie geht's dir?«

»Hallo, Benedikt. Du verfolgst bestimmt die Presseberichte über mich.«

»Dem Dickhart müsste jemand die Fresse polieren«, sagte Mendler in seiner direkten Art, die gut bei Birker ankam.

»Dafür zahle ich dir, was du willst. Ist bei dir alles in Ordnung? Wie ist deine Auftragslage?«

»Für dich nehme ich mir immer Zeit. Wohin soll ich dich begleiten?«

»Ich habe diesmal einen anderen Auftrag für dich. Die Bullen waren heute hier. Dickharts Hetze gegen mich hat leider Erfolg. Die Polizei hat mich unter Verdacht.«

»Wie dumm von den Bullen.«

»So ist es. Ich schätze, ich stelle meinen guten Ruf am schnellsten wieder her, wenn der Mörder verhaftet ist. Und vielleicht können wir dazu unseren Beitrag leisten.«

»Wie meinst du das?«

»Hör zu. Der Mörder hat zwei Frauen getötet, mit denen ich im Clinch lag. Das sollten wir ausnutzen. Ich picke mir eine passende Influencerin aus Hamburg heraus und stelle sie an den Pranger. Mir schwebt da eine bestimmte Person vor. Sie fällt ins Beuteschema des Mörders und lebt in einem Haus, das sich wunderbar beschatten lässt. Das weiß ich dank ihrer täglichen Filmchen.«

»Und dann?«, fragte Mendler unsicher.

»Sobald der Krieg zwischen mir und dieser Frau losgeht, legst du dich bei ihr auf die Lauer. Bist sozusagen ihr unsichtbarer Leibwächter. Du musst allerdings im Hintergrund bleiben, sonst klappt das nicht. Vermutlich wird der Mörder ziemlich schnell bei ihr auftauchen. Dann schlägt deine große Stunde. Du rettest die Frau, und wir beide lassen uns in der Öffentlichkeit feiern, weil wir in Teamarbeit einen Zweifachmörder an die Kette gelegt haben.«

»Du willst also, dass ich einen Killer überwältige?« Der Zweifel in Mendlers Stimme war unüberhörbar.

»Im Prinzip reicht es, zum richtigen Zeitpunkt den Notruf zu wählen. Die Bullen könnten dann den Rest erledigen.«

»Wow! Das ist … ziemlich riskant. Für uns beide. Stell dir vor, es geht schief.«

»Wird es nicht. Der Plan ist bombensicher. Bist du dabei? Ich schätze, danach kannst du dich vor Aufträgen nicht mehr retten.«

»Das kann ich nicht zu meinem üblichen Stundensatz für dich erledigen«, sagte Mendler nach kurzem Zögern.

»Wie viel willst du stattdessen haben?«

»Fünfundzwanzig Prozent Aufschlag.«

»Sei nicht so gierig. Du wirst die meiste Zeit im Auto sitzen. Und kannst am Ende die Bullen anrufen, um den Job erledigen zu lassen.«

»Ich könnte währenddessen keine anderen Aufträge annehmen, weil wir ja nicht wissen, wann er zuschlägt«, wandte Mendler ein. »Das kann sich über Tage oder Wochen hinziehen. Ich müsste ein paar Termine vorsichtshalber absagen. Sorry, Matze, aber das ist mir für den üblichen Satz zu heiß.«

Birker überschlug seinen finanziellen Rahmen, den er für ein solches Vorhaben aufwenden konnte. »Folgender Vorschlag. Ich zahle dir an den Tagen, an denen du einfach nur im Auto sitzt und nichts passiert, fünfhundert Euro pauschal. Wenn unser Plan aufgeht, verdreifache ich am Ende die Gesamtsumme.«

»Verdreifachen?«

»Ich gebe dir mein Wort.«

»Wie lange wirst du mich maximal anheuern?«

»Zehn Tage«, sagte Birker. »Wenn bis dahin nichts passiert, kriegst du fünftausend, und ich darf mich vor Conny wegen des Lochs in der Kasse rechtfertigen.«

Mendler lachte gutmütig. »Die Schattenseite der Ehe. Einverstanden. Wann legst du los? Damit ich mich drauf einstellen kann.«

* * *

»Das ist sicher Kellers Auto«, sagte Sommer. Er zeigte auf einen Sportwagen, auf dem in blauer Schrift der Name des Trainers stand.

»Also erwischen wir ihn nicht beim Nachhausekommen. Hoffentlich bist du nicht enttäuscht.« Linke steuerte den Wagen in eine Parklücke.

»Hauptsache, wir können Keller nach dem Besuch endgültig abhaken.«

Sommer ging in schnellem Tempo voran und klingelte. Er wartete wenige Sekunden, bis er erneut den Klingelknopf drückte und diesmal den Finger lange Zeit nicht herunternahm.

Links vom Eingang öffnete sich im Erdgeschoss ein Fenster. Eine ältere Frau schaute heraus.

»Sind Sie von der Polizei?«, fragte sie mit zitternder Stimme. »Ich habe Sie vor fünf Minuten alarmiert.«

»Was ist passiert?«, erkundigte sich Sommer.

»Herr Keller hat schon mehrfach laut um Hilfe geschrien.«

»Haben Sie schon bei ihm geklingelt?«, fragte Linke die Frau.

»Öffnen Sie uns bitte«, sagte Sommer zeitgleich.

Die Frau zog sich vom Fenster zurück. Kurz darauf ertönte der Türöffner. Sommer betrat den Hausflur. Die Bewohnerin wartete an ihrer geöffneten Wohnungstür.

»Es kann sein, dass gleich Kollegen kommen«, erklärte

Sommer. »Halten Sie sich bereit, um ihnen zu öffnen.«
Eilig lief er in die nächste Etage und hämmerte an die Tür.
»Aufmachen!«, schrie er.

»Hilfe!«, ertönte es kaum vernehmbar aus der Wohnung.

»Was machen wir jetzt?«, fragte Linke.

»Wir müssen uns Zutritt verschaffen.« Sommer warf sich mit der Schulter gegen die Tür, die aber nur leicht erzitterte. Verzweifelt trat er mehrfach auf die Stelle knapp unterhalb des Türschlosses. »Übernimm du!«, sagte er schließlich schwer atmend.

Linke trat gegen die Tür. Unterdessen versuchte Sommer, neue Kraft zu schöpfen.

Aus der Wohnung ertönte ein markerschütternder Schrei.

»Geh beiseite!«, schrie Sommer.

Mit dem Mut der Verzweiflung warf er sich zweimal gegen die Tür, die inzwischen stark in den Angeln erbebte. Erneut trat er zu, und endlich gab das Schloss nach. Mit einem letzten Tritt flog die Tür aus dem Rahmen. Sommer hörte Keller wimmern.

»Was bleibt dir jetzt?«, brüllte seine Partnerin soeben.

Sommer und Linke folgten der hasserfüllten Stimme. Im Schlafzimmer bot sich ihnen ein grauenhaftes Bild. Keller lag gefesselt in einer Blutlache. Aus seinem Unterleib sprudelte Blut. Sofia Moretti stand blutbesudelt neben dem Bett und bespuckte Keller.

»Viel Spaß im schwanzlosen Rest deines Lebens.«

»Ruf einen Krankenwagen«, zischte Sommer Linke zu.

Moretti hob die Arme. »Ich bin unbewaffnet.«

Erst jetzt bemerkte Sommer den Blutfleck auf einem weißen Sessel. Er schaute genauer hin.

»Oh mein Gott«, stöhnte er.

Moretti hatte Kellers Genital mit einer Geflügelschere abgeschnitten und auf die Rückenlehne des Sessels gespießt.

Moretti drehte sich zu ihnen um und grinste wie eine Verrückte. »Ohne Sie hätte ich mich das nicht getraut. Ich hatte keinen Beweis. Sie haben ihn mir auf dem Silbertablett geliefert.«

Linke beendete sein Telefonat. »Der Krankenwagen ist in spätestens zehn Minuten hier.«

»Wir müssen die Blutung stoppen«, sagte Sommer. »Schaff' sie mir aus den Augen. Und sorg' dafür, dass sie etwas anzieht.«

Moretti stolperte an ihm vorbei. Linke packte sie am Arm und zog sie aus dem Zimmer.

»Herr Keller!«, rief Sommer. »Sie müssen wach bleiben.«

Die Augen des Mannes flatterten. »Es tut so weh«, stöhnte er kaum verständlich.

Sommer setzte sich auf den Bettrand. Er packte das Kissen, entfernte den Bezug und presste ihn auf die blutende Wunde. Keller schrie wie am Spieß.

»Es tut mir leid«, flüsterte Sommer. »Ich muss die Blutung stoppen.«

»Lassen Sie mich sterben«, wisperte Keller. »Ich hab's verdient.«

»Niemand hat das verdient.«

Linke kehrte zu ihnen zurück. »Ich habe Moretti im Wohnzimmer an die Heizung gefesselt. Was soll ich tun?« Er klang schuldbewusst.

»Hol' das Teil vom Sessel und pack es in Eis. Vielleicht kann man es im Krankenhaus wieder annähen.«

Linke wurde schlagartig kreidebleich. Trotzdem näherte er sich dem Sessel.

»Schneller!«, trieb Sommer ihn an.

16

Ohne Oberkommissarin Decking, die wegen einer anderen Ermittlung zum LKA zurückkehrte, fuhren Drosten und Kraft zu Thorsten Spandau. Der Mann lebte in einem zwölfstöckigen Hochhaus im Stadtteil St. Georg. Sie fanden seinen Namen in oberster Reihe der Klingeltafel. Die Haustür stand offen.

»Ob er um diese Uhrzeit zu Hause ist?«, fragte Kraft.

»Lass uns hochfahren und bei ihm an die Tür klopfen. Bei so vielen Etagen könnte er uns sonst zu leicht ausweichen, falls wir uns über die Gegensprechanlage zu erkennen geben.«

Sie betraten den Hausflur und steuerten die beiden Fahrstühle an. Eine Kabine stand im Erdgeschoss. Sie war angenehm sauber. Drosten drückte den Knopf für die oberste Etage. Die Tür schloss sich, und der Fahrstuhl fuhr im langsamen Tempo los.

»Nichts für ungeduldige Menschen«, stöhnte Kraft auf halbem Weg.

»Lukas würde sich ärgern, nicht gelaufen zu sein.«

Nach einer gefühlten Ewigkeit kamen sie oben an. In der Etage waren bloß zwei Wohnungen. Spandaus Name stand an der zweiten Tür. Drosten klingelte. Kurz darauf hörte er Schritte. Ein attraktiver Mann öffnete ihnen. Er war ein paar Zentimeter größer als Drosten, hatte kantige Gesichtszüge und wirkte in dem T-Shirt und der Sporthose sehr durchtrainiert. Unwillkürlich schoss Drosten der Gedanke durch den Kopf, dass sich Conny Birker mit ihrem zweiten Ehemann verschlechtert hatte, was die Attraktivität betraf. Sein Blick fiel auf die Arme des Mannes, an denen er keine Kratzspuren erkannte. Allerdings hätten die mit der richtigen Pflege inzwischen verheilen können.

»Sie wünschen?«, fragte er.

»Thorsten Spandau?«, vergewisserte sich Drosten.

»Wer sind Sie?«

Drosten zog seinen Dienstausweis aus der Jackentasche. »Hauptkommissar Robert Drosten.«

»Und Hauptkommissarin Verena Kraft.«

Spandau musterte beide Ausweise. »Was wollen Wiesbadener Polizisten von mir?«

»Lassen Sie uns herein?«

»Erst wenn ich weiß, worum es sich dreht. Ich will nicht auf Betrüger hereinfallen, von denen mich einer ablenkt, während der andere die Wohnung leerräumt.«

»Es geht um Matze Birker und Ihre Rolle in den Entwicklungen der letzten Wochen.«

Spandau lächelte. »Treten Sie ein. Darüber unterhalte ich mich gerne. Sind Sie ihm endlich auf der Spur?« Er führte sie durch eine Diele, an deren Wänden gerahmte Fotografien hingen. »Setzen wir uns ins Wohnzimmer«, schlug er vor. »Von dort hat man den schönsten Blick.«

Seine Worte waren nicht übertrieben. Durch die Lage der Wohnung genossen sie einen spektakulären Ausblick über die Dächer des Stadtteils. Drosten fiel noch etwas auf. Diele und Wohnzimmer waren penibel aufgeräumt und stilvoll eingerichtet. Auch hier hingen gerahmte Bilder in unterschiedlicher Größe an den Wänden. Sitzlandschaft, Möbel, der helle Parkettboden und die zwei Teppiche passten perfekt zusammen.

Spandau ging zu einer Essecke, die vor der bodentiefen Fensterfront stand. »Möchten Sie einen Kaffee? Oder lieber Wasser? Mehr Getränke habe ich leider nicht vorrätig.«

»Vielleicht später«, sagte Drosten.

»Setzen wir uns.« Spandau nahm Platz, und die Beamten setzten sich ihm gegenüber. »Sie haben bestimmt mein Interview gelesen.«

»Das haben wir«, bestätigte Drosten. »Sie haben darin ja ziemlich klargemacht, was Sie von Birker halten.«

»Dieser Wicht hat sich in meine Ehe gedrängt. So etwas macht man nicht, zumindest nicht, wenn man Ehre besitzt.«

»Ihre Ex-Ehefrau sagt, Matze wäre nicht der Grund für die Trennung gewesen«, wandte Kraft ein.

»Dummes Geschwätz. Was soll sie sonst sagen? Er hat ihr schöne Augen gemacht, und sie hat die Möglichkeit ergriffen, ein anderes Leben zu führen. Auf dem roten Teppich, im Rampenlicht. Ständig unterwegs. Ich liebe es hier in Hamburg, verreise ungern. Wohin denn auch, wenn man in der schönsten Stadt der Welt wohnt?«

»Ja, Hamburg ist wirklich wunderschön«, bestätigte Kraft.

»Sehen Sie! Aber Conny wollte raus. Ein- oder zweimal im Jahr habe ich mich darauf eingelassen. Ihr war das zu wenig. Sie hätte am liebsten all ihre dreißig Urlaubstage unterwegs verbracht. Dann kam dieser Wicht und umgarnte sie. Keine Ahnung, was sie an ihm gefunden hat. Er sieht scheiße aus, ist überhaupt nicht witzig und hat keinen Ehrenkodex. Ich war wie vor den Kopf geschlagen.«

»Sie haben sich lange gegen die Scheidung gewehrt«, sagte Drosten.

»Ich hatte gehofft, Conny würde irgendwann aufwachen. Na ja. Stattdessen setzten sie mir die Pistole auf die Brust, um meine Zustimmung zu erhalten.«

»Was haben sie getan?«, fragte Drosten interessiert.

»Birker stand eines Tages vor meiner Tür, Conny im Schlepptau. Er behauptete, Erkundigungen eingezogen zu haben. Angeblich kannte er meinen direkten Vorgesetzten und zwei Vorstandsmitglieder. Sollte ich mich weiter gegen die Scheidung stemmen, würde er seine Beziehungen einsetzen, damit ich gefeuert werde.«

»Was machen Sie beruflich?«

»Nichts mehr«, sagte Spandau leise. Er wich ihrem Blick aus.

»Das heißt?«, fragte Drosten.

»Die Schweine haben mich entlassen!« Spandau gelang es nur schwer, die in ihm gärende Wut zu unterdrücken. »Ich war in der Marketing-Abteilung des HSV. Weil die idiotischen Spieler jetzt zwei Jahre hintereinander nicht aufgestiegen sind, müssen Personalkosten eingespart werden. Vor acht Wochen war mein letzter Arbeitstag. Nach zwölf Jahren. Was für eine Scheiße!«

Spandau erhob sich ruckartig und stellte sich an die Fenster. Drosten beobachtete den verzweifelten Mann. Wie Anton Geib in Überlingen hatte also auch Spandau hier in Hamburg kurz vor dem ersten Mord seinen Job verloren.

»Leider kann ich Birker daran nicht die Schuld geben«, fuhr Spandau fort. »Er stand ja vergangene Saison nicht auf dem Platz, als die Loser in den letzten Spielminuten mehrere Spiele verkackt haben.« Er wandte sich von den Fenstern ab. »Ich hole eben eine Wasserflasche«, sagte er.

Drosten folgte ihm in die Küche. Spandau füllte Leitungswasser in eine Glasflasche, die er in einen Sprudler stellte. Auch die Küche war modern eingerichtet und makellos aufgeräumt.

»Meine Kollegin und ich trinken jetzt gern ein Glas Wasser. Soll ich Ihnen beim Tragen helfen?«

»Nicht nötig«, antwortete ihr Gastgeber. »Ich bin gleich wieder bei Ihnen.« Spandau öffnete einen Schrank, aus dem er drei Gläser herausholte.

Drosten wartete an der Türschwelle. »Ich bin beeindruckt. Sogar in Ihren Schränken hat alles seine Ordnung.«

»Danke«, brummte Spandau. »Seit ich arbeitslos bin, hat mich eine Aufräumwut erfasst. Das hilft mir, überschüssige Energie loszuwerden. So ordentlich war ich früher nicht. Ich bilde mir ein, dass ich Ordnung halten muss, um mein Leben in den Griff zu kriegen.« Er stellte die Gläser mitsamt der Flasche auf ein Tablett. »Gehen wir.«

Drosten kehrte ins Wohnzimmer zurück, Spandau folgte dichtauf. Kaum hatte er sich gesetzt, schenkte er seinen Gästen ein.

»Wie haben Sie sich nach der Trennung gefühlt?«, fragte Kraft.

»Hundsmiserabel. Conny ist die Liebe meines Lebens. Ich hätte mich niemals scheiden lassen.«

»Aber Birker hat Sie letztlich dazu gezwungen«, stellte Drosten fest.

»Kann man so sagen.«

»Da sind bestimmt Rachegedanken in Ihnen hochgekommen«, unterstellte Kraft.

Spandau schaute sie überrascht an. »Was wollen Sie eigentlich von mir? Bin ich Ihnen in dem Interview zu weit gegangen?«

»Haben Sie Rachegedanken?«, fragte Kraft.

»Schwachsinn. Ich will einfach bloß …« Er schüttelte den Kopf.

»Sie wollen was?«, hakte Drosten nach. »Conny zurück? Melden Sie sich in letzter Zeit deswegen wieder bei ihr?«

»Das hat sie erzählt? Wundert mich. Jagen Sie Birker nun oder nicht?«

»Wir fahnden nach dem Mörder der beiden jungen Influencerinnen«, sagte Kraft.

»Das kann nur Birker sein«, behauptete Spandau. »Er ist ein eitler Fatzke. Die Frauen haben es gewagt, ihn öffentlich herauszufordern. Das hat er nicht verkraftet. Deswegen hat er sie getötet.«

»Sobald er überführt wäre, würden Sie Conny wieder bei sich aufnehmen«, vermutete Drosten.

»Meine Tür steht für sie immer offen. Das soll sie wissen. Deswegen habe ich ihr in letzter Zeit gelegentlich geschrieben.«

»Haben Sie ein Alibi für die beiden Tage, an denen der Mörder zugeschlagen hat?«, fragte Kraft.

»Vermutlich nicht.«

»Wollen Sie nicht erst die Daten wissen? Oder kennen Sie die auswendig?«

»Die letzten Wochen habe ich fast ausschließlich in meiner Wohnung verbracht. Ich streame Serien, ich räume auf. In einem meiner Zimmer habe ich einen Trainingsraum eingerichtet, in dem ich jeden Tag neunzig Minuten Sport treibe, um mich nicht gehen zu lassen. Aber keine Ahnung, wann die Morde stattgefunden haben.« Er griff zu seinem Handy und öffnete die Kalenderfunktion. »Schießen Sie los!«

Drosten nannte ihm beide Daten.

»Nein«, bedauerte Spandau. »Da habe ich nichts vermerkt. Also habe ich wohl kein Alibi.« Er zuckte die Achseln. »Bin ich dadurch für Sie verdächtig? Nicht mein Problem. Da müssen Sie mir einfach Glauben schenken. Ich war es nicht.«

»Sie könnten mit einer DNA-Probe jeden Verdacht ausräumen.«

Spandau zögerte. »Hat Birker mittlerweile eine Probe abgegeben?«, fragte er. »Dickhart hat erwähnt, dass er sich weigert.«

»Was hat das mit Ihnen zu tun?«, entgegnete Drosten.

»Also nein«, folgerte Spandau. »Dann tut es mir leid. Ich verzichte.«

»Sie könnten ihn damit unter Druck setzen«, zeigte Kraft auf. »Ich hatte den Eindruck, Conny fand es nicht gut von ihrem Mann, dass er sich weigert. Stellen Sie sich vor, Sie könnten ihr schreiben, freiwillig eine Probe abgegeben zu haben. Das fände Conny vorbildlich.«

Spandau schaute aus dem Fenster. Offenbar dachte er über das Argument nach. »Wie würde der Test ablaufen?«, fragte er leise.

»Sie melden sich beim LKA und machen einen Termin aus. Der Vorgang selbst ist zügig erledigt. Wenn es Ihnen lieber ist, kann einer der Hamburger Zuständigen auch zu Ihnen kommen.«

»Geben Sie mir eine Telefonnummer«, bat Spandau. »Ich lasse es mir zumindest durch den Kopf gehen. Vielleicht frage ich Conny, was sie davon halten würde.«

»Machen Sie das!«, sagte Drosten. »Haben Sie einen Stift und Papier für mich?«

***

»Clever von dir, seine Ex ins Spiel zu bringen«, lobte Drosten Kraft im Fahrstuhl auf dem Weg nach unten.

»Spontaner Einfall. Bin gespannt, ob er sich bei Dorfer meldet. Welchen Eindruck hattest du von ihm?«

»Ein gebrochener Mann, der Birker die Schuld dafür gibt.«

»Ist er zu einem Doppelmord fähig?«, fragte Kraft.

»Ich schließe es zumindest nicht aus. Auch wenn er eher liebesbedürftig als aggressiv wirkt.«

»Schrecklich, oder? Die Scheidung liegt Jahre zurück, und er hängt noch immer an seiner Ex. Keine schöne Vorstellung. Irgendwann sollte man bereit für eine neue Beziehung sein.«

Ehe Drosten etwas erwidern konnte, klingelte sein Handy. »Hallo, Lukas«, begrüßte er den Anrufer.

»Ihr werdet nicht glauben, was passiert ist«, begann Sommer seinen Bericht. Er erzählte ausführlich von den blutigen Ereignissen. Unterdessen gingen Kraft und Drosten zu ihrem geparkten Wagen zurück.

»Wie schrecklich!«, entfuhr es Drosten. »Was sagen die Ärzte?«

»Keller wird überleben. Aber die Ärzte können seinen Penis nicht wieder annähen. Das hat Moretti verhindert, indem sie ihn aufgespießt hat. Nicht auszudenken, wie seine Zukunft aussehen wird. Macht ihr Fortschritte?«

Nun berichtete Drosten, was bei ihren Gesprächen herausgekommen war. »Wir schätzen, Conny Birkers Ex wird eine DNA-Probe abgeben. Falls es keine Übereinstimmung gibt, könnten wir ihn von der Liste streichen.«

»Birker haltet ihr für unverdächtig?«

»Ja«, sagte Drosten. »Er ist zweifelsohne kein sympathischer Mensch. Trotzdem scheint er nichts mit den Morden zu tun zu haben. Birker hat übrigens Leander Hell erwähnt. Die beiden waren befreundet.«

»Das passt ja ganz hervorragend.«

Drosten hörte ein Geräusch in der Leitung. Er schaute aufs Display. »Lukas, sorry, ich würge dich jetzt ab. Wiesbaden ruft an. Ich melde mich später.« Er beendete die erste Verbindung und nahm das zweite Telefonat entgegen.

»Hallo, Kai«, begrüßte er den Anrufer. »Habt ihr schon die Identität des Fans herausgefunden?«

»Das war ein Kinderspiel. Der Mann heißt im wahren Leben Maximilian Tobias Julian Grawe. Er ist achtundzwanzig, lebt in Hamburg. Ich schicke dir gleich seine Adresse und den Link zu seinem YouTube-Kanal. Er bespricht in unregelmäßigen Abständen Fernsehsendungen, vor allem Formate wie das Dschungelcamp. Er hat aber nur knapp zweihundert Abonnenten.«

»Also nichts, wovon man leben kann«, stellte Drosten fest.

»Davon ist er weit entfernt. Allerdings wirst du einen Punkt aufschlussreich finden. Grawe und Birker kennen sich persönlich.«

»Woher?«

»Grawe hat vor einigen Jahren ein einjähriges Praktikum bei der Produktionsfirma gemacht, die Birkers letzte Fernsehsendung produziert hat.«

»Ob sich Birker an ihn erinnert?«, fragte Drosten mehr sich selbst als den Anrufer. »Wie auch immer – danke, Kai. Ich bin dir wieder einmal etwas schuldig.« Drosten trennte die Verbindung. »Ich will das direkt mit Birker besprechen«, informierte er Kraft. Er wählte die Nummer des Prominenten.

»Hallo?«, meldete der sich.

»Hauptkommissar Drosten, ich …«

»Ist das Ihr Ernst?«, unterbrach Birker ihn. »Das neue Video ist erst seit fünf Minuten online, und Sie rufen schon an. Hier in Deutschland gibt es zum Glück Presse- und Meinungsfreiheit.«

»Von welchem Video sprechen Sie?«, fragte Drosten alarmiert.

»Weswegen rufen Sie an?«, erwiderte Birker. »Ich habe gedacht, Sie würden mit mir schimpfen, weil ich im Kampf für die Verbraucher nicht nachlasse.«

Drosten verdrehte die Augen. »Wir haben die Identität Ihres Fans Juli-An herausgefunden. Erinnern Sie sich an einen ehemaligen Praktikanten namens Grawe?«

»Ich glaube schon. Maximilian Grawe. Richtig?«

»Genau.«

»Der war ein bisschen nervig. Er hat immer versucht, meine Aufmerksamkeit auf sich zu lenken. Das ist für einen Praktikanten aber nur in gewissem Maße tolerierbar. Sind Sie sicher, dass er es ist?«

»Hundertprozentig. Wundert Sie das?«

»Allerdings. Dass er behauptet, mein größter Fan zu sein, wirkt komisch. Ich kann mich nicht erinnern, dass wir seit seinem Praktikum Kontakt gehabt hätten. Und das ist jetzt vermutlich schon drei Jahre her.«

»Kommen wir auf Ihr Video zu sprechen. Was haben Sie hochgeladen?«

»Schauen Sie es sich an, dann wissen Sie Bescheid. Aber glauben Sie nicht, ich würde es Ihnen zuliebe wieder löschen. Die Show muss weitergehen. Meine Fans erwarten Aufklärung von mir.« Abrupt trennte Birker die Verbindung.

17

Die Fahrt zu Grawe dauerte bloß eine knappe Viertelstunde. Der Mann wohnte an einer Hauptverkehrsstraße. Kraft fand erst in der übernächsten Nebenstraße einen freien Parkplatz am Straßenrand. Auf dem Weg zurück donnerten Busse, Lkws und unzählige Fahrzeuge an ihnen vorbei.

»Keine schöne Wohngegend«, sagte Kraft.

Eine Frau mit Kinderwagen trat aus einem der Häuser.

»Schon gar nicht mit Kindern«, fügte Kraft hinzu.

Sie erreichten das Gebäude, in dem Grawe lebte. Sein Name stand in der untersten Reihe der Klingelschilder. Drosten drückte die Klingel. Es dauerte nicht lange, bis der Türöffner ertönte. Sie betraten den Hausflur und sahen einen jungen Mann an der offenen Wohnungstür. Er trug einen langärmeligen Pullover. »Sie sind nicht der Paketbote«, stellte er fest.

»Herr Grawe?«, fragte Drosten.

»Wer sonst?«

»Hauptkommissar Drosten, KEG. Lassen Sie uns kurz rein?«

Grawe musterte Drostens Gesicht, aber nicht den Dienstausweis. »Wenn's sein muss. Kommen Sie!«

Der Kontrast zu Spandaus penibel sauberer Wohnung hätte nicht größer sein können. Im Flur stapelten sich diverse Tüten am Boden. Auf einer Ablagefläche entdeckte Drosten ungeöffnete Briefe. Auch ein kleines Päckchen schien noch ungeöffnet zu sein. Im Wohnzimmer setzte sich der chaotische Eindruck fort. Grawe hielt offenbar nicht viel von Ordnung.

»Nehmen Sie irgendwo Platz. Ich putze immer nur am Wochenende.«

Drosten blieb Mitten im Raum stehen. Kraft positionierte sich neben ihm. »Wir kommen wegen Matze Birker.«

Grawes Gesicht hellte sich auf. »Mein alter Chef. Ach, das waren noch Zeiten.«

»Sie schreiben ihm interessante Nachrichten«, fuhr Drosten fort.

»Was meinen Sie?« Grawe verschränkte die Arme vor der Brust und sah sie herausfordernd an.

»Juli-An. Sie sind sein größter Fan.«

»Ach so. Das!« Er winkte lässig ab. »Hat sich Birker an mich erinnert?«

»Natürlich. Er hätte Ihnen gern geantwortet. Aber dafür hat er leider zu viel zu tun«, behauptete Kraft.

Grawe wirkte stolz. »Das macht überhaupt nichts. Ich weiß ja, wie stressig sein Job ist.«

»Warum schreiben Sie ihm dann diese Nachrichten?«, fragte Drosten.

Grawe verdrehte die Augen. »Setzen Sie sich endlich. Sie machen mich nervös.« Er ging zu der Zweiercouch und nahm eine Zeitschrift vom Polster.

Drosten und Kraft folgten der Aufforderung, Grawe ließ sich auf einen Sessel nieder.

»Ich bin zweimal auf falsche Werbeversprechen hereingefallen. Einmal hatte eine Influencerin für einen angeblich sauleckeren, kalorienreduzierten Snack geworben. Den gab es aber nur in Zwölferpacks zu kaufen. So etwas Widerliches habe ich nie zuvor gegessen. Ich habe in eins reingebissen und die restlichen Exemplare weggeschmissen. Ein anderes

Mal habe ich mir ein T-Shirt bestellt, das in der Waschmaschine bei der ersten Wäsche den Rest meiner Kleidung total verfärbt hat. Was Matze macht, finde ich wichtig. Diese Weiber bewerben jeden Scheiß. Jemand muss sie aufhalten. Matze hat dafür die entsprechende Reichweite. Meine Nachrichten sollen ihn anspornen, nicht aufzuhören. Obwohl er wegen seines Kampfes angefeindet wird.«

»Sie haben auch nach der Ermordung von Christensen Ihre Lobhudelei nicht eingestellt. Kommt Ihnen das nicht heuchlerisch vor?«

»Was wollen Sie damit sagen?«

»Der Mörder sucht sich Frauen aus, die Birker zuvor attackiert hat«, erklärte Kraft. »Finden Sie es dann wirklich angemessen, ihn dafür zu loben?«

»Als hätten die Morde etwas mit Birker zu tun. Schwachsinn! Insofern wüsste ich nicht, wieso ich damit aufhören sollte, Matze für die richtigen Worte zu loben.«

»Was machen Sie beruflich?«, fragte Drosten. »Haben wir Glück, dass wir Sie um diese Uhrzeit antreffen? Oder sind Sie immer zu Hause?« Demonstrativ schaute er auf seine Armbanduhr.

»Ich habe diese Woche schon meine zwanzig Stunden voll«, sagte Grawe.

»Sie arbeiten nur zwanzig Stunden? Klingt nach viel Freizeit«, meinte Kraft.

»Mir ist meine Work-Life-Balance wichtig«, erwiderte Grawe. »Was bringen einem diese ganzen Besitztümer, wenn man sich dafür kaputtmacht? Ich habe irgendwann einen Job gefunden, der mich ernährt und mir noch genügend Zeit für die schönen Dinge im Leben lässt.«

»Den Job suche ich auch«, sagte Drosten amüsiert. »Wo finde ich ihn?«

»Ich arbeite bei einem Dienstleister für Mobilfunkunternehmen. Die bezahlen ordentlich, wenn man wie ich vernünftige Leistung bringt.«

»Das klingt wunderbar«, sagte Drosten. »Und lässt Ihnen genug Zeit für Ihren YouTube-Kanal.«

»Den habe ich weitgehend eingestellt. Ich erhielt zu wenig Resonanz. Dafür lohnt sich der Aufwand nicht. Ich weiß nicht, wie es Ihnen geht, aber mir ist die Zustimmung meiner Mitmenschen wichtig. Vielleicht schreibe ich auch deswegen Matze so viel. Damit er nicht aufhört, die Influencer an den Pranger zu stellen.«

»Birker konnte sich noch gut an Sie erinnern. Er hat gesagt, Sie seien immer fleißig gewesen, hätten aber etwas zu sehr nach Aufmerksamkeit gesucht.«

Grawe strahlte Drosten an. »Oh ja, ich bin in allem, was ich erledige, fleißig. Da können Sie jeden fragen. Bei Matze habe ich mich besonders ins Zeug gelegt. Ich war schon immer sein Fan, und das Praktikum war eine große Chance. Ich habe damals viel gelernt. Wahrscheinlich habe ich es manchmal übertrieben, was dann bei Matze falsch rübergekommen ist. Wussten Sie eigentlich, dass ihn jeder in seinem Team duzt? Er ist ein Star und trotzdem nahbar geblieben. Einfach toll!«

»Wir würden gern mit Ihnen über die Morde sprechen«, wechselte Drosten abrupt das Thema. Er fand es aufschlussreich, wie stark Grawe auf das erfundene Lob eingegangen war – und wie nebensächlich er die echte Kritik behandelte. »Haben Sie für die Tatzeiten ein Alibi?«

»Was unterstellen Sie mir?«, fragte Grawe.

»Gar nichts. Wir erkundigen uns bei allen Gesprächspartnern nach deren Alibi. Das ist *unser* tägliches Brot.«

Grawe seufzte. »Wann genau waren die Morde?«

Drosten nannte ihm die Daten. Grawe überprüfte sie auf seinem Handy. »Da hatte ich jeweils frei und war zu Hause. Da ich Single bin, kann Ihnen das leider niemand bestätigen.«

»Mit einer DNA-Probe könnten wir Sie als Täter ausschließen«, sagte Kraft.

»Dann zeigen Sie mir Ihren richterlichen Beschluss.«

»Den brauchen wir nicht, wenn Sie sich freiwillig zur Abgabe bereiterklären«, erklärte Kraft.

»Warum sollte ich? Da nehme ich mir Matze zum Vorbild. Der weigert sich ja auch. Wer weiß, wie mein Arbeitgeber reagiert, falls das herauskommt.«

»Das findet niemand heraus«, versprach Drosten.

»Leider kann ich mich bei einer so heiklen Sache nicht auf Ihr Wort verlassen. Matze hat völlig recht. Man liest einfach zu viel von falschen Spurenauswertungen und solchen Kram. Ihnen ist ein abgeschlossener Fall wichtiger als die Wahrheit. Nein. Dazu lasse ich mich nicht überreden.«

»So ein Unfug«, erwiderte Drosten.

»Mit einem richterlichen Beschluss können Sie meine DNA-Probe haben. Schließlich habe ich nichts zu befürchten. Da Sie den Beschluss offensichtlich nicht vorlegen können, sollten Sie jetzt besser gehen. Matze hat ein neues Video gepostet. Sie haben mich gerade dabei gestört.«

Drosten erhob sich. »Ich bin mir ziemlich sicher, dass wir uns wiedersehen.«

»Warum sollten wir?«, fragte Grawe. »Ich habe genauso wenig mit Ihren Morden zu tun wie Matze. Machen Sie's gut. Und viel Erfolg bei Ihrer Mördersuche. Auch wenn ich schwarzsehe, solange Sie sich auf Unschuldige wie mich konzentrieren.«

18

Nach einer unruhigen Nacht, in der sie ständig aus dem Schlaf geschreckt war, erwachte Tina Hielscher völlig gerädert. Nachts hatte sie es zumindest geschafft, keinen Blick aufs Handy zu werfen, doch um sechs Uhr morgens konnte sie sich nicht mehr zurückhalten. Sie entsperrte das Display mit ihrem Fingerabdruck. Tina verschaffte sich einen raschen Überblick. Sie hatte dreiundneunzig neue Kommentare erhalten. Das durfte einfach nicht wahr sein.

Bis gestern Nachmittag war ihr Leben noch weitgehend in Ordnung gewesen. Dann hatte Matze Birker sie frontal mit einem Video angegriffen und ihr vorgeworfen, ihre Fans mit irreführender Werbung zu betrügen. Eine absurde Anschuldigung. Durch den Unfalltod ihrer Eltern vor drei Jahren hatte sie als Alleinbegünstigte so viel geerbt, dass sie nie wieder finanzielle Sorgen hätte. Sie betrieb ihren Instagram-Kanal hauptsächlich als Hobby und berichtete darin von ihrem abwechslungsreichen Leben. Sport, Reisen und Literatur waren ihre Steckenpferde. Der Mix kam bei ihren Followern so gut an, dass sie seit ungefähr einem Jahr Geld mit Werbung verdiente. Dabei wählte sie die beworbenen Produkte, die man über einen Rabattcode bei ihr bestellen konnte, sehr sorgfältig aus. Ausgerechnet ihr Betrug vorzuwerfen, war absurd.

Tina überflog die neuen Kommentare. Die meisten Leute beschimpften sie und nahmen Birkers Vorwürfe ernst, nur ein Bruchteil verteidigte sie vor dem Prominenten.

Was sollte sie jetzt tun? Am liebsten würde sie den Kopf in den Sand stecken, doch zugleich verspürte sie das Bedürfnis, Birker nicht ungestraft davonkommen zu lassen. Sah er nicht, welch gefährliches Spiel er betrieb? Oder waren ihm die beiden toten Frauen völlig egal?

Tina wechselte zu Birkers Profil. Unter seinem gestern veröffentlichten Video waren unzählige Kommentare eingegangen. Viele Leute äußerten sich deutlich hasserfüllter über sie als auf ihrer eigenen Seite.

Sie legte das Handy beiseite und schlug ihre kuschelige Bettdecke zurück. Für die Flanellbettwäsche hatte sie ebenfalls schon geworben und schlief selbst darin. Wieso wagte er es, ihr Irreführung vorzuwerfen?

Im Badezimmer drehte sie den Wasserhahn der Dusche auf. In dem Haus ihrer Kindheit müssten irgendwann die Wasserleitungen oder zumindest der Heizkessel erneuert werden. Es schien jeden Tag länger zu dauern, bis sich das Wasser erhitzte. Sie setzte sich auf die Toilette und zog das Nachthemd aus. Ihr Spiegelbild gefiel ihr gar nicht. Sie würde heute vor die Kamera treten und auf Birkers Vorwürfe reagieren. Zuvor müsste sie sich allerdings kameratauglich herrichten.

* * *

Eine Stunde später hatte sie alles vorbereitet. Zunächst würde sie vor laufender Handykamera ein Statement abgeben und dann ihren Followern einige Produkte vorstellen, die Birker sicher ebenfalls als minderwertig bezeichnen würde.

Tina startete die Aufnahme. Normalerweise begrüßte sie ihre Follower mit einem strahlenden Lächeln, heute erschien ihr das allerdings unpassend.

»Hallo, ihr Lieben«, sagte sie mit ernster Miene. »Einige von euch haben es ja bestimmt mitbekommen. Der Comedian Matze Birker führt seit ein paar Monaten einen Krieg gegen Frauen, die Instagram nutzen, um mit euch zu kommunizieren und manchmal Produkte zu empfehlen. Keine Ahnung, was ihn dazu bewegt, unfaire Vorwürfe in die Welt zu setzen, und normalerweise würde ich darauf gar nicht eingehen. Doch Birker überschreitet regelmäßig Grenzen. Hat er sich früher in Sketchen gerne über Behinderte und Ausländer lustig gemacht, schießt er sich seit geraumer Zeit auf Influencerinnen ein. Spätestens nach der schrecklichen Ermordung von Josefine Christensen hätte er damit aufhören müssen. Stattdessen macht er weiter. Auch der Tod von Alicia Strophe hält ihn nicht davon ab. Zwei ermordete Frauen, und Birker zieht sein widerwärtiges Ding durch. Gestern hat er mich angegriffen. Er behauptet, ich würde für Schrott Werbung machen, um euch das Geld aus der Tasche zu ziehen. Das ist so absurd. Fast alle Produkte, die ich in meinen Storys mit einem Rabattcode bewerbe, nutze ich selbst. Das werde ich euch gleich beweisen, indem ich euch mit durchs Haus nehme. Ich zeige euch Bettwäsche, Geschirr, Sportkleidung und andere Sachen, die ich auf meinem Kanal beworben habe. Birker, wie viele Tote muss es noch geben, bevor du damit aufhörst? Er hat seine Lügen über mich erst gestern verbreitet, seitdem trudeln bei mir Beleidigungen und Bedrohungen ohne Ende ein. Birker, sag mir eins, ist dir das egal? Lass dir versichern, mit mir hast du dir die Falsche ausgesucht. Ich gehe juristisch gegen deine Anschuldigungen vor. Und deinen Fans möchte ich folgenden Hinweis geben. Schaut euch auf der Homepage der *BILD* die Artikel an, die der Chefredakteur Karl Dickhart über Birker verfasst hat. Dann gewinnt ihr einen Eindruck, was für ein Mensch der Comedian ist. Dickhart hat ihn total durchschaut und stellt ihn bloß. Auch ich würde zu gerne wissen, warum sich Birker weigert, bei der Polizei eine DNA-Probe abzugeben. Was hast du zu verbergen? So, ihr Lieben, ich nehme jetzt das Handy vom Stativ und präsentiere euch einige der vermeintlich minderwertigen Produkte.«

Nachdem sie zehn Minuten weitergefilmt hatte, stoppte Tina die Aufnahme. Sie bearbeitete das Video und schaute es sich in aller Ruhe an. Das Material war für den gedachten Zweck vollkommen ausreichend. In ihr wuchs allerdings mit jeder Minute der Zweifel, ob sie sich auf diese Auseinandersetzung überhaupt einlassen sollte. Dann erinnerte sie sich an ihren Vater. Der hatte nie den einfachen Weg gewählt, wenn der unbequeme der richtige war. Genauso hatte er sie auch erzogen. Lieber anecken, indem man die Wahrheit sagte, als schweigen und jedermanns Liebling sein.

Tina zögerte einen letzten Moment. Sie ahnte, dass sie in den nächsten Tagen ein dickes Fell benötigte. Damit würde sie klarkommen. Aber würde sie mit ihrem Angriff auf Birker das Scheinwerferlicht auf sich lenken? Ihre Eltern hatten das Haus professionell gegen Einbrecher geschützt. Ihr erschien es unwahrscheinlich, dass sich der Mörder Zugriff verschaffen konnte. Außerdem hatte sie schon als Teenager mit Selbstverteidigungskursen begonnen und ihre Fähigkeiten im Laufe der Zeit ausgebaut. Sie fühlte sich in der Lage, in einem Zweikampf gegen einen Eindringling zu bestehen.

Tina lud das Video hoch.

* * *

Endlich war es wieder so weit. Diesmal würde er nicht so lange warten wie beim letzten Mal. Die Entwicklungen der vergangenen Tage machten das unumgänglich. Er musste erneut zuschlagen, um den inneren Drang zu befriedigen. In aller Ruhe packte er die notwendigen Gegenstände in seine Tasche.

Er würde ihr die Chance geben, ihn von ihrer Liebe zu überzeugen. Falls ihr das nicht gelänge, müsste sie sterben. Er ahnte, worauf es am Ende hinauslaufen würde. Doch sie durfte ihm gern das Gegenteil beweisen.

Als er seine Sachen fertiggepackt hatte, betrachtete er sich im Spiegel. Er war zufrieden mit dem, was er sah.

»Nachher bist du fällig«, sagte er leise. Diesmal würde er wieder nachts zuschlagen und sich viel Zeit mit ihr lassen. Er würde jede einzelne Sekunde genießen.

※ ※ ※

Um sich nicht die Laune zu verderben, ignorierte Tina ihr Handy über mehrere Stunden. Sie stellte den lautlosen Modus ein und deaktivierte auch den Vibrationsalarm. Erst am späten Nachmittag entsperrte sie das Display und rief die Instagram-App auf.

»So viele Nachrichten«, flüsterte sie fassungslos. Das System informierte sie über zweihundertsiebzehn neu eingetroffene Mitteilungen. Sie atmete tief durch, dann öffnete sie das Postfach.

Während sie die Nachrichten überflog, wünschte sie, die Zeit zurückdrehen zu können. Das Hochladen des kampfeslustigen Videos war offenbar ein Fehler gewesen. Zwar hatte sie auch enorm viel Zuspruch und aufmunternde Worte erhalten, doch die abfälligen Kommentare überwogen.

Du bist die Nächste und hast es nicht anders verdient.

Wenn ich dich in die Finger bekomme, wirst du das bitter bereuen.

Grüß die beiden anderen Schlampen von mir.

Tränen traten ihr in die Augen. Wieso waren die Menschen so hasserfüllt?

Tina legte das Handy beiseite. Sie schrie ihre Wut heraus. Als sie merkte, wie gut ihr das tat, brüllte sie erneut und doppelt so lang. Danach fühlte sie sich besser. Sie schaute aus dem Fenster. Draußen dämmerte es. Der Wetter-App zufolge betrug die Außentemperatur acht Grad. Nach der Schreitherapie verspürte sie einen starken Bewegungsdrang. Kurzentschlossen nahm sie Sportkleidung aus ihrem Kleiderschrank. Wenn sie sich beeilte, könnte sie noch ein paar Kilometer im restlichen Tageslicht laufen.

* * *

Benedikt Mendler saß seit fünfzehn Uhr auf seinem Beobachtungsposten. Er und Birker hatten sich darauf geeinigt, dass er jeweils von drei Uhr nachmittags bis sechs Uhr morgens das Haus beschatten sollte. Gestern war nachts nichts passiert. Auch der heutige Tag entwickelte sich bislang sehr ruhig. Wenn das so weiterginge, wäre das leicht verdientes Geld.

Kaum hatte er den Gedanken vollendet, öffnete sich die Haustür. Die Influencerin trat in Sportklamotten unter das Vordach. Sie dehnte sich ein wenig, ehe sie loslief. Mendler dachte fieberhaft nach. Sollte er ihr folgen? Bislang hatte der Mörder in den vier Wänden der Opfer zugeschlagen.

Wenn Mendler nun seinen Beobachtungsposten verließe, würde er es nicht mitbekommen, falls der Täter in seiner Abwesenheit einbräche. Er beschloss, im Wagen sitzen zu bleiben. In den nächsten vierzig Minuten schaute er immer wieder nervös auf seine Uhr. Dann erlöste ihn Hielschers Rückkehr von der Angst, einen Fehler begangen zu haben.

* * *

Gegen zweiundzwanzig Uhr gingen in der unteren Etage des zweistöckigen Hauses die letzten Lichter aus. Mendler notierte sich die Uhrzeit. Dabei gähnte er. Es dauerte ein paar Minuten, bis auch im oberen Stockwerk die letzte Lampe ausgeschaltet wurde. Er gähnte erneut. Nach seiner gestrigen Schicht hatte es ewig gedauert, bis er eingeschlafen war. Der Wecker hatte ihn Stunden später aus einer Tiefschlafphase gerissen. Jetzt forderte sein Körper Tribut. Mendler öffnete den Reißverschluss der kleinen Kühltasche, die er auf den Beifahrersitz gestellt hatte, und nahm einen Energydrink heraus. Das würde eine lange Nacht werden.

* * *

Er parkte rund zweihundert Meter vom Hauseingang entfernt und beobachtete zunächst die Umgebung. Weit nach Mitternacht lag das ganze Viertel offenbar im Tiefschlaf. Sobald er in ihrem Schlafzimmer wäre, könnte ihn nichts aufhalten. Voller Vorfreude stieg er aus dem Wagen und streifte die Kapuze über.

* * *

Mendler zuckte und erwachte. Wo war er? Es dauerte ein paar Augenblicke, bis er sich an seinen Auftrag erinnerte.

»Fuck!«, fluchte er leise. Hektisch rieb er sich die Augen und schaute zum Haus.

Sein Herzschlag setzte aus.

»Das darf nicht wahr sein! So eine Scheiße!«

19

In der oberen Etage des Hauses glitt ein kleiner Lichtstrahl durch die Räume – wie von einer Taschenlampe. Mendler hatte keinen Zweifel. Während er eingeschlafen war, hatte sich jemand Zutritt verschafft. Der Lichtschein erlosch. Hektisch griff Mendler zu seinem Telefon. Weil er den Daumen nicht lang genug auf dem Sensor hielt, entsperrte sich das Gerät nicht auf Anhieb. Er probierte es erneut und zwang sich zur Geduld. Endlich war das Smartphone einsatzbereit. Er wählte den Notruf der Polizei. Innerhalb kürzester Zeit meldete sich ein Beamter. Hektisch gab Mendler die Adresse durch und unterrichtete den Polizisten über einen Einbruch bei einer alleinlebenden Frau.

»Sie ist eine Influencerin und steckt in einer Auseinandersetzung mit Matze Birker«, fügte Mendler hinzu. »Wie die beiden toten Frauen in den letzten Wochen.«

»Ich schicke sofort Streifenwagen los«, sagte der Beamte. »Nennen Sie mir bitte Ihren Namen und wo Sie sich gerade aufhalten.«

Aus einem Impuls heraus beendete Mendler das Gespräch. Wie hätte er dem Bullen seine Rolle in aller Kürze erklären sollen? In der oberen Etage des Hauses tauchte wieder der Lichtschein auf, der sich diesmal in die entgegengesetzte Richtung bewegte und kurz darauf erneut verschwand.

Wie viel Zeit blieb Hielscher noch, ehe der Mörder brutal über sie herfiel?

»Was mach ich bloß?«, murmelte Mendler.

Er stieg aus. Konnte er den Mörder aufhalten? Ihn vielleicht sogar vor dem Eintreffen der Polizei überwältigen? Unsicher ging er aufs Haus zu.

* * *

Er bewegte sich durch den Flur. Der Schein seiner Taschenlampe reichte völlig aus, um sich zu orientieren. Hauptsache, er stieß nirgendwo an und alarmierte dadurch sein Opfer. Idealerweise überraschte er die Frau im Schlaf. Er würde sie fesseln und ihr zunächst den Mund verkleben. Je nachdem, wie sie sich verhielt, würde er ihr danach das Klebeband von den Lippen reißen. An ihren Küssen könnte er sie überführen. Ob sie wirklich bereit war, ihn zu lieben. Oder ob sie ihm nur etwas vorspielte. Würde er sie bei einer Lüge erwischen, müsste sie bitter dafür bezahlen.

Im anderen Fall jedoch war er bereit, ihr eine Chance zu geben. Aus seiner Jackentasche nahm er die Wollmaske, die er sich über den Kopf zog.

Alles, wonach er sich sehnte, war Liebe.

Er berührte die Türklinke der verschlossenen Schlafzimmertür. Um die Frau nicht durch den Lichtstrahl zu wecken, schaltete er die Taschenlampe aus.

* * *

»Scheiße!«, flüsterte Mendler. »Wie ist er reingekommen?«

Er hatte das ganze Haus umrundet. Nirgendwo gab es Einbruchsspuren. Keine eingeworfene Fensterscheibe, keine aufgehebelte Tür. Ob er sich mit einem Dietrich Zutritt verschafft hatte?

Mendler schaute auf die Uhr. Wo blieben die Bullen? Die Frau lebte vermutlich nicht mehr lange. Wenn der Mörder über sie herfiele, wäre ihr bisheriges Leben vorbei. Sogar, falls sie überleben sollte. So etwas konnte man für den Rest seiner Tage nicht verdrängen. Für einen kurzen Moment dachte er an seine eigene Mutter. Sie wurde Opfer einer Vergewaltigung, als Benedikt sieben Jahre alt gewesen war. Ihr sonniges Gemüt war von einem Tag auf den anderen unwiderruflich verschwunden. Unter anderem deshalb war er Personenschützer geworden.

Sollte er einfach die Klingel drücken? Sturm läuten, um den Mörder aus dem Konzept zu bringen?

Mendler stellte sich unters Vordach. In diesem Augenblick hörte er einen Motor. Hoffnungsvoll schaute er über die Schulter. War das der Streifenwagen?

* * *

Plötzlich vernahm er das Geräusch eines vorbeifahrenden Autos. Er hielt inne und lauschte. Draußen wurde es wieder leise. Ihn konnte nichts mehr aufhalten. Die nächsten Stunden würden ein unvergessliches Vergnügen werden.

Lautlos öffnete er die Tür und schlüpfte ins Schlafzimmer. Sie hatte die Jalousie nicht vollständig heruntergelassen, sodass von draußen etwas Licht in den Raum fiel. Er wartete, ob sie instinktiv seine Anwesenheit registrieren würde. Doch sie regte sich nicht. Aus seinem Rucksack nahm er das Klebeband und das Messer heraus. Dabei betrachtete er die schlafende Schönheit.

Sie würden so viel Spaß miteinander haben.

* * *

»Na endlich!«

Zwei Polizisten stiegen aus dem Wagen. Mendler lief ihnen entgegen.

»Wieso hat das so lange gedauert?«, fragte er verzweifelt.

Einer der Polizisten legte seine Hand auf das Holster. »Bleiben Sie stehen!«, forderte er. »Wer sind Sie?«

»Benedikt Mendler. Ich habe den Notruf gewählt.«

»Ohne Ihren Namen zu nennen«, erwiderte der Polizist.

»Das war dumm von mir.«

Der zweite Polizist nahm ein kleines Notizbuch zur Hand. »Die Zentrale hat uns die Nummer des Anrufers übermittelt. Sagen Sie mir Ihre Telefonnummer.«

»Was?« Mendler war fassungslos. »Da oben ist ein Einbrecher. Ein Vergewaltiger!«

»Ihre Telefonnummer!«

Mendler riss sich zusammen. Er nannte den Beamten seine Nummer.

Der Polizist nickte zufrieden. »Was haben Sie beobachtet? Und was machen Sie hier mitten in der Nacht? Sind Sie ein Nachbar?«

»Ich soll auf Frau Hielscher aufpassen. Sie heimlich beschatten. Das da ist mein Auto.« Er zeigte auf sein Fahrzeug. »Leider bin ich eingeschlafen. Vorhin sah ich eine Taschenlampe. Im Haus befindet sich der Mörder, der schon zweimal zugeschlagen hat. Und wenn wir hier noch lange rumquatschen …«

»Sie erzählen uns nachher die ganze Geschichte«, sagte einer der Beamten. Er lief zur Haustür und rüttelte daran. »Verschlossen.«

»Ich habe mich schon umgesehen«, bestätigte Mendler.

»Nirgendwo gibt es Einbruchspuren. Keine eingeschlagene Scheibe. Die Terrassentür ist verschlossen.«

»Aber Sie sind sicher, dass hier jemand eingebrochen ist?«

»Todsicher. Ich habe mir den Taschenlampenstrahl nicht bloß eingebildet.«

Die Polizisten schauten sich an.

»Was machen wir jetzt?«, fragte einer von ihnen seinen Kollegen. »Sollen wir einen Schlüsseldienst rufen?«

»Das dauert zu lange. Wir klingeln.«

»Aber wenn da ein Mörder ist, nimmt er die Bewohnerin als Geisel«, wandte der Polizist ein.

»Mir ist ein Geiselszenario lieber als eine tote Frau. Ich gebe der Zentrale Bescheid. Sie sollen Verstärkung rufen. Sichere du die Rückseite ab, damit der Einbrecher nicht auf dem Weg fliehen kann.«

»Was soll ich machen?«, fragte Mendler.

»Erst mal im Hintergrund bleiben. Zu Ihnen kommen wir später.« Der Polizist kontaktierte die Zentrale über Funk. Sein Kollege zog die Waffe und umrundete das Gebäude.

Mendler schaute verzweifelt nach oben. Ihm dauerte das alles viel zu lange. Welche Qualen musste die arme Frau in der Zwischenzeit ertragen? »Beeilen Sie sich!«, zischte er dem Beamten zu.

Der beendete seine Meldung an die Zentrale und schritt auf die Haustür zu.

* * *

Seine Augen gewöhnten sich an die Dunkelheit. Sie schlief tief und fest. So leise wie möglich löste er ein Stück Klebeband von der Rolle. Jetzt war es so weit. Er atmete tief durch und sprang aufs Bett. Nun regte sie sich. Er packte ihre Arme. Sie öffnete die Augen und bäumte sich instinktiv auf. Mit seinem Körpergewicht presste er sie auf die Matratze. Um sie zu bändigen, schlug er ihr mit der Faust ins Gesicht. Für einen Moment erlahmte ihr Widerstand. Er fesselte ihre Hände und drückte ihr die Messerklinge an den Hals.

»Tun Sie mir nichts«, flüsterte sie.

Er riss ein Stück Klebeband ab und presste es ihr auf die Lippen. Endlich war sie ihm ausgeliefert. Jetzt konnte nichts mehr schiefgehen.

Da er unter seiner Maske schwitzte, zog er sie sich vom Kopf. Sie schloss instinktiv die Augen. Offenbar wollte sie verhindern, ihn anzusehen. Doch so funktionierte Liebe nicht.

»Du solltest mir in die Augen sehen, Prinzessin«, flüsterte er ihr ins Ohr.

Sie schüttelte den Kopf.

»Dir bleibt nichts anderes übrig.« Er streichelte ihre Wange. »Ich bin dein Seelenpartner.« Seine Hand wanderte zu ihrem Hals und drückte zu.

Endlich öffnete sie die Augen. Zur Belohnung verringerte er den Druck.

* * *

Der Polizist klingelte. Das Geräusch war auch draußen zu hören. Er nahm den Finger bestimmt zehn Sekunden lang nicht von dem Knopf. Dann ließ er kurz los und klingelte erneut.

Im Haus passierte nichts.

»Können Sie nicht eine Scheibe einschlagen?«, rief Mendler. »Das würde sogar Tote wecken.«

Der Polizist ließ die Klingel los.

»Sie haben recht! Wenn da drinnen alles in Ordnung wäre ...«

Ehe er den Satz vollenden konnte, ging oben ein Licht an.

»Da tut sich was!«, rief Mendler.

Nun leuchtete ein helleres Dielenlicht auf. Es dauerte ein paar Sekunden, bis sich die Tür öffnete.

Tina Hielscher stand im Hausflur und schaute sie erschrocken an. Sie trug einen mehrfarbig gestreiften Bademantel, den sie vorne mit einer Hand zusammenhielt.

»Wer sind Sie?«, fragte Hielscher.

»Polizeioberkommissar Schulz«, antwortete der Mann. »Ist bei Ihnen alles in Ordnung?«

»Ja«, versicherte die Frau.

»Ist jemand bei Ihnen?«, erkundigte sich Schulz flüsternd. »Sie müssen nur nicken.«

»Hier ist niemand. Wie kommen Sie auf die Idee?«, entgegnete Hielscher in normaler Lautstärke.

Mendler näherte sich der Tür. »Ich kann das aufklären. Mein Name ist Benedikt Mendler. Ich bin von Beruf Personenschützer. Matze Birker hat mich engagiert, um auf Sie aufzupassen.«

Der Polizist und die Frau wirkten beide gleichermaßen überrascht, den Namen des Auftraggebers zu erfahren.

»Leider bin ich auf meinem Beobachtungsposten eingeschlafen«, fuhr Mendler fort. »Als ich wach geworden bin, sah ich einen Lichtstrahl. Wie von einer Taschenlampe. In der oberen Etage ist jemand, der auf Sie lauert.«

»Wann haben Sie dieses Licht gesehen?«, fragte Hielscher.

»Vor zehn, maximal fünfzehn Minuten.«

»Das war ich. Auf dem Weg zur Toilette.«

»Sie?«, entfuhr es Mendler überrumpelt.

»Wenn ich nachts zum Klo muss, nehme ich immer die Taschenlampe. Um kein Deckenlicht anschalten zu müssen. Was soll das überhaupt heißen, Birker hat Sie engagiert, um mich zu beschützen? Könnte mir mal jemand erklären, was das zu bedeuten hat?«

»Das würde uns auch interessieren«, stimmte der Polizist zu. »Aber eins nach dem anderen. Nicht, dass Herr Mendler doch recht hat. Sind Sie damit einverstanden, dass ich Ihr Haus betrete und mich einmal umsehe?«

»Sehr gerne sogar. Kommen Sie rein.«

Schulz informierte zunächst seinen Kollegen und bat ihn, weiterhin die Rückseite des Hauses zu beobachten. Dann gab er der Zentrale vorläufig Entwarnung. Nachdem sie ihm den Rückruf der Verstärkung bestätigt hatten, betrat er das Gebäude.

Hielscher starrte unterdessen Mendler an. »Birker hat Sie beauftragt? Wann?«

»Das war meine zweite Nacht vor Ihrem Haus«, erklärte Mendler.

»Also hat er Sie direkt nach dem Video engagiert, in dem er mich in der Öffentlichkeit fertigmacht.«

»Ich glaube schon«, wich er aus.

»Ich bin also bloß ein Lockvogel. Birker wollte, dass der Mörder bei mir einbricht. Und Sie …«

»Ich sollte Sie retten«, beendete Mendler den Satz.

Hielscher schüttelte den Kopf. »Soll ich mich über seine Fürsorge freuen oder einfach nur fassungslos sein, wie eiskalt er mein Leben gefährdet? Ich kann's nicht glauben.«

»Das lässt sich bestimmt klären. Wenn Sie wollen, stelle ich Ihnen den Kontakt zu Birker her.«

Oberkommissar Schulz kehrte zu ihnen zurück. »Im Haus ist niemand.« Er gab seinem Kollegen Bescheid. Danach zeigte er auf Mendler. »Mit Ihnen habe ich ein ernstes Wort zu reden.«

»Gehen wir ins Wohnzimmer«, schlug Hielscher vor. »Jetzt kann ich ohnehin nicht mehr schlafen.«

20

Schlaftrunken griff Matze Birker zu seinem klingelnden Handy. Mendlers Rufnummer zu sehen, wirkte wie eine eiskalte Dusche. Hatte sein Plan funktioniert?

»Benedikt! Was gibt's?«

»Polizeioberkommissar Schulz am Telefon. Ich hoffe, ich habe Sie geweckt.«

Der aggressive Unterton des Beamten war nicht zu überhören. Das konnte nur einen Grund haben. Etwas hatte nicht wie geplant funktioniert.

»Wieso benutzen Sie Benedikts Telefon?«, fragte Birker.

»Was haben Sie sich dabei gedacht? Eine junge Frau ohne ihr Wissen als Lockvogel einzusetzen. Sind Sie wahnsinnig?«

»Haben Sie den Mörder festgenommen?«

»Herr Mendler hat einen Fehlalarm ausgelöst. Dadurch ist Ihre miese Masche aufgeflogen. Auf eins können Sie sich verlassen: Ich werde die Verantwortlichen beim LKA über Ihr Tun aufklären. Das hat ein strafrechtliches Nachspiel, vor dem Sie Ihr Promistatus nicht schützen wird.«

»Tun Sie, was Sie nicht lassen können. Ich habe mir nichts zuschulden kommen lassen. Und jetzt geben Sie mir meinen Mitarbeiter.«

Mendler erzählte ihm, was vorgefallen war. Der ganze Ärger bloß, weil er im Auto eingeschlafen war. Unfassbar! Dafür schuldete Mendler ihm mehr als einen Gefallen.

»Wir reden morgen oder übermorgen weiter«, sagte Birker am Ende des Telefonats. »Das muss ich erst mal verarbeiten.«

»Sorry, Boss. Aber der Plan war von Anfang an eine Totgeburt.«

»Nicht, wenn du wach geblieben wärst«, entgegnete Birker und trennte ohne Verabschiedung die Verbindung.

Er ging vom Schlafzimmer in die Küche und holte sich eine Flasche Mineralwasser, mit der er sich an den Esstisch setzte. Conny würde ausrasten, sobald sie von der Sache erfuhr. Dazu würde es allerdings frühestens morgen kommen. Sie hatte sich vorgestern sehr über sein neues Video aufgeregt. Conny hatte ihm vorgeworfen, das Leben von Tina Hielscher mutwillig zu gefährden. Er hatte sich nicht getraut, sie in seinen Plan einzuweihen. Außerdem hatte es ihn erschüttert, dass seine Ehefrau der Meinung war, er müsste seine Aufklärungsserie unterbrechen, bis der Mörder verhaftet sei. Sie hatten sich so sehr gestritten, dass Conny am Ende des Abends eine Reisetasche gepackt und in ihre Zweitwohnung gefahren war. Die beiden besaßen in der HafenCity eine Dreizimmerwohnung, die sie an Tagesgäste vermieteten. Da sie momentan leer stand, hatte sie sich dorthin zurückgezogen und ihm gestern lediglich mitgeteilt, eine weitere Nacht dort zu verbringen. Morgen müsste sie allerdings zurückkehren, denn die Wohnung war ab dem Nachmittag von einem Schweizer Paar reserviert.

Er trank einen Schluck Wasser, schraubte die Flasche zu und ging zurück ins Bett. Vielleicht fiele ihm bis morgen ein, wie er Conny besänftigen könnte.

***

Um kurz nach neun saß Matze Birker am Küchentisch und nippte an einem Kaffee. Er dachte über Conny nach. In den letzten anderthalb Stunden hatte er dreimal versucht, sie zu erreichen – und war immer auf der Mailbox gelandet. Zweimal hatte er ihr eine Nachricht hinterlassen. Im Chatprogramm war sie das letzte Mal gestern um zweiundzwanzig Uhr aktiv gewesen. Seine Mitteilungen vom Morgen waren nicht an ihr Telefon zugestellt worden.

Warum hatte sie in der Nacht das Handy ausgeschaltet? Eine Statusmeldung zeigte an, sie sei um vier Uhr morgens das letzte Mal mit dem Telefon eingebucht gewesen.

Vor jeder neuen Vermietung des Apartments kümmerte sich eine Reinigungskraft um die Wohnung. Der dafür engagierte Mann würde bald mit seiner Arbeit beginnen. Selbst wenn Conny noch immer wütend auf ihn war, ergab ihr Verhalten keinen Sinn. Sie musste ja irgendwohin. Warum ignorierte sie ihn, wenn sie demnächst ohnehin aufeinandertreffen würden?

Eine Dreiviertelstunde später konnte er sein ungutes Bauchgefühl nicht länger ignorieren. Er wählte erneut ihre Nummer. Sofort erklang die Mailboxansage.

»Ich habe nicht die leiseste Ahnung, was gerade los ist, mein Schatz, aber ich fahre jetzt zum Apartment. Bis gleich! Ich hoffe, du machst keine Dummheiten.«

Er trennte die Verbindung. Verschiedene Szenarien geisterten durch seinen Kopf. Keines davon gefiel ihm.

* * *

Birker öffnete die Tür des Apartments und hörte sofort den dröhnenden Staubsauger.

»Hallo?«, rief er. »Nicht erschrecken, ich bin's. Matze Birker.«

Der Lärm verstummte. Die Reinigungskraft kam in die Diele. Für einen Moment wirkte der Mann verunsichert, dann lächelte er strahlend.

»Herr Birker«, sagte er. »Was für eine Ehre. Wie geht's Ihnen?«

»Gut, danke.« Birker versuchte, sich an den Namen des Mannes zu erinnern. Erfolglos. Um die Abrechnung mit ihm kümmerte sich Conny. Er erinnerte sich bloß daran, dass der Afrikaner mit seinen Putzjobs insgesamt vier Kinder ernähren musste, nachdem seine Frau an Krebs gestorben war. Das hatte ihm Conny irgendwann betroffen erzählt und damit eine Erhöhung des vereinbarten Stundenlohns begründet. Birker hatte das medial sogar ausgeschlachtet, indem er in einer Homestory davon berichtet hatte. Aber wieso fiel ihm der Name des Mannes nicht mehr ein? »Ist meine Frau noch da?«

»Ihre Frau? Nein. Als ich kam, war niemand da.«

»Seit wann sind Sie hier?«

»Pünktlich um halb zehn habe ich angefangen. Das Bett habe ich neu bezogen. Es war ein bisschen zerwühlt. Jetzt sauge ich alles durch, wische das Badezimmer und bringe den Müll raus.«

»Hat Conny Ihnen eine Nachricht hinterlassen?«

»Nein. Tut mir leid.«

Was hatte das zu bedeuten? Birker verabschiedete sich und verließ das Apartment. Sollte er sich Sorgen machen oder eifersüchtig sein? War das ihre Art der Rache, weil er ihre Einwände wegen des letzten Videos nicht berücksichtigt hatte?

***

Birker saß am Küchentisch und starrte ins Leere. Wieder waren zwei Stunden vergangen, ohne dass er etwas von Conny gehört hatte. Inzwischen sorgte er sich ernsthaft um ihr Wohlergehen.

Es klingelte an der Haustür. Sofort sprang er auf, rannte zum Eingang und riss die Tür auf. Vor dem Tor stand nicht etwa Conny, die ihren Schlüssel verloren hatte, sondern wieder einmal Polizisten. Ohne nach dem Grund ihres Besuchs zu fragen, öffnete er ihnen. Oberkommissarin Decking und zwei KEG-Bullen stapften auf ihn zu.

»Was haben Sie sich dabei gedacht?«, schimpfte Decking auf halbem Weg.

»Kommen Sie rein«, erwiderte Birker. »Ich brauche Ihre Hilfe.«

Er zog sich in den Hausflur zurück, damit ihn von draußen kein Paparazzo vor die Linse bekam.

»Sie klingen besorgt«, sagte Drosten, als er die Tür schloss.

»Conny ist verschwunden. Ich habe Angst, dass ihr etwas zugestoßen ist.«

»Was heißt *verschwunden*?«, fragte Kraft.

»Reden wir in der Küche.« Birker ging voran und bat seine Gäste, Platz zu nehmen. »Sie kommen wahrscheinlich wegen des Hielscher-Videos.«

»Das war absolut unverantwortlich von Ihnen«, sagte Decking. »Eine Frau unwissentlich als Lockvogel zu benutzen. Damit überschreiten Sie jede moralische Grenze.«

»Es tut mir leid«, murmelte er zerknirscht. »Conny war ebenfalls sauer. Sie hätte Ihnen zugestimmt. Ich sah das vorgestern noch anders. Wir haben uns deswegen gestritten, Conny hat ein paar Sachen zusammengepackt und ist abgehauen.«

»Wissen Sie, wohin?«, fragte Drosten.

»Wir besitzen ein Apartment in der HafenCity, das wir an Touristen vermieten. Das stand die letzten beiden Tage frei. Aber Conny musste es heute räumen, da es ab dem frühen Nachmittag vermietet ist. Ich erreiche sie nicht telefonisch, und als ich vorhin zum Apartment gefahren bin, war sie nicht da.«

»Verbringen Sie Ihre Nächte öfter getrennt?«, erkundigte sich Decking.

»Normalerweise schlafen wir hier unter einem Dach. Aber in getrennten Räumen«, gab er zu, obwohl er die Konsequenzen seiner Antwort kannte.

»Das macht Ihr vermeintliches Alibi für den Mord an Christensen ziemlich wertlos«, erwiderte Decking.

»Wenn es sein muss, erkläre ich mich mit einem DNA-Test einverstanden. Ich bin es nicht gewesen, verstehen Sie das endlich. Warum sollte ich jemanden töten? Das ist verrückt. Außerdem geht es hier gerade nicht um mich. Ich habe Angst, Conny könnte etwas zugestoßen sein. Wäre ich nicht prominent, hätte ich schon längst jedes Krankenhaus abgeklappert.«

»Das können wir übernehmen. Was ist mit dem Handy Ihrer Ehefrau?«, fragte Drosten.

»Ausgeschaltet.«

»Können Sie es orten? Nutzen Sie diese Funktion?«

Birker schüttelte den Kopf.

»Dann geben Sie mir ihre Nummer.«

Birker sah Drosten fragend an. »Was soll das bringen? Wie schon gesagt, es ist ausgeschaltet.«

»Solange Ihre Frau nicht den Akku herausgenommen hat, können wir es orten«, erklärte Drosten. »Und wenn uns das nicht gelingt, wäre das ein nicht zu vernachlässigender Hinweis, dass Ihre Frau tatsächlich in Gefahr schwebt.«

* * *

Der Paketbote klingelte an der Haustür. Es gab Empfänger, die er eindeutig lieber belieferte als andere. Nicht nur wegen möglicher Trinkgelder zur Weihnachtszeit, sondern auch, weil manche von ihnen einfach hübscher anzusehen waren. Die nächste Kundin gehörte zu dieser Kategorie. Außerdem wurde er bei ihr die Pakete immer los, da sie DHL die Erlaubnis erteilt hatte, Lieferungen in ihrer Abwesenheit auf der Terrasse abzulegen.

Er klingelte erneut, wartete weitere fünfzehn Sekunden und füllte danach auf seinem Quittierungsgerät die notwendigen Daten aus. Dann lief er um das Haus herum. Neben der Terrassentür hing ein Regalbrett, auf das er das Paket legen konnte.

»Was ist das?«, murmelte er. Wieso stand die Terrassentür bei den kalten Temperaturen offen? Das Haus würde auskühlen. Er stellte sich an die Glastür und klopfte an die Scheibe. »Frau Geib? Hören Sie mich?«

Er bemerkte Holzsplitter am Boden und begutachtete die Terrassentür genauer. Die Spuren waren eindeutig. Jemand hatte sie gewaltsam aufgehebelt.

»Scheiße!«

Die Dienstanweisung für den Fall, dass man als Paketbote einen Einbruch bemerkte, war unmissverständlich. Die Eigensicherung hatte immer höchste Priorität. Er war verpflichtet, die Polizei zu alarmieren, und gegebenenfalls bis zum Eintreffen eines Streifenwagens vor Ort zu bleiben. Unter keinen Umständen sollte er den Tatort betreten. Da sein Smartphone jedoch im Fahrzeug lag, würde er Zeit verlieren. Vor allem, falls der attraktiven Bewohnerin etwas zugestoßen wäre und sie Hilfe benötigte.

»Frau Geib?«, rief er erneut. Der Paketbote betrat das Haus. »Hören Sie mich?« Er legte das Paket auf den Wohnzimmerboden. »Frau Geib? Wenn Sie nackt sind, ziehen Sie sich bitte etwas über.«

Unter anderen Umständen hätte er sie nur zu gern unbekleidet gesehen, doch die aufgehebelte Balkontür ließ kaum Platz für solche Träumereien. Sollte er sie aus einer Notlage befreien können, wäre sie ihm zur Dankbarkeit verpflichtet.

Der Paketbote überprüfte die ans Wohnzimmer angrenzende Küche, in der nichts ungewöhnlich wirkte. Keine Schranktür stand offen, sonstige Einbruchsspuren fand er ebenfalls nicht vor. Er ging in den Flur.

»Hallo?«, rief er. »Frau Geib. Ich bin's. Klaas. Von DHL.«

Er öffnete die Tür zu einem Raum, in dem sich jedoch niemand aufhielt. Die nächste Tür war nur angelehnt. Er stieß sie auf.

»Oh mein Gott«, flüsterte er entsetzt.

Auf dem Bett lag eine nackte Frau mit gefesselten Händen. Von der Türschwelle aus erkannte er trotz des diffusen Lichts große Blutflecken auf dem Laken.

Panisch zog er sich zurück und verließ das Haus durch die Vordertür. Die Kunden, die noch auf seiner Route lagen, würden heute sehr lange auf ihre Pakete warten müssen. Er entriegelte das Fahrzeug und griff zu seinem Telefon. Mit zittrigen Fingern wählte er den Notruf.

21

Drostens Telefon klingelte, und er nahm den Anruf entgegen. »Hast du das Handy orten können?«, fragte er rundheraus.

»Hast du was anderes erwartet?«, erwiderte sein Gesprächspartner aus der IT-Abteilung des BKA.

»Eher befürchtet. Dass etwa der Akku entfernt oder das Telefon zerstört wurde.«

»Nein, die Handynutzerin befindet sich in einem Café in der Hamburger Neustadt. Es heißt Ponton. Ich schicke dir die Adresse aufs Handy.«

»Danke.«

Drosten trennte die Verbindung und drehte sich zu Birker um.

»Sie haben Connys Telefon geortet?«, fragte der.

»Sie ist im Café Ponton. Sagt Ihnen das etwas?«

Für einen Moment schloss Birker die Augen. »Das ist nicht Connys Ernst.«

»Wieso?«, fragte Decking.

»Das ist ein Café direkt auf der Alster. Es liegt auf einem Ponton im Wasser, daher der Name. Es zieht Touris und in der Mittagszeit Geschäftsleute aus der Innenstadt an. Aber in erster Linie hat es für Conny und Spandau eine Bedeutung. Dort haben sie sich bei einer geschlossenen Gesellschaft kennengelernt. Ich fahre hin und stelle sie zur Rede. Unfassbar. Was erlaubt sie sich?«

»Das machen Sie besser nicht!«, sagte Drosten.

»Von Ihnen lasse ich mir nicht vorschreiben ...«

»Wollen Sie, dass ein Touri Sie dabei filmt, wie Sie Ihrer Ehefrau eine Szene machen? Ist das eine gute PR-Strategie? Wie schnell wird das in den sozialen Medien zu finden sein? Oder von Dickhart ausgeschlachtet werden?«

»Verdammt! Sie haben recht!« Birker stöhnte. »Soll ich stattdessen einfach hier rumsitzen und mir auf der Nase rumtanzen lassen?«

»Wir fahren hin«, sagte Drosten. »Bleiben Sie hier zu Hause, damit wir Sie erreichen können, falls wir Ihre Frau verpassen.«

»Ich würde in der Zwischenzeit aus dem Präsidium ein Testkit für die DNA-Probe holen, falls Sie Ihre Meinung nicht wieder geändert haben«, schlug Decking vor.

»Wenn das an die Presse lanciert wird, verklage ich das LKA«, warnte Birker.

»Keine Sorge, niemand wird davon erfahren. Und sobald das negative Ergebnis vorliegt, können Sie es der Presse verraten. Unsere Presseabteilung würde das bestätigen. Ist das in Ihrem Sinne?«

Birker nickte.

***

Auf dem Weg in die Innenstadt klingelte erneut Drostens Handy. Er ging ran und aktivierte für Kraft die Mithörfunktion. »Hallo, Lukas.«

»Hi. Es gibt hier in Überlingen ein drittes Opfer«, sagte Sommer in düsterem Ton. »Maite Geib.«

»Wann ist das passiert?«, fragte Drosten schockiert.

»In der Nacht. Ein Paketbote hat zur Mittagszeit eine aufgehebelte Terrassentür bemerkt und die Leiche gefunden. Nach ersten Erkenntnissen stimmt das Muster mit den bisherigen Taten überein.«

»Von Anton Geib fehlt noch immer jede Spur?«, vermutete Drosten.

»Leider. Er ist jetzt unser Hauptverdächtiger. Wir schreiben ihn zur Fahndung aus.«

»Hätten wir Frau Geib beschützen müssen?«, fragte Kraft.

»Hinterher ist man immer schlauer«, erwiderte Drosten ohne große Überzeugungskraft. »Aber die Kollegen am Bodensee hatten gar nicht genügend Kapazitäten dafür.« Er hustete kurz. »Wenn es der Ex-Mann war, hat er dann die ersten beiden Morde nur begangen, um sein Vorgehen zu verfeinern?«

»Der Mord in Hamburg war wahrscheinlich ein Probelauf«, vermutete Sommer. »Gegen Strophe könnte er Groll gehegt haben. Immerhin hat sie seine Ex bei der Scheidungsschlacht unterstützt.«

»Hier in Hamburg tut sich auch etwas. Birker hat endlich einem DNA-Test zugestimmt.« Drosten berichtete, was seit der Nacht vorgefallen war.

***

Conny Birker saß an einem Vierertisch. Ihr gegenüber hockte ihr Ex-Ehemann Thorsten Spandau. Seine Körpersprache signalisierte, dass das Gespräch nicht in seinem Sinne verlief.

»Wenn Sie nichts dagegen haben, setzen wir uns zu Ihnen«, sagte Drosten.

Verwundert blickte Conny Birker zu den Polizisten auf. Ohne eine Antwort abzuwarten, nahm Drosten neben ihr Platz. Kraft setzte sich zu Spandau.

»Was hat das zu bedeuten?«, fragte Birker.

»Ihr Mann macht sich Sorgen«, antwortete Drosten mit gedämpfter Stimme.

»Hat er Sie alarmiert, um nach mir zu suchen?«

»Wir waren bei ihm wegen des Videos, das zu Ihrem Streit geführt hat. Er sieht seinen Fehler ein. Aber in erster Linie hatte er Angst, Ihnen könnte etwas zugestoßen sein.«

»Das wäre ein ganz neuer Charakterzug an ihm«, entgegnete Birker resigniert.

»Es ist etwas vorgefallen, was ihn umgestimmt hat. Ihr Mann hat sogar einem DNA-Test zugestimmt.«

»Das kann ich kaum glauben.« Plötzlich runzelte Birker die Stirn. »Geht es Tina Hielscher gut?«

»Ihr ist nichts passiert«, sagte Kraft.

»Gott sei Dank. Hoffentlich hat dieser Albtraum bald ein Ende.« Birker rieb sich übers Gesicht. »Ich bin dieses ganze Thema so leid.«

»Was hat dieses Treffen zu bedeuten?«, wollte Drosten wissen. Spandau wich seinem Blick aus.

»Thorsten hat mich gestern Abend angeschrieben.«

»Warum?«, fragte Kraft.

Spandau räusperte sich. »Mich hat Ihr Besuch aufgewühlt«, erklärte er. »Wie können Sie in mir einen Mordverdächtigen sehen?«

»Das wollten Sie sich von Ihrer Ex erklären lassen? Seltsame Taktik«, erwiderte Kraft. »Ihr Einverständnis zu einer DNA-Probe wäre effektiver gewesen.«

Spandau stöhnte. »Sie nerven. Ich töte keine Frauen. Der Einzige, den ich umbringen würde, wäre Birker.«

»Thorsten! Das ist nicht witzig!«, schimpfte Conny Birker.

»Allerdings nicht«, bestätigte Drosten. »Bei solchen Themen verstehen wir keinen Spaß.«

Spandau hob beschwichtigend die Hände. »Entschuldigung. Ich wollte nur witzig sein.«

»Sie haben sich also gestern Abend bei Ihrer Ex gemeldet«, sagte Kraft. »Und dann?«

»Ich habe ihm von unserer kurzen Auszeit berichtet«, erklärte Birker. »Ist mir rausgerutscht. Da hat Thorsten mich gebeten, ob wir uns aussprechen können.«

»Ich hätte sie am liebsten schon gestern persönlich getroffen oder wenigstens mit ihr telefoniert«, fügte Spandau hinzu.

»Stattdessen haben wir bis in die Nacht hin und her geschrieben.«

»Haben Sie die Chatverläufe aufbewahrt?«, fragte Drosten.

»Ich habe sie wegen Matze gelöscht«, sagte Birker.

Spandau zog sein Handy aus der Hosentasche, entsperrte das Display und öffnete den Chat. Er reichte Drosten das Telefon. Der überflog die Nachrichten. Ihre Konversation hatte bis drei Uhr nachts gedauert.

»Und trotz dieses langen Austausches treffen Sie sich heute«, wunderte sich Kraft.

»Ich wollte das Thema abschließen. Der Jobverlust hat mich zurück in ein tiefes Loch geworfen.«, bekannte Spandau. »Aus dem mich nur Conny retten kann.«

»Blödsinn«, sagte sie. »Du wirst einen neuen Job und eine neue Liebe finden. Hör auf, den alten Zeiten nachzutrauern.«

»Das sagst du so leicht.«

»Wo haben Sie die Nacht verbracht?«, wollte Kraft von Spandau wissen.

»Zu Hause. Wo sonst?«

»Beweisen können Sie das vermutlich nicht?«, spekulierte Drosten. Er überprüfte die Zeiten, zu denen Spandau Nachrichten verschickt hatte. Lücken taten sich nicht auf. Er hielt es für ausgeschlossen, dass Spandau zwischen den Nachrichten in Süddeutschland eine Frau getötet hatte, während er mit seiner Ex die Trennung aufarbeitete. Spandau setzte zu einem Kopfschütteln an, verharrte jedoch mitten in der Bewegung. »Mein Server zu Hause protokolliert, wann ich mich ein- oder auslogge. Jedes Mal, wenn ich nach Hause komme, vermerkt der Server das als Einloggen, sobald ich die Wohnungstür hinter mir schließe, bin ich ausgebucht. Geben Sie mir mein Handy. Ich rufe die Daten ab.«

Drosten reichte ihm das Telefon. Es dauerte nicht lange, bis ihm Spandau eine Auflistung präsentierte. Er hatte sich am Vortag um achtzehn Uhr zehn eingebucht und erst heute Mittag wieder ausgebucht.

»Ich vermute, Sie sind um diese Uhrzeit zu Ihrem Treffen gefahren?« Drosten tippte auf den letzten Eintrag.

»Genau«, sagte Spandau.

»Wieso wollen Sie das überhaupt wissen?«, fragte Birker misstrauisch. »Was ist passiert?«

»Das erzählen wir Ihnen später. Ist Ihre Unterhaltung abgeschlossen? Wir würden Sie gerne nach Hause begleiten«, sagte Drosten.

Birker schaute Spandau in die Augen. »Thorsten? Verstehst du endlich, was ich dir seit gestern Abend eintrichtern will? Für uns beide gibt's kein Comeback. Ich liebe Matze, egal, wie blöd er sich manchmal verhält.«

»Er hat dich nicht verdient.« Spandau traten Tränen in die Augen.

Birker nahm ihn bei den Händen. »Das stimmt sogar. Trotzdem werde ich mich nicht von ihm trennen. Und selbst wenn, ich würde nicht zu dir zurückkehren. Lass mich los. Erst dann kannst du eine neue Liebe finden.«

»Momentan hältst du mich fest«, sagte Spandau.

Die beiden lächelten.

»Ich hab's kapiert«, fuhr er fort. »Danke, dass du dir die Zeit genommen hast. Und jetzt geh. Ich bezahl die Rechnung.«

»Mach's gut, Thorsten.«

Birker erhob sich und zog ihre Jacke an. Spandau warf ihr einen sehnsüchtigen Blick zu. Dann winkte er eine Kellnerin herbei. Die Polizisten begleiteten Birker aus dem Café.

»Wir wissen übrigens von Ihren getrennten Schlafzimmern, Frau Birker«, sagte Kraft. »Sie hätten Ihrem Mann kein Alibi geben dürfen. Zumindest nicht für den Mord an Christensen.«

»Tut mir leid«, murmelte sie. »Aber Matze kann keiner Fliege etwas zuleide tun. Er ist kein Mörder. Sagen Sie mir schon, was passiert ist. Sie haben nicht ohne Grund so genau auf unseren Chat geschaut. Hat es einen dritten Mord gegeben?«

»Wieder am Bodensee«, bestätigte Drosten. »Eine dritte Influencerin.«

»Verraten Sie mir ihren Namen?«

»Maite Geib«, sagte Kraft.

Birker runzelte die Stirn. »Da klingelt's bei mir nicht. Hat Matze sie in einem Video angegriffen?«

»Nur einmal«, antwortete Kraft. »Geib hat daraufhin den Kopf eingezogen, ein paar Tage Ruhe gegeben, danach hatte sich Ihr Mann auf andere Frauen eingeschossen.«

»Matze ist kein schlechter Mensch. Er war verzweifelt. Deswegen hat er mit diesen Videos angefangen.«

»Er war verzweifelt wegen Werbebotschaften von Frauen, die er nicht einmal kennt?« Drosten glaubte ihr nicht.

»Nein. Seine Karriere lag am Boden. Selbst die Verhandlungen über ein Fernsehformat, die sich seit über einem Jahr hingezogen hatten, schienen zu scheitern. Die Verantwortlichen des Fernsehsenders wollten sich zurückziehen, falls es Matze nicht gelänge, wieder in den Fokus der Öffentlichkeit zu rücken. Das Video, das er an jenem Tag hochgeladen hat, ist aus Frust entstanden. Wegen einer beschmutzten Wand. Aber vor allem war er wütend, weil diese Frauen, die vor Jahren niemand kannte, mittlerweile mehr Werbeangebote erhielten als er. Plötzlich ging das Video viral. In den ersten Tagen haben das zehntausend Menschen angeklickt. Da hat sein Verstand ausgesetzt.«

»Sie sollten ihn anrufen, bevor Sie losfahren«, sagte Kraft. »Er macht sich Sorgen, Ihnen könnte etwas passiert sein. Den Rest klären wir bei Ihnen zu Hause.«

22

Im ersten Moment empfand Matze Birker hauptsächlich Erleichterung. Conny war auf dem Weg zurück zu ihm. Ihr ging es gut, und sie schien sich nur mit ihrem Ex getroffen zu haben, um ihn zu bitten, sie endgültig in Ruhe zu lassen.

Kaum hatte Birker allerdings das Handy beiseitegelegt, schlichen sich andere Gedanken in seinen Kopf. Conny hatte ihn auf perfide Weise verraten. Dafür schuldete sie ihm zukünftig wieder deutlich mehr Unterstützung, selbst wenn sie mit seinen Vorhaben nicht einverstanden war.

Er setzte sich auf seinen Lieblingssessel und starrte in den Kamin, in dem noch immer die Asche vom gestrigen Abend lag. Oberkommissarin Decking hatte ihm angekündigt, dass sein Testergebnis in zwei oder drei Tagen vorliegen würde. Danach könnte er das Thema für sich ausschlachten. Aber wie sollte er bis dahin vorgehen?

Falls Hielscher publik machte, was vergangene Nacht passiert war, befände er sich in der Defensive. Er würde im Ansehen seiner Fans sinken. Ob er mit der Behauptung punkten könnte, er habe nur Hielscher schützen wollen?

Das Telefon klingelte. Birker erhob sich und ging zum Tisch, auf dem das Gerät lag. Im Display stand ›Unbekannte Rufnummer‹. Normalerweise nahm er solche Anrufe nicht entgegen. In der aktuellen Situation hatte er allerdings das Bedürfnis, zu wissen, wer ihn anonym kontaktierte.

»Hallo?«, meldete er sich.

»Hallo, Matze. Hier spricht Maximilian Grawe. Dein ehemaliger Praktikant. Du erinnerst dich ja an mich.«

»Wie bist du an meine Telefonnummer gekommen? Hat die Polizei sie dir gegeben?«

Der Anrufer lachte. »Die Bullen? Natürlich nicht! Als hätten die mir weitergeholfen.«

»Woher hast du sie dann?«

»Wieso ist das wichtig?«

»Weil ich eine Geheimnummer habe, die nirgendwo verzeichnet ist. Seit deinem Praktikum habe ich mindestens zweimal die Nummer gewechselt und …«

»Dreimal«, korrigierte Grawe ihn.

Birker überschlug die vergangenen Monate im Kopf. Sein ehemaliger Praktikant hatte recht. »Woher weißt du das so genau?«

»Ach, Matze, verschwenden wir unsere Zeit nicht mit Belanglosigkeiten.«

»Alles klar, dann erübrigt sich jedes weitere Gespräch. Mach's gut.«

»Herrje! Ich arbeite bei einem Dienstleister für Mobilfunk und kann auf Datensätze verschiedener Mobilfunkfirmen zugreifen, weil die ihre Kunden von uns betreuen lassen. Bist du jetzt zufrieden?«

»Das erklärt nicht, wie du an meine Nummer kommst.«

»Indem ich einfach deinen Namen in unsere Kundendatei eintippe. Deswegen weiß ich auch, dass du mehrfach die Nummer gewechselt hast, aber deinem Anbieter treu bleibst.«

»Alles klar. Gut zu wissen.«

Grawe lachte. »Falls du mit dem Gedanken spielst, demnächst auch den Provider zu wechseln, kannst du dir die Mühe sparen. Wenn ich wollte, würde ich auch deinen neuen Anschluss herausfinden. Du bist einfach mein Held. Und ich bin dein größter Fan.«

»Das hast du mir ja schon als Nachricht geschickt. Mehrfach. Darüber habe ich mich sehr gefreut, obwohl ich nie geantwortet habe.«

»Das verstehe ich. Bei deinem stressigen Leben. Ich fand's übrigens super, dass du den Bullen gesagt hast, wie fleißig ich immer war. Ein tolles Feedback. Danke!«

Birker unterdrückte den Impuls, Grawe zu widersprechen. Warum hatten die Polizisten das behauptet? »Ehre, wem Ehre gebührt«, sagte er stattdessen.

»Du bist ein feiner Kerl. Falls ich dir damals zu aufdringlich war, dann entschuldige bitte. Aber ich habe zwischen uns eine Schwingung gespürt. Wir waren ein ziemlich gutes Team.«

Birker brummte zustimmend.

»Meiner Meinung nach sollten wir diese Zusammenarbeit fortsetzen.«

»Wie soll das funktionieren?«

»Ich würde jede Aufgabe für dich übernehmen. Wirklich jede. Die letzten Monate haben dich zurück in die Erfolgsspur geschoben, die du zuvor ein bisschen verlassen hattest. Das wäre ein guter Startpunkt für eine Zusammenarbeit.«

»Ich wiederhole mich nur ungern, aber wie soll das funktionieren?«

»Nenn mir einfach einen Namen und zack ... ich kümmere mich darum.«

Birker glaubte kaum, was er da hörte. Hatte Grawe ihm gerade gestanden, der Mörder zu sein? Bot er ihm an, weitere Morde zu begehen – an Frauen, die Birker zuvor aussuchen sollte? »Moment, immer schön langsam, nicht, dass wir aneinander vorbeireden. Wenn ich dir den Namen einer Influencerin nenne, was machst du dann mit ihr?«

»Du hast genau verstanden, was ich dir anbiete. Was soll man daran auch missverstehen?«

»Bist du der Mörder der beiden Frauen?«

Grawe stieß ein Lachen aus, das jedoch aufgesetzt klang. »Welche beiden Frauen meinst du?«

»Christensen und Strophe.«

»Natürlich nicht. Ich habe sie ebenso wenig ermordet wie du. Aber wir sollten über solche Dinge nicht am Telefon plaudern. Schon gar nicht, wenn die Bullen dich verdächtigen.«

»Wie können wir uns denn austauschen?«, fragte Birker.

»Es gibt ein verschlüsseltes Chatprogramm, das die Bullen nicht knacken können. Ich schicke dir per SMS eine Einladung zu dem System. Dann musst du das Programm nur runterladen, und wir können miteinander chatten.«

»Einverstanden«, sagte Birker.

»Bis bald. Du hörst von mir.« Der Anrufer trennte die Verbindung.

Birker setzte sich auf einen Stuhl und legte das Handy beiseite. Hatte er gerade mit dem Mörder zweier Frauen telefoniert? Oder war Grawe bloß ein Spinner, der die Aufmerksamkeit eines Prominenten suchte?

Er würde sich auf eine vermeintliche Zusammenarbeit einlassen, um zu sehen, wie ernst er den Mann nehmen musste.

Von der Haustür drang Connys Stimme zu ihm.

»Matze?«, rief sie. »Ich bin wieder da.«

Birker lief in die Vorhalle, wo er Conny in die Arme schloss. Da die Wiesbadener Polizisten seine Frau begleitet hatten, beließ er es bei der Umarmung und einem flüchtigen Kuss. Er bemerkte die unglücklichen Blicke der Kommissare.

»Ist etwas passiert?«, fragte er.

»Gehen wir in Ihr Wohnzimmer«, schlug Drosten vor. »Es hat einen dritten Mord gegeben.«

»Wann und wo?« Birker befürchtete, gleich den Namen Tina Hielscher zu hören.

»Wieder in Überlingen am Bodensee. Die Tote heißt Maite Geib«, sagte Drosten.

»Maite Geib«, wiederholte Birker leise. »Ich kann mich dunkel erinnern, sie in einem Video erwähnt zu haben.«

»Sie ist nicht auf Ihre Vorwürfe eingegangen«, erklärte Kraft. »Trotzdem hat diese Auseinandersetzung sie das Leben gekostet.«

»Das ist nicht wahr!«, entgegnete Birker. »Hören Sie auf, mir moralisch die Schuld zuzuschieben. Ich mache bei diesem Spiel nicht mit.«

»Wie auch immer«, sagte Drosten. »Falls Dickhart oder ein anderer Journalist Sie sprechen will, liegt das entweder an Ihrem verrückten Plan, Frau Hielscher als Lockvogel zu benutzen, oder an den Ereignissen am Bodensee. Über die Sie auf Ihren Kanälen Stillschweigen zu bewahren haben. Verstehen wir uns?«

»Ich werde in der Öffentlichkeit nicht darüber sprechen. Was hätte ich auch davon? Darf ich das Video, in dem ich Geib erwähnt habe, löschen?«

»Das können wir nicht verhindern, oder?«, erwiderte Drosten. »Sorgen Sie nur dafür, eine Kopie aufzubewahren, falls die mal in einem Prozess gegen den Mörder benötigt wird. Ab sofort ist das LKA übrigens wieder Ihr Hauptansprechpartner.«

»Oberkommissarin Decking war schon hier und hat meine DNA-Probe genommen.«

»Ich weiß«, sagte Drosten. »Sobald das Ergebnis vorliegt, erfahren Sie davon. Für Hauptkommissarin Kraft und mich geht es zurück nach Süddeutschland. Wir würden uns wünschen, dass Sie die Hetze einstellen und …«

»Kommen Sie gut am Bodensee an«, unterbrach Birker ihn. Er hatte keine Lust, sich weitere Beleidigungen anzuhören.

* * *

»Du wirkst abgelenkt«, stellt Conny eine Weile später fest. »Oder bist du einfach nur sauer auf mich und verhältst dich deswegen komisch?«

Birker schaute seine Frau an. Wie viel konnte er ihr von dem Telefonat erzählen, ohne einen erneuten Streit zu riskieren? Grawe hatte ihm noch keine SMS geschickt. Vielleicht war er bloß ein Angeber, von dem er nie wieder etwas hören würde. Der Mord am Bodensee rückte das Telefonat jedoch in ein anderes Licht. Grawe hatte ihn nicht korrigiert, als er von zwei toten Frauen gesprochen hatte. Hätte der wahre Mörder nicht den Namen der dritten Toten erwähnt? Allein, um seine Glaubwürdigkeit zu erhöhen? Oder hatte Grawe ihn absichtlich nicht verbessert, für den Fall, dass Bullen das Telefonat abhörten?

»Was geht dir durch den Kopf?«, fragte Conny.

»Kurz bevor du nach Hause gekommen bist, hatte ich einen seltsamen Anruf.« Birker würde seine Frau einbeziehen, aber auf ihre Loyalität pochen.

»Von wem?«

»Maximilian Grawe. Dieser Praktikant, den die Polizisten überprüft haben. Erinnerst du dich?«

Sie nickte.

»Er hat seltsame Andeutungen gemacht.« Birker gab Teile des Telefonats wieder. »Als ich dann von ihm wissen wollte, ob er der Mörder ist, hat er gelacht und es abgestritten.«

»Glaubst du ihm, dass er nichts damit zu tun hat?«

Birker zögerte. »Während des Telefonats dachte ich mir: Wie kann er es sonst meinen? Dann bringen dich die Wiesbadener zu mir und erzählen von einem dritten Mord. Den Grawe mit keiner Silbe erwähnt hat. Die angekündigte SMS habe ich auch noch nicht erhalten. Also ist er wahrscheinlich ein Schwätzer.«

»Wieso hast du den Kommissaren nichts davon erzählt?«

»Ich hatte es vor.« Er musste Conny ins Boot holen, und dazu war ihm jede Lüge recht. »Aber als sie mir von diesem dritten Mord erzählt haben, war ich mir plötzlich absolut sicher, ihn nicht ernst nehmen zu können. Weil er das mit keiner Silbe erwähnt hat.«

»Und wenn er das absichtlich verschwiegen hat?«, fragte seine Frau. »Um sich nicht zu belasten?«

»Dann können wir ihm eine Falle stellen«, sagte Birker leise.

»Das ist nicht dein Ernst!«, entgegnete sie.

»Oh doch! Und nach der Scheiße, die du mit deinem Ex abgezogen hast, erwarte ich Unterstützung von dir.«

»Matze! Du spielst mit dem Feuer. Dabei unterstütze ich dich niemals.«

»Hör mir wenigstens zu. Nehmen wir an, er ist der Mörder und schickt mir die angekündigte SMS. Dann erstelle ich ein allerletztes Video und positioniere Benedikt bei der Influencerin auf Beobachtungsposten. Außerdem werden wir das so regeln, dass wir die Polizei immer in kürzester Zeit alarmieren können. Benedikt muss sich alle zehn Minuten bei mir melden. Auch nachts. Er schläft nicht noch einmal ein und gefährdet damit ein Leben. Grawe versucht, bei ihr einzudringen, und wir schnappen ihn. Die Öffentlichkeit wird uns wie Helden feiern.«

»Das ist Wahnsinn! Was dabei alles schiefgehen kann.«

»Was soll dabei schiefgehen? Benedikt ist eins fünfundneunzig. Grawe ist im Vergleich ein schmächtiger Wicht. Zwanzig Zentimeter kleiner, nur halb so breit. Der Typ würde im Ring keine fünf Sekunden gegen meinen Leibwächter bestehen. Wenn Grawe der Mörder ist, macht Benedikt Kleinholz aus ihm.«

Birkers Handy gab einen Signalton von sich. Sofort griff er nach dem Gerät.

»Ist die Nachricht von ihm?«, fragte Conny.

Birker öffnete die Mitteilung. Sie enthielt einen Link. »Ja«, sagte er. »Zumindest in diesem Punkt hält er also Wort. Ich werde mit ihm chatten und versuchen, ein bisschen mehr aus ihm herauszukitzeln.« Er legte das Smartphone zurück. »Conny, du musst mich unterstützen. Nach der Scheiße mit Spandau erwarte ich das von dir. Du könntest Benedikt und mir helfen. Was soll der Frau passieren, wenn wir zu dritt auf sie aufpassen?«

»Matze, das ist Wahnsinn.«

»Wahnsinn finde ich es, mit dem Ex die ganze Nacht zu texten. Falls Spandau damit zur Presse geht, bin ich das Gespött der Leute.«

»Das macht Thorsten nicht«, sagte sie kleinlaut.

»Was du nicht wissen kannst. Gib mir Spielraum. Hilf mir, diesen Irren der Polizei auszuliefern. Bitte.« Birker blickte seine Frau flehentlich an.

23

Nach einer langen Autofahrt, auf der Drosten und Kraft sich zweimal abgewechselt hatten, kamen sie am Abend in dem Hotel in Überlingen an. Sommer erwartete sie vor dem Eingang und umarmte seine Kollegen. Sie hatten sich während der Fahrt gegenseitig auf den aktuellen Stand gebracht. Von Anton Geib fehlte nach wie vor jede Spur.

»Seit unserem letzten Telefonat hat sich vielleicht etwas Neues ergeben«, sagte Sommer. »Wir haben seine Halbschwester ausfindig gemacht. Geibs Vater hatte vor Jahrzehnten eine kurze Affäre mit einer Praktikantin – so klischeehaft das klingt. Daraus ist ein Mädchen hervorgegangen. Nach allem, was wir an Gerüchten herausgefunden haben, wurde die Sache zwischen der Frau und dem Erzeuger finanziell geregelt. Durch den abweichenden Familiennamen war es schwierig, die Identität herauszufinden. Linke hat sie schließlich ausfindig gemacht. Die Frau ist bereit, sich morgen Abend mit uns zu treffen. Sie hat anklingen lassen, einen guten Draht zu Geib gehabt zu haben.«

»Warum trifft sie uns erst morgen?«, fragte Drosten.

»Angeblich ist sie beruflich so eingebunden, dass es ihr vorher nicht möglich ist, uns zu sehen.«

Drosten schlang die Arme um die Brust. »Viel kälter als in Hamburg. Lasst uns reingehen.«

Sommer grinste. »Weichei.« Freundschaftlich schlug er ihm auf die Schulter. »Ich habe euch schon eingecheckt. Hier sind eure Schlüsselkarten.« Er reichte sie ihnen.

Mit dem Gepäck betraten sie die Hotelbar. Rasch kam ein Kellner zu ihnen und nahm die Bestellung auf.

»Die Opfer sehen sich verdammt ähnlich«, sagte Sommer. »Es würde mich nicht wundern, wenn Birkers Videos nur am Rande beeinflusst haben, welche Frauen der Mörder ausgesucht hat. Vielleicht bei Christensen. Falls Geib unser Mörder ist, hat er sich zumindest an den beiden letzten Frauen persönlich gerächt. An Strophe, weil sie Maite Geib geholfen hat, und danach an seiner Ex-Frau, vermutlich wegen der Trennung.«

Für Drosten klang das nachvollziehbar.

»Die Verdächtigen in Hamburg sind vom Haken?«, vermutete Sommer.

»Birker hat eine DNA-Probe abgegeben. Ich schätze, sie wird ihn entlasten«, sagte Kraft. »Spandau war während des dritten Mords in Hamburg und hat ohne Unterbrechung mit Conny Birker gechattet.«

»Bleibt nur noch Birkers selbsternannter größter Fan Maximilian Grawe«, fügte Drosten hinzu. »Momentan macht er sich nur durch diese seltsamen Nachrichten verdächtig, die er Birker geschickt hat. Insofern scheint mir diese Spur eher ins Leere zu führen.«

»Wir müssen Geib aufspüren«, sagte Sommer. »Er kannte mindestens zwei der Opfer persönlich. Was auch für ihn als Täter spricht.«

* * *

»Komm rein«, sagte Birker zu Mendler.

Der hünenhafte Personenschützer betrat das Haus.

»Gehen wir direkt in mein Arbeitszimmer«, schlug Birker vor.

»Ist Conny nicht da?«, fragte Mendler.

»Die ist beim Friseur. Ich habe dich extra um diese Uhrzeit bestellt, damit wir in aller Ruhe den letzten Fehlschlag besprechen können, und was wir daraus lernen.« Im Arbeitszimmer deutete Birker zum Schreibtisch. »Setz dich.« Er schloss die Tür.

»Ich habe noch mal drüber nachgedacht, Boss. Natürlich war es nicht gut, einzuschlafen. Aber es ist auch ausgeschlossen gewesen, dass ich eine solche Aufgabe über mehrere Tage ohne Unterstützung übernehme.«

»Wieso?«, fragte Birker.

»Ich war allein. Würdest du mich als einzigen Personenschützer engagieren, wenn du tagelang rund um die Uhr unterwegs wärst?«

»Bislang hätte ich das getan«, sagte Birker. »Deine Aussage lässt mich aber an deiner Qualifikation zweifeln.«

»Matze, du weißt, wie ich das meine.«

»Ja, schon gut. Wir haben alle Fehler begangen. Mein Schuss ins Blaue ist danebengegangen. Es hat einen dritten Mord gegeben.«

»Wann und wo?«, fragte Mendler.

»Vorgestern in Überlingen. Ich warte stündlich darauf, dass die Presse davon erfährt. Bislang scheint die Nachrichtensperre zu funktionieren.«

»Wieder eine Influencerin, mit der du …«

»Ich habe sie ein einziges Mal erwähnt. Keine große Sache. Das Video habe ich gelöscht, damit es mir nicht schadet. Wahrscheinlich wird sich keiner daran erinnern, sobald die Presse den Namen des Opfers preisgibt. Trotzdem wäre es mir ganz lieb, schon zuvor in der Öffentlichkeit Pluspunkte zu sammeln. Deswegen bist du hier.«

Mendler schaute ihn mit zusammengezogenen Augenbrauen an. »Was hast du vor?«

»Ich glaube, ich weiß, wer der Mörder ist.«

»Wer ist es, und warum verhaftet die Polizei ihn nicht?«

»Ein ehemaliger Praktikant. Maximilian Grawe. Schmächtiger Bursche. Du würdest ihn mit Leichtigkeit im Zweikampf zu Boden ringen. Die Bullen haben ihn befragt, aber offenbar nicht sehr verdächtig gefunden.«

»Wie kommst du dann auf ihn?«

»Er hat mich gestern angerufen. Nach seinem Praktikum hat er einen Job ergattert, bei dem er Zugriff auf Mobilfunkdaten hat. Er wusste Bescheid, dass ich im letzten Jahr dreimal die Telefonnummer geändert habe.«

»Was? Das ist verrückt. Solche Informationen sind geheim.«

»Interessiert ihn nicht. Er hat mir ein Angebot unterbreitet. Jetzt, wo meine Karriere wieder richtig gut läuft, will er mit mir zusammenarbeiten. ›Nenn mir einfach einen Namen, und ich kümmere mich darum.‹ Das waren seine Worte.«

Mendler legte den Kopf in den Nacken und starrte an die Decke. »Und du meinst, er hat dir angeboten, dir das nächste Opfer auszusuchen.«

»Was soll er sonst gemeint haben? Meine Frage, ob er der Mörder ist, hat er zwar verneint, aber das hätte ich am Telefon auch getan. Zum Abschluss hat er mir den Link zu einem verschlüsselten Chat-Programm geschickt, über das wir zukünftig kommunizieren können. Meine Testnachricht hat er in kürzester Zeit beantwortet. Er freut sich auf meinen nächsten Auftrag. Das klingt, als hätte ich ihm schon Aufträge erteilt.«

»Weiß die Polizei davon?«

Birker schüttelte den Kopf.

»Warum nicht?«

»Weil es mir mehr nützt, wenn *wir* ihn zur Strecke bringen. Wie gesagt, im Zweikampf hat er gegen dich nicht den Hauch einer Chance. Ich habe die ideale Kandidatin gefunden. Sie wohnt in Hamburg in einer Wohngegend, die du perfekt beobachten kannst. Ein kleines Haus mit einem Vorgarten. Es gibt keine Chance, von hinten bei ihr einzubrechen. Wer in ihr Haus steigen will, muss von der Straße kommen. Ich bin gestern vor Ort gewesen und habe mir das angesehen. Niemand kommt von hinten ans Grundstück heran. Hundert Meter entfernt steht eine Schallschutzwand, dahinter liegen viel befahrene Gleise. Zwischen der Schutzwand und dem Grundstück ist undurchdringliches Gestrüpp.«

»Wieso sollte Gestrüpp einen Mörder und Vergewaltiger aufhalten?«

»Er kann es wegen der Schallschutzwand nicht erreichen. Ausgeschlossen. Das musst du mir glauben. Diesmal würden Conny und ich dich unterstützen.«

»Conny? Sie ist eingeweiht?« Mendler wirkte skeptisch.

»Ich habe etwas gut bei ihr.« Birker winkte ab. »Nicht so wichtig. Wir würden alle zehn Minuten nachts mit dir kommunizieren, damit du nicht einschläfst.«

»Und wenn er tagsüber bei ihr einbricht?«

»Wird nicht passieren. Ich schreibe ihm ein paar Nachrichten und frage ihn, ob er zu einem festen Zeitpunkt tätig werden könnte, damit ich mir ein Alibi besorge. Den Wunsch wird er mir nicht abschlagen. Dann wissen wir genau, wann er ins Haus einbricht.«

»Und wenn wir das den Bullen mitteilen, ist es nicht unsere Schuld, falls es schiefgeht.«

»Die würden mein Vorhaben torpedieren. Obwohl es bombensicher ist.«

»Warum?«, wandte Mendler ein. »Vielleicht würden sie Polizisten im Haus postieren. *Das* wäre sicher.«

»Hat Conny auch gesagt. Aber es wäre nicht mehr echt. Und ich bin überzeugt, der Mörder beobachtet das Gebäude. Wenn er Lunte riecht, bricht er ab, und wir können ihm seine Taten nie beweisen. Dann schlägt er irgendwann in einer unkontrollierten Situation zu.«

Mendler schüttelte den Kopf und erhob sich. »Sorry, Boss. Ich bin raus.«

Entgeistert schaute Birker ihn an. »Was heißt das?«

»Ich mache bei deinem Plan nicht mit. Tut mir leid.«

»Benedikt!«, sagte Birker laut. »Dann können wir in Zukunft nicht mehr zusammenarbeiten.«

»Das finde ich schade, aber damit muss ich wohl leben. Mach's gut. Ich hoffe, du kommst mit den Folgen deines Vorhabens zurecht.« Er wandte sich ab und verließ den Raum. »Vor allem, wenn es schiefgeht.«

»Benedikt!«, rief Birker ihm hinterher. Doch der Leibwächter reagierte nicht mehr. Wütend schlug Birker auf den Tisch. »Scheiße!« Was sollte er jetzt tun? Ohne Mendlers Hilfe war sein Plan hinfällig.

* * *

Mendler stieg in seinen Wagen und atmete tief durch. Es war schwierig gewesen, standhaft zu bleiben. Birker war sein wichtigster Auftraggeber. Er durfte ihn nicht dauerhaft verlieren. Trotzdem war es richtig, ihm den Gefallen abzuschlagen. Er startete den Motor und fuhr bis zur nächsten Kreuzung. Dort bog er nach rechts ab. Mit gesetztem Blinker blieb er am Straßenrand stehen. Mendler griff zum Telefon und wählte Conny Birkers Nummer. Sie hatte ihn gestern in den frühen Abendstunden kontaktiert und ihn um seine Hilfe gebeten.

»Hallo, Benedikt«, begrüßte sie ihn. »Bist du aus dem Haus raus?«

»Gerade eben.«

»Was wollte Matze von dir?«

»Wie du es vorhergesagt hast. Ich sollte vor dem Haus einer Influencerin Wache halten, um den Mörder auszuschalten.«

»Damit sich Matze in der Öffentlichkeit als Held feiern lassen kann.«

Mendler brummte zustimmend.

»Und als du dich geweigert hast?«

»Er hat mir gedroht, mich nie wieder zu engagieren.«

»Benedikt, wenn dieser ganze Scheiß vorbei ist, verspreche ich dir, wird er dich weiter beschäftigen. Du hast mein Wort.«

»Danke. Ohne seine Aufträge sähe es bei mir übel aus.«

»Mach dir keine Sorgen. Ich kümmere mich darum. Wir reden bald miteinander.«

Mendler beendete das Telefonat. Unsicher, ob er die richtige Entscheidung getroffen hatte, schaute er auf die Straße. Es war eine Sache, Matzes Wunsch abzuschlagen. Schließlich war ein ähnlich gelagertes Unterfangen schon einmal schiefgegangen. Aber sich mit Matzes Ehefrau zusammenzuschließen, war ein viel größerer Vertrauensbruch. Mendler zweifelte daran, jemals wieder von dem Prominenten engagiert zu werden. Trotzdem hatte er keine andere Wahl gehabt. Er seufzte, schaltete den Blinker aus und fuhr weiter.

24

Oberkommissarin Deckings Handy klingelte und übertrug eine unbekannte Rufnummer. »Decking, was kann ich für Sie tun?«

»Hallo, Frau Decking. Conny Birker. Ich brauche Ihre Hilfe.«

»Inwiefern? Falls Sie sich für die Testergebnisse Ihres Mannes interessieren, die liegen noch nicht vor.«

»Darum geht es mir nicht. Ich weiß, dass er nicht der Täter ist. Aber leider hat er einen furchtbaren Dickschädel. Er verfolgt schon wieder einen Plan, um dem Mörder das Handwerk zu legen.«

»Was hat er vor?«

»Er glaubt, der Schuldige hat Kontakt zu ihm aufgenommen.«

Decking riss die Augen auf. Sie legte das Handy auf ihren Schreibtisch und aktivierte den Lautsprecher. »Mein Partner hört jetzt mit. Erzählen Sie mir alles haarklein«, bat sie.

»Es geht um Matzes ehemaligen Praktikanten.« In den nächsten Minuten berichtete sie, was vorgefallen war. »Ich habe Benedikt Mendler heimlich davon überzeugt, das Vorhaben meines Mannes nicht zu unterstützen, weil es viel zu gefährlich ist. Und jetzt brauche ich Ihre Hilfe. Die Sache muss ein Ende haben. Mir erscheint es grundsätzlich sinnvoll, dem Mörder eine Falle zu stellen. Aber nur unter der Leitung der Polizei und mit einem Lockvogel, der eingeweiht ist und sich gegen einen Eindringling verteidigen könnte.«

»Da haben Sie völlig recht. Wo sind Sie gerade? Ist Ihr Mann in der Nähe?«

»Nein. Er glaubt, ich sitze beim Friseur. Stattdessen bin ich in einem Café und habe auf Benedikt Mendlers Anruf gewartet. Direkt danach habe ich Sie kontaktiert.«

»Mein Partner und ich könnten Sie abholen. Dann fahren wir gemeinsam zu Ihnen nach Hause.«

»Einverstanden.«

* * *

Matze Birker scrollte sich durch verschiedene Profile. Da Mendler die Zusammenarbeit aufgekündigt hatte, arbeitete er an einem Alternativplan. Er musste eine Influencerin finden, die geeignet wäre, sich aber gegen den Mörder zur Wehr setzen könnte. Eine Frau, die blond und sportlich war. Am besten sogar Kampfsport betrieb.

Er stöhnte. Der Groll gegen Mendler hatte in der letzten Stunde nicht nachgelassen. Er würde den Personenschützer unter keinen Umständen wieder buchen. Illoyalität war keine Grundlage für eine Zusammenarbeit. In dieser Hinsicht war Birker nachtragend. Er konnte Conny verzeihen, dass sie sich mit Spandau getroffen hatte. Aber Mendler hatte bei ihm eine Grenze überschritten.

Von unten ertönte Connys Stimme. »Ich bin wieder da«, rief sie. »Wir haben Besuch. Kommst du runter? Wir müssen reden.«

Ihre Wortwahl verwunderte ihn. Birker schob den Bürostuhl zurück und stand auf. Wen hatte Conny mitgebracht?

Sekunden später kannte er die Antwort. In der Vorhalle warteten die Polizisten des LKA auf ihn.

»Ist das Testergebnis da?«, fragte Birker. Langsam ging er die Treppe herunter.

»Deshalb sind wir nicht hier«, antwortete Oberkommissarin Decking. »Setzen wir uns zusammen. Wir haben viel miteinander zu besprechen.«

»Gehen wir ins Wohnzimmer«, schlug Conny vor.

Birker begutachtete die Frisur seiner Ehefrau, die sich seit ihrem Aufbruch heute Morgen nicht verändert hatte. »Haben dich die Polizisten vor dem Friseursalon abgefangen?«, fragte er. »Oder wie kommt es, dass ihr hier gleichzeitig auftaucht und du noch genauso aussiehst wie heute Morgen?«

»Ich habe den Termin kurzfristig abgesagt. Den Grund erkläre ich dir in aller Ruhe.« Offenbar ohne den Anflug eines schlechten Gewissens ging sie voraus und setzte sich an den Esstisch.

»Ihre Frau hat uns informiert, dass Sie einen triftigen Verdacht hinsichtlich des Mörders hegen«, sagte Hauptkommissar Dorfer. »Wäre es da nicht logisch gewesen, uns in Ihre Überlegungen einzubeziehen?«

Birker funkelte seine Frau wütend an. »Du fällst mir so in den Rücken? Zweimal hintereinander?«

»Herr Birker, Ihre Frau hat das einzig Richtige getan«, entgegnete Decking. »Sind Sie wahnsinnig? Sie wollen schon wieder eine Unbeteiligte als Lockvogel einsetzen? Lernen Sie nichts aus Ihren Fehlern? Wir wollen alles hören. Wie kommen Sie zu Ihrem Verdacht?«

Er widerstand nur schwer der Versuchung, bockig zu reagieren. Durch Benedikts und Connys fehlende Loyalität schränkten sich seine Alternativen stark ein. »Sie haben ihn schon befragt. Maximilian Grawe. Ich bin mir sicher, er ist der Mörder. Warum haben Sie das nicht selbst erkannt? Offensichtlich musste ich die Initiative ergreifen, wenn Sie dazu nicht in der Lage sind.«

»Erklären Sie uns das«, forderte Dorfer.

Birker gab den Verlauf des Telefonats genau wieder. »Dann hat er mir einen Link zu einem verschlüsselten Chatprogramm geschickt. Wir haben darüber zwei Nachrichten ausgetauscht. Wenn Benedikt und Conny Rückgrat hätten, hätte ich Ihren Job übernommen und Ihnen Grawe ausgeliefert.«

»Zum Glück haben die beiden genug Rückgrat, um Ihnen die Stirn zu bieten«, sagte Dorfer. »Sie können eine solche Aktion nicht mit drei Amateuren in Angriff nehmen. Das ist viel zu riskant.«

* * *

Das Restaurant, das Geibs Halbschwester Ramona Wolfram ausgesucht hatte, lag direkt am Ufer des Bodensees.

Nachdem sie sich zu ihnen an den Tisch gesetzt hatte, deutete sie nach draußen. »Im Sommer ist das mein Lieblingsrestaurant. Bei schönem Wetter kommt hier richtiges Urlaubsfeeling auf, wenn die Schiffe anlegen und Touristen aus- oder einsteigen.«

»Schon jetzt im Winter sieht es hübsch aus«, bestätigte Kraft.

»Es geht Ihnen um meinen Halbbruder Anton«, sagte Wolfram. »Was hat er angestellt?«

»Dürfen wir auf Ihre Diskretion zählen?«, fragte Sommer.

Die Frau nickte.

»Maite Geib ist ermordet worden«, erklärte Drosten leise.

Erschrocken riss Wolfram den Mund auf. »Davon hab ich noch nichts gehört.«

»Wir haben eine Nachrichtensperre verhängt, die bislang eingehalten wird«, fuhr Drosten fort. »Deswegen ist Ihre Verschwiegenheit wichtig. Ein Leck könnte unsere Ermittlung gefährden.«

»Steht das im Zusammenhang mit den anderen Morden? Über die in den Zeitungen berichtet wird? Dieser Comedian, der Influencerinnen angreift und …« Wolfram hielt inne und tippte sich leicht an die Stirn. »Sie verdächtigen Anton. Oh mein Gott!«

»Wir würden gerne mit ihm sprechen«, bestätigte Sommer. »Als wir uns an seinem Haus getroffen und uns als potenzielle Käufer der Immobilie ausgegeben haben, ist er vor uns geflüchtet.«

»Moment!«, unterbrach Wolfram. »Wieso Immobilienkäufer? Was hat das zu bedeuten?«

»Ihr Halbbruder versucht, das Haus, in dem er bis vor Kurzem gelebt hat, zu verkaufen.«

»Wow! Dann muss es ihm schlecht gehen. Sein Herz hängt daran. Seine Probleme hat er mir verschwiegen.«

»Wann haben Sie ihn das letzte Mal gesehen?«, fragte Sommer.

»Im Herbst. September, nein Anfang Oktober.«

»Wie hat er auf Sie gewirkt?«, erkundigte sich Kraft.

»Nicht gerade glücklich. Ich habe vermutet, das hinge noch immer mit der Scheidung zusammen. Jetzt sprechen Sie von einem Hausverkauf und davon, dass Maite ermordet wurde. Krass.«

»Er hat seinen Auszug nicht erwähnt?«

Wolfram schüttelte den Kopf. »Mit keiner Silbe.«

»Würden Sie ihm diese Morde zutrauen?«, fragte Drosten.

Ramona Wolfram zögerte. »Mein Halbbruder hat einen sehr explosiven Charakter. Er fährt gerne aus der Haut. Als wir Teenager waren, haben wir uns regelmäßig getroffen. Heimlich. Mein Stiefvater hat das herausgefunden und uns gesucht. Er fand uns in einer Kneipe. Die beiden sind handgreiflich geworden. Ich musste sie trennen, sonst hätte Anton auf meinen unterlegenen Stiefvater eingetreten. Danach herrschte zwischen uns ein paar Jahre Funkstille. Mich hatte dieser Gewaltausbruch erschüttert, zumal ich meinen Stiefvater vergöttere. Erst vor fünf, nein, sechs Jahren näherten wir uns wieder an. Die Ehe mit Maite schien ihm gutzutun. Dachte ich zumindest. Dann erfuhr ich von der Scheidung. Er brauchte jemanden, um sich auszuquatschen.« Plötzlich hielt sie sich die Hand vor den Mund. »Oh nein!«, flüsterte sie.

»Was geht Ihnen durch den Kopf?«, fragte Kraft.

Wolfram rieb sich die Stirn. »Sie bringen mich in Gewissenskonflikte. Er ist mein Halbbruder.«

»Drei junge Frauen sind gestorben, zwei davon hier in Überlingen. Maite Geib und eine ihrer besten Freundinnen, Alicia Strophe.«

»Die beiden waren befreundet?«

»Frau Strophe hat Frau Geib während der Scheidung von Ihrem Halbbruder geholfen«, erklärte Kraft. »Woran haben Sie sich gerade eben erinnert?«

»Wahrscheinlich war das nur dummes Geschwätz von ihm. Bei einem unserer Treffen hat er mal wütend gesagt, dass er am liebsten alle umbringen würde, die Maite helfen, ihn zu verlassen.«

»Das waren seine Worte?«, vergewisserte sich Drosten.

»So etwas rutscht einem schnell heraus, ohne dass es etwas bedeutet«, verteidigte Wolfram ihren Halbbruder.

»Aber Sie müssen zugeben, durch die aktuellen Ereignisse bekommt die Aussage eine neue Bedeutung«, erwiderte Sommer.

Wolfram nickte bedächtig. »Vielleicht ist ihm das alles zu viel geworden. Die Scheidung. Und dann noch die Insolvenz der elterlichen Firma. Oh Gott. Es wäre schrecklich, wenn er sich dazu hat hinreißen lassen.«

»Haben Sie Kontakt zu Ihrem leiblichen Vater?«, erkundigte sich Drosten.

»Ich habe es ein paar Mal versucht«, antwortete Wolfram. »Rüdiger Geib hat immer abgeblockt. Meine Mutter war für ihn nur ein netter Zeitvertreib. Ich hätte nicht daraus hervorgehen dürfen.« Sie zuckte die Achseln. »Zum Glück lernte meine Mutter zwei Jahre nach meiner Geburt einen verlässlichen Mann kennen, der zu meinem richtigen Vater wurde. Die Familie Geib sollte in unserem Leben keine Rolle spielen. Deswegen war mein Stiefvater so wütend, als er herausfand, dass ich mich heimlich mit Anton traf.«

»Haben Sie eine Vorstellung, wo er sich aufhalten könnte?«

Wolfram antwortete nicht sofort, sondern schien darüber nachzudenken. »Wenn überhaupt, habe ich einen Namen für Sie: Robin Strauß.«

»Wer ist das?«, fragte Sommer.

»Ein alter Schulfreund von Anton, der auch hier in Überlingen hängen geblieben ist. Er besitzt ein großes Haus mit voll ausgestatteter Einliegerwohnung, die er immer nur tage- oder wochenweise vermietet. Ich bin mal bei ihm untergekommen, als ich in meiner Wohnung einen Wasserschaden hatte und eine Woche lang Trockenlüfter durchlaufen mussten. Anton hatte mir den Kontakt vermittelt. Falls er noch immer hier in der Stadt ist, würde ich ihn da vermuten.«

»Haben Sie die Adresse für uns?«, fragte Kraft.

* * *

Von dem Treffen fuhren sie zu dem Haus, in dem Strauß wohnte. In einigen Räumen des Gebäudes brannte Licht. Die Einliegerwohnung, die über einen separaten Eingang verfügte, sah allerdings unbewohnt aus. Oder lag Geib schon im Bett?

Sommer hielt zwei Straßen entfernt an. »Wie gehen wir vor?«

»Ohne Hinweise, dass er sich im Haus aufhält, ergibt es keinen Sinn, dort anzuklingeln. Wenn er uns im falschen Moment bemerkt, verlieren wir die einzige Spur zu Geib«, erklärte Drosten.

»Strauß können wir auch nicht fragen«, fügte Kraft hinzu. »Sonst warnt er seinen Freund.«

»Also bleibt nur eine Observation des Gebäudes«, folgerte Sommer.

»Mit möglichst hohem Personaleinsatz«, bestätigte Drosten. »Das müssen wir morgen früh mit den Kollegen besprechen. Je mehr Einsatzkräfte vor Ort, desto unauffälliger können wir die Gegend beobachten. Geib scheint ja ein Gespür für ungewöhnliche Situationen zu haben. Keine Ahnung, ob Linke und Kampfeld das organisiert bekommen.«

»Ich fahre noch einmal zurück«, sagte Sommer.

Drosten blickte ihn verwundert an. »Was soll das bringen?«

»Habt ihr auf die Baustelle schräg gegenüber geachtet?«, fragte Sommer.

Seine Kollegen verneinten. Sommer fuhr den Weg zurück und deutete auf das Haus. Es bekam ein neues Dach, teilweise fehlten Schindeln, die Lücken waren mit Plastikfolie abgedeckt. Außerdem stand ein Zementmischer vor der Eingangstür. Der mit Steinen gepflasterte Weg zur Haustür war aufgerissen.

»Wenn die Kollegen einen passenden Lieferwagen auftreiben, der zu einer Baustelle passen würde, könnten wir aus dem Fahrzeug heraus die Observation durchführen«, stellte Sommer fest.

»Gute Idee«, lobte Drosten. »Vorausgesetzt, die echten Baufirmen spielen dabei mit.«

25

Drosten biss im Frühstücksraum des Hotels gerade in ein Croissant, als sein Handy vibrierte. Er zog es aus der Hosentasche.

»Dein Gesichtsausdruck deutet auf etwas Dienstliches hin«, sagte Kraft.

»Oberkommissarin Decking bittet uns um eine Videokonferenz.« Drosten schaute auf seine Armbanduhr. »Wie lange braucht ihr noch?«

»Gib mir fünf Minuten«, antwortete Sommer.

»Die reichen mir auch«, bestätigte Kraft.

»Hier ist viel passiert«, begann Decking die Konferenz. »Birker hätte fast schon wieder eine Influencerin als Lockvogel benutzt. Zu unserem Glück hat sich Conny Birker nicht dafür einspannen lassen und uns rechtzeitig einbezogen.«

Abwechselnd berichteten Decking und Dorfer von den gestrigen Ereignissen.

»Aufgrund dieser Erkenntnis haben wir versucht, eine richterliche Anordnung für einen DNA-Test Grawes zu erhalten«, sagte Decking. »Leider ist uns der Richter in der Argumentation nicht gefolgt. Er hält das vermeintliche Angebot von Grawe an Birker für nicht stichhaltig genug. Zumal es nur auf Hörensagen beruht, da wir uns in dieser Hinsicht auf Birkers Wort verlassen müssen.«

»Wie sieht es damit aus, Grawe ein zweites Mal um einen freiwilligen Test zu bitten?«, fragte Drosten.

»Das haben wir auch durchgespielt«, antwortete Dorfer. »Aber was machen wir, wenn er sich weigert? Dann merkt er vielleicht, wie sehr er in den Fokus der Ermittlungen gerückt ist, während wir kein Stück weitergekommen sind. Deswegen haben wir uns zusammen mit Birker etwas anderes überlegt. Wir haben einen Plan entwickelt, um Grawe unter kontrollierten Bedingungen eine Falle zu stellen.«

»Wie sieht der Plan aus?«, fragte Sommer.

»Die Schwester eines LKA-Kollegen ist als Influencerin recht erfolgreich«, sagte Decking. »Sie passt ins Auswahlschema des Mörders. Außerdem verdient sie Geld mit Werbung, es wird also gar nicht auffallen, wenn Birker die Frau ins Visier nimmt. Er produziert heute Morgen ein Schmähvideo, das er bis zum Mittag hochladen will. Darauf wird sie sehr aggressiv reagieren und den Promi in die Ecke drängen. Die beiden schrauben dann an der Eskalationsspirale, indem sie weitere Videos ins Netz stellen. Spätestens übermorgen wird Birker Grawe anschreiben und ihm den Namen mitteilen. Die Frau wohnt in einem Haus, in dem schon jetzt ihr Bruder und zwei weitere Polizisten als Schutz untergebracht sind. Außerdem beschatten wir heimlich die Gegend, die sich dafür ideal anbietet. Wenn Grawe der Täter ist, wird er uns in die Falle tappen.«

»Wie lange genehmigen Ihre Vorgesetzten eine solche Maßnahme?«, fragte Drosten.

»Mindestens zehn Tage«, sagte Dorfer. »Sollte in der Zeit nichts passieren, probieren wir etwas anderes.«

»Das klingt vielversprechend«, urteilte Drosten.

»Hier am Bodensee ergibt sich übrigens auch eine interessante Spur«, sagte Sommer. »Wir haben eine Ahnung, wo sich Anton Geib aufhalten könnte.«

***

Im Friedrichshafener Präsidium glühten die Drähte. Nach mehreren Telefonaten hatten Linke und Kampfeld endlich einen brauchbaren Lieferwagen organisiert und die Bauleiter erreicht. Die hatten erst mit der Firma Rücksprache gehalten, aber dann ihr Einverständnis gegeben, das fremde Fahrzeug zu dulden. Die Arbeiter vor Ort wurden ebenfalls informiert und zur Verschwiegenheit verpflichtet.

»Wie regeln wir das personell?«, fragte Linke. »Ich würde gerne mit dir eine Schicht übernehmen, Lukas. Damit ich dir beweisen kann, dass ich nicht immer dumme Entscheidungen treffe.«

»Daran zweifle ich keine Sekunde«, sagte Sommer. »Ich bin einverstanden. Sollen wir mit der Überwachung beginnen? Wann kommt das Fahrzeug?«

Linke schaute auf seine Uhr. »Es wird in ungefähr zwanzig Minuten geliefert. Meinetwegen könnten wir direkt aufbrechen.«

Kraft wandte sich an die heimische Oberkommissarin. »Dann übernehme ich gern mit Yvonne die zweite Schicht.«

»Einverstanden.«

»Wie lange dauert jede Observationseinheit? Was haltet ihr von vier Stunden?«, schlug Linke vor.

»Klingt vernünftig«, sagte Drosten. »Da ihr mir eine Ruhepause gönnen wollt, würde ich die Kommunikation mit dem Hamburger LKA vorantreiben. Außerdem würde ich überlegen, wie wir in den Abendstunden vorgehen, wenn ein Lieferwagen zu auffällig wirkt.«

»Das ist genau der richtige Job für dich, alter Mann.« Sommer tätschelte Drosten freundschaftlich die Schulter.

***

Matze Birker haderte mit sich. Hatte er das Vorhaben, der alleinige Held zu sein, zu früh aufgegeben? Oder war ihm nichts anderes übrig geblieben, nachdem ihm Conny und Benedikt in den Rücken gefallen waren? Er konnte nicht verhehlen, wie sehr ihn seine Ehefrau enttäuscht hatte. Selbst wenn Grawe der Täter war, würde Birkers Rolle in der Öffentlichkeit kaum noch erwähnt werden.

Er hatte dem LKA versprochen, bis dreizehn Uhr ein Video hochzuladen, in dem er sich auf die Influencerin einschoss. Die würde wiederum innerhalb von zwei Stunden mit einem wütenden Gegenangriff reagieren. Sie sollten sich ein bisschen provozieren, bevor Birker Kontakt zu Grawe aufnehmen würde.

Was, wenn er sich nicht an diese Vorgaben hielte?

Birker griff zum Smartphone und öffnete das Chatprogramm, zu dem ihn Grawe eingeladen hatte. Er hatte das Bedürfnis, die Bullen auszutricksen und Grawe auf eigene Faust zu überführen. Aber wie könnte ihm das gelingen? Da ihm keine Möglichkeit einfiel, legte er das Handy wieder beiseite. Birker knetete seine Lippen. Er spielte verschiedene Optionen durch. Die Bullen sahen nicht, welche Nachrichten er verschickte. Sie hatten ihn gebeten, sein Handy duplizieren zu dürfen, doch dem hatte er nicht zugestimmt, mit dem Hinweis auf seine Kontakte zu anderen Prominenten. Jede Botschaft, die er Grawe schicken und anschließend löschen würde, wäre für das LKA nicht überprüfbar.

Birker malte sich verschiedene Optionen aus. Er konnte das Video produzieren, aber Grawe eine Warnung zusenden. Danach könnte er ihn jedoch nicht mehr austricksen und eigenständig überwältigen.

»Scheiße!«, fluchte er.

Die Bullen hatten ihn mit Connys Hilfe in die Ecke gedrängt. Er war jetzt nichts weiter als ein Gehilfe, der für niedere Arbeiten zuständig war. Wie ein Praktikant. Über diese Parallele zu Grawe hätte er geschmunzelt – wenn er nicht selbst der Leidtragende gewesen wäre.

Plötzlich kam Birker eine Idee. Warum waren die Bullen so versessen darauf gewesen, eine DNA-Probe von ihm zu erhalten? Der Mörder hatte offensichtlich eindeutige Spuren am Tatort hinterlassen. Woran blieben DNA-Spuren kleben? Reichte den Bullen ein Trinkgefäß, aus dem der Verdächtige getrunken hatte? Vermutlich schon. Zumindest behaupteten das die Drehbuchautoren der Fernsehkrimis immer.

Er schaute auf seine Uhr. Die Produktion des versprochenen Videos würde keine fünfzehn Minuten dauern. Danach bliebe ihm genügend Zeit, um sich mit Grawe zu treffen. In einem Café oder Restaurant. Also an einem Ort, an dem Grawe etwas trinken würde.

Birker griff erneut zu seinem Handy und öffnete das Chatprogramm.

»Was machst du da?«, erklang Connys Stimme aus der Diele.

Er zuckte zusammen. Warum hatte er sie nicht kommen hören? Oder zumindest die Tür geschlossen?

»Matze?«, fragte sie.

Offenbar sah sie ihm seine Gedanken an.

»Du hättest mir nicht in den Rücken fallen dürfen. Jetzt bin ich bloß die Marionette der Bullen. Weißt du, wie sich das anfühlt? Beschissen! Völlig beschissen!«

»Was hattest du vor?«

»Nichts!«, behauptete er. »Ich habe nur keinen Bock, dieses verdammte Video zu produzieren. Wer bin ich denn, dass die Bullen mich so ausnutzen können?« Möglichst unauffällig schloss er das Chatprogramm und legte das Telefon zurück.

Conny betrat den Raum und setzte sich ihm gegenüber hin. »Uns bleibt nichts anderes übrig, weil du uns in diese Situation manövriert hast.«

»Schwachsinn! Wärst du mir nicht mit Benedikt in den Rücken gefallen …«

»Welche Wahl hast du uns gelassen? Du kannst nicht einfach Frauen als Lockvogel einsetzen, ohne dass sie davon wissen.«

»Ich hätte für die Öffentlichkeit der Held sein können, der den Mörder erledigt. Weißt du, was das für meine Karriere bedeutet hätte? Von den Gagen der nächsten Zeit hätten wir jahrelang wie die Made im Speck gelebt.«

»Mir gefällt unser Leben, wie es ist. Und ich finde es traurig, dass du das offenbar anders siehst. Wem wolltest du schreiben?«

»Niemandem. Ich war auf meinem Insta-Account. Sonst nichts.«

Conny seufzte. »Matze, ich warne dich. Falls du Scheiße baust, bin ich weg. Obwohl ich dich liebe. Aber ich kann nicht mit einem Mann verheiratet sein, der das Leben Unschuldiger leichtfertig gefährdet.«

»Ist das dein Ernst?«, fragte er fassungslos.

»Total.« Sie stand auf, verließ den Raum und schloss die Tür hinter sich.

26

Anton Geib starrte auf das rote Ampellicht. Der Frust über die vergangenen Monate nagte sehr an ihm. So konnte er nicht ewig weitermachen. Das hatte alles keinen Sinn. Für ihn gab es hier am Bodensee nichts mehr zu erledigen. Er musste in ein neues Leben starten und seine alte Existenz hinter sich lassen.

Hinter ihm hupte jemand. Die Ampel war auf Grün umgesprungen.

»Reg dich ab, Penner«, zischte er. Langsam fuhr er an. An der nächsten Kreuzung bog er ab und erreichte das Wohngebiet, in dem Robin mit seiner Familie lebte. Er dachte an seine Alternativen. Solange er das Haus nicht verkauft hatte, war er an Überlingen gebunden. Mit einer erfolgreichen Immobilienveräußerung würde er sich neuen Handlungsspielraum schaffen. Dann könnte er sich endlich ins Ausland absetzen und wieder durchstarten. Das Versteckspiel hätte ein Ende, sobald er in Schweden oder Norwegen ankäme. Momentan tendierte er zur schwedischen Großstadt Malmö. Mit dem Geld der Immobilie würde er dort bestimmt eine gute Wohnung bekommen. Dann könnte er sich zwei, drei Jahre Zeit geben, die Sprache lernen und vielleicht sogar eine Partnerin finden, die ihn von seinen Dämonen befreien würde. Große blonde, schlanke Frauen lebten in Schweden in Hülle und Fülle. Für ihn wäre es das ideale Umfeld, um seine Vorlieben auszuleben.

Sein Handy signalisierte ihm einen Nachrichteneingang. Den speziellen Ton hatte er für Mails des Immobilienanbieters reserviert. Er schaute in den Rückspiegel, setzte den Blinker und fuhr an den Straßenrand. Geib prüfte die Nachricht. Ein Interessent hatte Kontakt zu ihm aufgenommen und bombardierte ihn mit zahlreichen Detailfragen. Das war ein gutes Zeichen für tatsächlich vorhandenes Interesse. Er würde gleich am PC eine ausführliche Antwort schreiben. Geib erinnerte sich an die Bullen, die ihn mit einer fingierten Anfrage fast überrumpelt hatten. Im letzten Moment hatte er den Braten gerochen und war geflohen. Sonst würde er wahrscheinlich schon im Gefängnis sitzen. Sollte sich der Verkauf in die Länge ziehen, war er auch bereit, einen Makler zu engagieren. Die Bullen würden keine Ruhe geben, bis sie ihn verhaftet hätten. Sie hatten zwar keine Ahnung, wo er sich aufhielt, aber ewig könnte er dieses Versteckspiel nicht mit ihnen treiben. Überlingen war kein sicherer Zufluchtsort. Bei jeder Fahrt schwang die Angst mit, den falschen Leuten zu begegnen.

Geib dachte an seine Hausbank. Ob sie ihm einen Kredit einräumen würde, mit dem er schon untertauchen könnte? Sie kannten zwar die finanziellen Rückschläge der vergangenen Monate, andererseits wussten sie über den Wert des Hauses Bescheid. Geib würde schnellstmöglich einen Beratungstermin vereinbaren. Ihm lief die Zeit davon. Das passive Ausharren in Robins Wohnung brachte ihn nicht an sein Ziel.

* * *

Sommer und Linke saßen im Lieferwagen und beobachteten über insgesamt drei am Fahrzeug versteckte Kameras die Straße.

Ungeduldig trommelte Sommer mit den Fingern auf den kleinen Schreibtisch. »Wir könnten auch einfach an der Tür klingeln. Wenn er da ist, nehmen wir ihn mit ins Präsidium.«

»Geduld gehört nicht zu deinen Tugenden«, erwiderte Linke amüsiert.

»Quatsch! Ich bin die geduldigste Person, die dir in deinem Leben begegnen wird«, behauptete Sommer mit ernster Miene. »Ich hasse bloß Untätigkeit.«

»Trotzdem sollten wir warten. Wenn er nicht da ist, könnte Strauß unser Auftauchen mitbekommen und seinen Freund vorwarnen. Dann wären wir wieder bei null.«

Linke hatte recht. Das Risiko einzugehen, wäre unverantwortlich.

»Und wenn wir einen Lieferdienst anrufen? Wir nennen Geibs Namen, geben die Adresse an und verweisen auf die Einliegerwohnung. Der Fahrer bringt das Essen. Geib öffnet und hat gar keine Zeit, zu reagieren.«

»Dann verwickeln wir einen Unbeteiligten in eine Situation, die wir nicht unter Kontrolle haben«, entgegnete Linke.

»Er wird den Lieferfahrer wohl kaum gleich mit einem Messer angreifen.«

Linke ließ sich die Idee durch den Kopf gehen. »Vielleicht können wir in relativ kurzer Zeit einen Polizisten rekrutieren, der sich als Fahrer ausgibt.«

Sommer nickte. »Kannst du dich darum kümmern? Es muss ein Polizist sein, der bei den bisherigen Ermittlungen nicht in Erscheinung getreten ist.«

In diesem Moment tauchte auf einem Monitor ein Wagen auf, der in der Garagenzufahrt anhielt.

»Das ist Geibs Auto«, sagte Linke. »Erkennst du, ob er am Steuer sitzt?«

Sommer starrte auf den Bildschirm. »Nein. Das Bild ist zu unklar.«

Die Lichter an dem Fahrzeug erloschen.

»Er muss es sein. Und wenn er seinem Freund den Wagen geliehen hat, wird der hoffentlich wissen, wo sich Geib aufhält. Ich geh raus. Du bleibst hier drinnen, um gegebenenfalls die Verfolgung aufzunehmen.«

»Einverstanden.«

Sommer schaute ein letztes Mal auf den Monitor. Der Fahrer war noch nicht ausgestiegen, machte aber auch keine Anstalten, das Auto zu verlassen. »Alles oder nichts«, brummte Sommer.

Er öffnete die Schiebetür des Lieferwagens. Genau im selben Augenblick verließ der Fahrer den Wagen. Die Blicke der Männer trafen sich.

»Herr Geib, wir müssen mit Ihnen reden«, rief Sommer.

Der Angesprochene rannte los, in die Richtung, aus der er mit dem Wagen gekommen war. Da er schneller als Sommer reagierte, vergrößerte er anfangs rasch seinen Vorsprung. Aus rund zwanzig Metern wurden dreißig. Er bog um eine Ecke und verschwand für einige Sekunden aus Sommers Blickfeld. Als der die Stelle erreichte, lief Geib soeben eine abschüssige Straße hinab und hatte noch mehr Vorsprung erzielt. Trotzdem geriet Sommer nicht in Panik. Er war es gewohnt, Verdächtigen auch über längere Strecken hinterherzujagen. Sollte er jedoch wegen des Gefälles ausrutschen und stürzen, wäre das verheerend.

Mittlerweile rund sechzig Meter entfernt, wechselte Geib abrupt die Richtung. Statt weiter der Straße zu folgen, rannte er einen kleinen Hügel hinauf, der in ein Wandergebiet führte. Jetzt musste Sommer schneller laufen, als ihm lieb war. Er kannte sich in dieser Gegend nicht aus und befürchtete, Geib aus den Augen zu verlieren.

Sommer erreichte die Stelle, an der es bergauf ging. Geib hatte sie bereits überwunden und verschwand um eine Biegung. Sommer versuchte, sein Tempo zu erhöhen. Aufgrund der Steigung geriet er rasch außer Atem. In seiner Freizeit lief er in Frankfurt meist auf ebenerdigen Strecken. Das rächte sich nun. Oben angekommen hechelte Sommer nach Luft. Sein Puls raste. Vor ihm lagen große Felder, auf dem Weg dazwischen sah er Geib. Der hatte inzwischen rund einhundert Meter Vorsprung. Auf dem gerade verlaufenden Weg konnte er sich nirgendwo verstecken.

Sommer erhöhte das Tempo. Geib drehte sich zweimal kurz hintereinander um. Ein gutes Zeichen. Offenbar verließen ihn langsam seine Kräfte. Der Abstand zwischen ihnen schmolz. Sie näherten sich einem großen Feld, an dem links und rechts Wanderwege vorbeiführten. Geib wählte die rechte Route. Dieser Teilabschnitt verlief wieder abschüssig. Sie rannten auf ein Waldstück zu. Sommer nahm keine Rücksicht mehr auf eventuelle Sturzrisiken. Er musste Geib endlich einholen. Der Mann floh gewiss nicht grundlos erneut vor der Polizei.

Der Verdächtige erreichte den Wald zuerst, inzwischen war jedoch sein Vorsprung auf rund zwanzig Meter geschrumpft. Zwischen den Bäumen waren Holzbalken in den Boden eingelassen. Sie bildeten eine Art Treppe, die den Wanderern offenbar den Weg erleichtern sollten. Geib stolperte über eine der Stufen. Er taumelte nach vorn und stützte sich in letzter Sekunde an einem Baum ab. Dann rannte er weiter. Der Beinahesturz hatte ihn über die Hälfte des Vorsprungs gekostet. Für Sommer war der Mann fast schon zum Greifen nah.

»Stehen bleiben!«, schrie er. »Bevor Sie sich noch verletzen.«

Weiter bergab durchschnitt eine Straße das Waldstück. In diesem Moment fuhr dort ein Auto entlang. Sommer befürchtete, dass Geib nicht auf den Verkehr achten und einen Unfall heraufbeschwören würde. Er musste ihn vorher stoppen.

Irgendwie gelang es Geib jedoch, Kraftreserven zu mobilisieren. Er vergrößerte den Abstand wieder. Nach der letzten Stufe führte ein lehmiger Weg bis zur Straße. Wie Sommer befürchtet hatte, hielt Geib nicht inne, sondern rannte auf die zweispurige Straße.

»Stehen bleiben!«, ertönte Linkes Stimme, der sich von rechts näherte. Offenbar war er ihnen nicht in das Wandergebiet hinterhergelaufen, sondern war die Straße entlanggerannt. Hatte er als ortskundiger Polizist geahnt, wohin Geib flüchten würde und letztlich sogar einen kürzeren Weg gewählt?

Geib zuckte zusammen. Mitten in der Bewegung veränderte er die Laufrichtung und verlor erneut das Gleichgewicht. Diesmal konnte er sich nicht an einem Baum abstützen, stürzte zu Boden und schlug hart auf. Er stöhnte vor Schmerz.

Sommer packte ihn an der Schulter und riss ihn hoch.

»Vorsicht!«, brüllte Geib. »Ich hab mir den Fuß verdreht!«

»Sie hätten nicht fliehen sollen. Ich verhafte Sie wegen des dringenden Mordverdachts an Josefine Christensen, Alicia Strophe und Maite Geib.«

Der Mann schaute ihn ungläubig an. »Was reden Sie für eine Scheiße?«

In seinen Augen las Sommer Unwissenheit.

»Was ist mit Maite?«, fuhr der Mann fort. »Wieso sprechen Sie von Mord?« Er schrie und versuchte, sich aus Sommers Griff zu winden.

Linke trat schnaufend zu ihnen und nahm den Mann in Polizeigriff.

»Was ist mit Maite?«, wiederholte Geib. »Ist sie tot?« Er war kaum zu bändigen.

»Hören Sie mit diesem Schauspiel auf«, zischte Linke. »Sie wissen genau, dass Ihre Ex tot ist.«

»Woher soll ich das wissen?« Geib ließ sich nicht beruhigen.

»Bruno, lass den Mann los«, befahl Sommer. »Falls er fliehen will, können wir ihn immer noch härter anpacken.«

»Bist du dir sicher?«, vergewisserte sich Linke.

Sommer nickte.

Linke ließ den Arm los und trat zwei Schritte zurück. Geib fluchte. Doch er unterbrach nicht den Blickkontakt zu Sommer und unternahm keinen neuen Fluchtversuch.

»Erklären Sie mir, was das bedeutet!«, forderte er.

»Wieso sind Sie zweimal vor uns abgehauen?«

»Weil ich Scheiße gebaut habe.«

»Welche Scheiße?«

»Ich habe …« Er stockte. »Nein. Zuerst Sie! Was ist mit Maite? Wieso sprechen Sie von Mord?«

»Ihre Ex-Ehefrau ist tot«, sagte Sommer.

»Sie lügen!«, widersprach Geib. »Davon hätte ich im Radio gehört.«

»Wir haben eine Nachrichtensperre verhängt.«

»Sagen Sie mir, dass das nicht wahr ist. Bitte!«

»Weswegen sind Sie abgehauen?«

Geib ließ den Kopf hängen. »Oh Gott«, stöhnte er. »Maite!« Er schluchzte.

* * *

Im Präsidium weigerte sich Geib zunächst, mit den Polizisten zu reden. Er bestand auf sein Recht, einen Anwalt hinzuzuziehen. Der tauchte nach fast anderthalb Stunden endlich auf und besprach sich mit seinem Mandanten. Die Unterredung dauerte weitere zwanzig Minuten. Dann saßen Sommer und Linke einem aussagebereiten Mann gegenüber.

»Sie wollten vorhin wissen, warum ich vor Ihnen abgehauen bin. Ich habe vor zwei Monaten die Kontrolle über mich verloren.«

»Was ist passiert?«, fragte Sommer.

»Ich habe in Dresden einen Freund besucht. Insgesamt vier Tage.«

»Wann genau war das?«, hakte Linke nach.

»Mitte Oktober. Mein Freund schwärmte von den tschechischen Nutten, zu denen er mindestens dreimal im Monat fuhr, um es sich für wenig Geld besorgen zu lassen. Er nannte mir eine Internetseite, auf der viele Frauen ihre Dienste in ihren eigenen Apartments anbieten. Ich fand eine Frau, die mich an Maite erinnerte. Eins fünfundsiebzig groß, dreiundfünfzig Kilo, lange, blonde Haare. Kurzentschlossen machte ich nach den Tagen in Dresden einen Abstecher in die tschechische Hauptstadt, ohne meinem Freund Bescheid zu geben. Ich buchte ein günstiges Hotelzimmer und vereinbarte über eine Wegwerf-E-Mail-Adresse einen Termin mit ihr.«

»Woher kennen Sie sich mit solch speziellen E-Mail-Adressen aus?«, fragte Sommer.

»Ich habe sie hundertfach verwendet, um auf sozialen Medien Konten zu eröffnen, über die ich Maites Beiträge kommentiert habe«, antwortete er.

»Sind Sie zu dem Termin gefahren?«, erkundigte sich Linke.

»Bin ich. Leider. Die Ähnlichkeit zwischen ihr und Maite war frappierend. Nur der osteuropäische Akzent störte mich. Mitten im Akt habe ich plötzlich rotgesehen. Ich habe zugeschlagen. Ihr einfach ohne Vorwarnung die Faust in den Magen gerammt. Aus Wut wegen der Scheidung. Als sich die Nutte vor Schmerzen wand, konnte ich keinen klaren Gedanken mehr fassen. Ich wollte, dass sie aufhört zu schreien und schlug so lange zu, bis sie bewusstlos war. Dann verschwand ich aus ihrer Wohnung. Wieder zu Hause verfolgte ich tschechische Nachrichtenportale. Es wurde nie über den Totschlag an einer Prostituierten berichtet. Ich weiß nicht, ob sie überlebt hat oder ob es ihren tschechischen Kollegen egal war, weil sie eine Nutte war. Als ich Sie bei dem fingierten Besichtigungstermin gesehen habe, wusste ich sofort, dass Sie ein Bulle sind. Deswegen bin ich abgehauen. Ich dachte, Ihr Auftauchen hängt mit den Ereignissen in Tschechien zusammen.«

Sommer schob dem Mann einen Block zu. »Sie schreiben uns den genauen Tag des Vorfalls auf und auf welchem Portal Sie die Frau entdeckt haben.«

Geib griff zu dem Kugelschreiber. Bei keiner der Angaben zögerte er.

»Wir werden das gleich überprüfen«, sagte Sommer. »Jetzt möchte ich mit Ihnen über die Morde an drei Influencerinnen sprechen.«

»Mein Mandant ist selbstverständlich auch in dieser Sache bereit, mit Ihnen zu kooperieren«, mischte sich der Anwalt ein. »Allerdings wüssten wir gern, was es mit Ihrer Behauptung, Maite Geib sei ermordet worden, auf sich hat. Davon war in den letzten Tagen in den Medien nichts zu vernehmen.«

Geib schaute Sommer hoffnungsvoll an. Offenbar hoffte er, das Ganze sei nur eine Finte gewesen, um ihn zu einer Aussage zu bewegen. Doch diese Hoffnung musste Sommer wohl oder übel zerschlagen.

27

Das Hamburger LKA stellte für die nächsten Tage einen der größeren Konferenzräume als Besprechungs- und Schaltzentrale für die Operation zur Verfügung. Nachdem sich die Spur am Bodensee zerschlagen hatte, waren Kraft, Drosten und Sommer in die Hansestadt zurückgekehrt, um die örtliche Sonderkommission zu unterstützen.

Pünktlich um neun Uhr morgens brachten Hauptkommissar Dorfer und seine Partnerin Decking die Anwesenden auf den neuesten Stand.

»Die Auseinandersetzung zwischen unserer Influencerin Letizia Reinthaler und Matze Birker ist im vollen Gange. Gestern hat jeder von ihnen zwei Videos gepostet und den Ton deutlich verschärft. Die Zugriffszahlen auf die Beiträge steigen stetig«, erklärte Dorfer. »Im Laufe der nächsten Stunden wird Birker Grawe über das Chatprogramm den Namen Reinthaler und ihre Adresse nennen. In Reinthalers Haus sind drei Polizisten zu ihrem Schutz untergebracht. Zwei Beamte haben rund um die Uhr bei dem Prominenten Stellung bezogen. Vor allem, um zu überprüfen, dass er sich an unsere Vereinbarungen hält.«

»Observieren Sie auch Grawe?«, fragte Sommer.

»Selbstverständlich«, sagte Decking. »Pro Schicht haben wir sechs Polizisten abgestellt, die ihm heimlich überall hin folgen. Sei es zur Arbeit, zum Einkauf oder zum Sport.«

»Wann greifen Sie ein, falls er versucht, in Reinthalers Haus einzubrechen?«, wollte Drosten wissen.

»Frühzeitig«, sagte Dorfer. »Sobald er sich des Einbruchs schuldig gemacht hat, wird er von den Polizisten vor Ort überwältigt. Ein solcher Tatbestand würde ausreichen, um die richterliche Genehmigung für den DNA-Test zu erhalten.«

»Um eine freiwillige Abgabe haben wir ihn übrigens nicht mehr gebeten«, fügte Decking hinzu. »Idealerweise vergisst er, dass wir ihn im Fokus haben.«

Drosten nickte zustimmend. Er wäre nicht anders vorgegangen.

* * *

Die Polizei hatte ihm grünes Licht für den nächsten Schritt gegeben. Matze Birker saß an seinem Esstisch. Die beiden Polizisten, die angeblich zu seinem Schutz abkommandiert waren, schauten ihn erwartungsvoll an.

»Sollen wir das wirklich tun?«, fragte Birker.

»Das ist nicht Ihr Ernst«, erwiderte einer der Polizisten. »Darauf arbeiten wir seit zwei Tagen hin. Los jetzt! Die Zentrale wartet auf die Vollzugsmeldung.«

Birker seufzte. Er entsperrte das Display mit seinem Fingerabdruck. Einer der Beamten erhob sich und stellte sich so hinter ihn, dass er mitlesen konnte, was Birker schrieb.

»Jetzt machen Sie sich lächerlich. Glauben Sie, ich warne Grawe vor einer Falle?«

»Ich schließe gerne Risiken aus. Nicht, dass Sie eine Dummheit begehen, die Ihnen oder uns am Ende leidtut.«

Birker öffnete das Chatprogramm und tippte den Namen Letizia Reinthaler ein, außerdem ihre Hamburger Adresse. Dann verschickte er die Nachricht ohne jedes weitere Wort. »Zufrieden?« Er legte das Handy zurück auf den Tisch.

Der Polizist setzte sich wieder auf seinen Platz. »Hoffentlich antwortet er Ihnen zügig.«

»Ich hätte nichts dagegen«, sagte Birker. »Je schneller Sie ihn verhaften, desto eher habe ich mein Leben zurück.« Er stand auf.

»Wohin wollen Sie?«

Birker verdrehte die Augen. »Herrje! Ich gehe nur zur Toilette. Wollen Sie mich dahin auch begleiten?«

Er drehte sich um und verließ den Raum. Im Badezimmer schloss er sich ein und setzte sich auf den Badewannenrand. Wann genau war ihm sein Leben so entglitten? Inzwischen zappelte er an vielen verschiedenen Fäden. Conny erwartete dieses Verhalten von ihm, die Bullen jenes. Seine eigenen Bedürfnisse zählten überhaupt nicht mehr – dabei war er der Star. Aber in seinen eigenen vier Wänden spielte das keine Rolle. Die Situation machte ihn unglaublich wütend, doch er wusste keinen Ausweg aus dem Dilemma.

* * *

Grawe schaute auf die Uhranzeige seines Computers. In einer halben Stunde hatte er endlich Pause, in viereinhalb Stunden Feierabend. Die Abteilungsleitung verbot die private Nutzung von Handys am Arbeitsplatz, was für ein Mobilfunkunternehmen fast schon ironisch war. Zugang zum Internet hatte Grawe über seinen Rechner nicht. Die drei Schichten in der Woche waren in dieser Hinsicht nervenaufreibend. Ob Birker schon ein neues Video hochgeladen hatte? Seine Kontrahentin Letizia hatte ihn gestern übel beleidigt. Es war erstaunlich, was sich diese Frau traute – trotz allem, was in den letzten Wochen passiert war.

Sein Handy vibrierte in der Hosentasche. Grawe schaute sich um. Seine direkte Vorgesetzte war gerade in ein Coaching mit einer neuen Kollegin vertieft. Verstohlen zog er das Telefon aus der Tasche. Als er das Symbol des verschlüsselten Chatprogramms sah, stockte ihm der Atem. Sein Pulsschlag beschleunigte sich. Genau in diesem Moment klingelte seine Leitung, und er musste sich mit einem Kundenproblem befassen. Kaum hatte er es gelöst, schaltete er seine Anlage in den Ruhezustand. Er verließ den Arbeitsplatz und schloss sich im Waschraum in einer Toilettenkabine ein.

Matze hatte ihm Letizias Namen und ihre Adresse geschickt. Grawe lächelte. Offenbar war der Promi endlich bereit, mit ihm zusammenzuarbeiten.

Grawe antwortete mit einem schlichten »Okay«. Mehr war nicht notwendig.

* * *

Kaum hatte Grawe die stickige Luft des Büros gegen die kalte Dezemberluft getauscht, kamen ihm Zweifel.

Wieso nannte ihm Matze ausgerechnet den Namen der Frau, mit der er sich gerade unter großer öffentlicher Teilnahme stritt? Nach Letizias Ermordung würde jeder mit dem Finger auf Matze zeigen. Bei den ersten beiden Morden hatte es der Promi einigermaßen geschafft, die Verantwortung von sich zu weisen. Da es der dritte Mordfall nicht in die Medien geschafft hatte, konnte ihm auch niemand die Schuld dafür geben.

Doch wenn Letizia starb, würde jeder auf Matze starren.

Das konnte nicht in seinem Interesse liegen.

Grawe nutzte die halbstündige Pause für einen Fußmarsch durch einen Park.

Wieso nannte ihm Matze ausgerechnet den Namen einer Influencerin, mit der er sich bis aufs Blut stritt? War das seine Motivation? Ertrug er ihre teils humorvollen, teils aggressiven Konter nicht länger? Es war auffällig, dass bei dieser Auseinandersetzung zahlreiche Kommentare eher Letizia als Matze anfeuerten. Das war für den Promi sicher ungewohnt. Wollte er sie deswegen loswerden, selbst wenn ihm danach manche Fans den Rücken zukehren würden, weil sie ihm die Verantwortung an ihrem Tod gäben?

Grawe erreichte den Scheitelpunkt seiner Route. Als er sich auf den Rückweg machte, bemerkte er eine junge Frau, die stehen geblieben war und sich mit ihrem Handy beschäftigte.

Für gewöhnlich nichts Ungewöhnliches, wenn sich Grawe nicht sicher gewesen wäre, diese Frau schon gestern auf der Straße vor dem Bäcker gesehen zu haben.

Konnte ein solcher Zufall möglich sein? Oder verfolgte ihn jemand?

Grawe senkte den Kopf und beschleunigte das Tempo. Er widerstand dem Impuls, sich nach der Frau umzudrehen. Sie sollte nicht ahnen, dass er sie wiedererkannt hatte.

Waren die Bullen ihm auf der Spur?

Falls das stimmte, steckte er knietief im Morast. Die Bullen wussten, wo er wohnte. Sie könnten jederzeit seine Wohnung stürmen und ihn zu einem DNA-Test zwingen. Wodurch er geliefert wäre.

»Scheiße!«, flüsterte er leise. Was sollte er jetzt tun?

***

»Herr Grawe, alles in Ordnung mit Ihnen?«, fragte seine Vorgesetzte. »Sie sehen ziemlich blass aus.«

Grawe hatte es nach der Pause keine fünfzehn Minuten mehr ausgehalten. Er musste vom Radar der Bullen verschwinden. Der erste Schritt bestände darin, das Gebäude seines Arbeitgebers ungesehen vor dem Feierabend zu verlassen.

»Mir geht's nicht gut«, sagte er leise. »Können Sie mich bitte nach Hause schicken? Ich habe ja noch ein paar Überstunden auf dem Konto.«

Die Vorgesetzte schaute an ihm vorbei zu einem Monitor, der die tagesaktuellen Leistungszahlen anzeigte. Die einzelnen Werte lagen alle im grünen Bereich.

»Okay«, sagte sie. »Gehen Sie ruhig. Ich gebe der Personalabteilung Bescheid. Gute Besserung.«

»Danke.« Grawe wandte sich ab. Obwohl er am liebsten rausgerannt wäre, ging er besonders langsam zu seinem Platz. Neben ihm packte Mathilda ihre Sachen zusammen. Die zweifache Mutter beendete ihren Arbeitstag. Sie war für sein Vorhaben von großer Bedeutung.

»Mathilda, darf ich dich um einen Gefallen bitten?«

Sie schaute auf ihre Uhr. »Wenn's schnell geht. Ich muss meine Kleinen aus der Grundschule abholen.«

»Ich nehme Überstunden. Leider ist mein Auto defekt. Stehst du in der Tiefgarage?«

»Ja, aber ...«

»Mir reicht's, wenn du mich ein Stück mitnimmst. Zum Beispiel zur Schule. Von da komme ich gut zur Autowerkstatt.« Da Mathilda kaum ein anderes Gesprächsthema kannte als ihre beiden Kinder, wusste er genau, in welche Schule sie gingen.

»Na dann! Los geht's!«

Draußen vor dem Fahrstuhl unterhielten sie sich über ihre Vorgesetzte.

»Wundert mich, dass Frau Braun dir so kurzfristig Überstundenabbau genehmigt hat.«

»Heute waren ja unsere Zahlen in Ordnung. Da habe ich einfach mal Glück gehabt. Die Autowerkstatt hat mich in meiner Mittagspause angerufen. Sie schließt heute schon um halb fünf. Das wäre für mich ziemlich knapp geworden.«

Die Fahrstuhltür öffnete sich, und die beiden betraten die Kabine. Auf dem Weg nach unten unterhielten sie sich über einen Kundenfall, den Mathilda erst nach über einer Stunde hatte klären können.

»Dafür muss ich mich morgen bestimmt vor der Braun rechtfertigen«, sagte sie.

»Bloß nicht ärgern lassen. Immerhin kannst du auf den zufriedenen Kunden hinweisen.«

Der Fahrstuhl erreichte das Kellergeschoss, in dem fast einhundert Parkplätze für Mitarbeiter zur Verfügung standen. Da sie allerdings vierzig Euro im Monat kosteten, hatte Grawe von Anfang an beschlossen, lieber draußen zu parken. Mathilda hatte an ihre Bürotrennwand auch ein Foto gepinnt, das sie und ihre Kinder vor dem Fahrzeug zeigte. Ein schwarzer SUV mit getönten Scheiben. Genau den steuerte sie jetzt an. Die Glastönung würde vermutlich nicht ausreichen, um ihn vor den Blicken potenzieller Verfolger zu verbergen. Doch Grawe hatte eine Idee, wie er das Problem umgehen konnte.

Mathilda verließ im gemächlichen Fahrtempo die Tiefgarage. Grawe beugte sich vor und nestelte an seinen Schnürbändern herum.

»Was machst du da?«, fragte sie überrascht.

»Ein Schuh ist aufgegangen. Nicht, dass ich gleich noch stolpere.« Er lachte.

Grawe zählte die Sekunden. Bei fünfundzwanzig richtete er sich wieder auf. Er nahm Mathildas kritischen Blick wahr.

»Du brauchst für eine Schleife länger als meine Kinder.«

»Ich mache immer einen Doppelknoten«, antwortete er. »Das hat mir meine Mutter so beigebracht.«

Ob sein Trick funktioniert hatte?

28

»Wie konnte das passieren?«, fragte Decking fassungslos. Sie schaute in die Runde.

»Er muss es bemerkt haben«, antwortete Sommer. »Eine andere Erklärung gibt es nicht.«

Dorfer prüfte die Berichte der Überwachungsteams. Die letzte Sichtung Grawes hatte eine Beamtin zur Mittagszeit an die Zentrale weitergeleitet. Nun war es achtzehn Uhr, sein Auto stand noch immer auf dem Parkplatz, an dem er ihn am frühen Morgen abgestellt hatte. Die Beamten konnten zwar nicht ausschließen, dass er Überstunden aufbaute, allerdings hatte er Birkers Nachricht gelesen, kurz geantwortet und dann nichts mehr von sich hören lassen.

»Wir haben die Beamten verdoppelt, die seine Wohngegend observieren«, sagte Decking.

»Sollen wir sein Telefon orten?«, fragte Drosten.

»Ohne richterliche Genehmigung?«, entgegnete Dorfer zweifelnd. »Bringt uns das in einem Gerichtsprozess nicht zu große Nachteile?«

»Wir könnten argumentieren, dadurch eine Straftat verhindert zu haben. Außerdem erfahren wir so am ehesten, ob er noch an seiner Arbeitsstelle ist. Wenn es Ihnen lieber ist, kümmern sich unsere Wiesbadener Kollegen darum.«

Dorfer nickte. »Machen Sie das!« Er blickte zur Wanduhr. »Sollen wir die Überwachung von Letizia Reinthaler ebenfalls verstärken?«

»Lassen Sie uns erst einmal abwarten, ob die Handyortung ein Ergebnis bringt«, schlug Kraft vor. »Danach können wir die nächsten Schritte besprechen.«

Um in Ruhe telefonieren zu können, verließ Drosten den Raum. Als er zwei Minuten später zurückkehrte, wirkte er zufrieden. »Wiesbaden behandelt das mit der höchsten Priorität. Wir werden von ihnen rasch ein Ergebnis erhalten.«

* * *

Grawe verließ den Elektronikmarkt auf der Mönckebergstraße. Er hatte sich ein billiges Tablet gekauft, mit dem er sich in jedes öffentliche WLAN-Netz einbuchen könnte. Es wurde Zeit, zu dem gemieteten Apartment aufzubrechen. Er hatte eine günstige Unterkunft gefunden, in der von Frühjahr bis Herbst osteuropäische Erntehelfer untergebracht waren, die aber im Winter weitgehend frei war. Dort könnte er in Ruhe seine nächsten Schritte planen. Mit den wenigen Kleidungsstücken und den Drogerieartikeln, die er ebenfalls gekauft hatte, würde er lange genug auskommen. In seinem Portemonnaie steckten neunhundert Euro Bargeld, die er mit seiner EC- und Kreditkarte abgehoben hatte. Er konnte vom Radar der Bullen verschwinden und überraschend wieder auf der Bildfläche auftauchen. So unerwartet, dass ihn niemand aufhalten könnte.

Grawe verspürte unbändigen Zorn. Er hatte Matze Birker die Hand gereicht und ihm eine auf Vertrauen beruhende Zusammenarbeit angeboten. Doch der Prominente hatte stattdessen nichts Eiligeres zu tun, als ihn an die Bullen zu verraten.

Dafür würde sich Grawe rächen. Nicht nur an Matze,

sondern auch an der Frau, die ihm vermutlich am allermeisten bedeutete.

Bevor er jedoch Conny und Matze in die Finger bekäme, würde er zuerst den Ruf des Prominenten für immer ruinieren.

Grawe lief vom Elektronikmarkt zu einem nahen Café. Er bestellte einen Milchkaffee und eine Lütticher Waffel. Nachdem er bezahlt hatte, setzte er sich in eine Ecke, in der ihm niemand über die Schulter schauen konnte. Er öffnete die E-Mail-App seines Handys und tippte eine Adresse ein, die er schon vor Wochen herausgefunden hatte.

**

»Wir haben Grawes Handy geortet«, rief Drosten. »Er ist nicht mehr bei der Arbeit, sondern auf der Mönckebergstraße. In Höhe der dortigen Karstadt-Filiale.«

»Wie lange brauchen wir bis dahin?«, fragte Sommer.

»Mindestens zwanzig Minuten, eher länger«, antwortete Dorfer. »Ich speise eines der aktuellen Fotos ins System, die wir heimlich von ihm gemacht haben. Streifenbeamte patrouillieren rund um die Uhr in der Innenstadt. Sie werden ihn für uns festhalten.«

**

Grawe trank den letzten Schluck seines Milchkaffees und überflog seine E-Mail.

Sehr geehrter Herr Dickhart,
die Namen Josefine Christensen und Alicia Strophe sind Ihnen bestimmt geläufig. Es gibt jedoch ein drittes Opfer:

Maite Geib. Genau wie Strophe starb sie in Überlingen. Woher ich etwas weiß, was Sie und Ihre Journalistenkollegen nicht in Erfahrung gebracht haben? Die Frauen sind durch meine Hand gestorben.

Ja, Sie haben richtig gelesen. Ich bin der Mörder. Geholfen bei der Auswahl hat mir der liebenswerte Matze Birker. Er hat in seinen Videos Botschaften versteckt. Schauen Sie sich die Videos genau an, dann wissen Sie, was ich meine. Ich muss Sie allerdings vorwarnen. Das Video über Maite Geib hat er vorsichtshalber gelöscht. Vielleicht können Sie es noch irgendwo finden, ansonsten müssen Sie mir eben glauben.

Warum habe ich das getan? Ich bin Matzes größter Fan und konnte den Niedergang seiner Karriere nicht ertragen. Deswegen habe ich mich mit ihm auf ein spektakuläres Geschäft geeinigt, das in der Ermordung der drei Frauen gipfelte. Wie erwartet, hat es ihm einen Raketenschub verpasst. Er ist wieder in aller Munde. Doch nun ging er in meinen Augen zu weit. Bestimmt haben Sie seine Auseinandersetzung mit Letizia Reinthaler verfolgt. Heute schickte er mir ihren Namen und ihre Adresse über einen verschlüsselten Chat. Das war nicht so vereinbart. Er sollte Botschaften in den Videos verstecken. Durch diesen neuen Ablauf ist mir klar geworden, wie sehr er mich ausgenutzt hat. Das kann ich nicht akzeptieren. Stattdessen werde ich untertauchen und für immer aus Hamburg verschwinden. Als Beweis, dass ich kein Spinner bin, füge ich einen Screenshot des verschlüsselten Chats an. Die Bullen werden Ihnen garantiert das Schicksal von Maite Geib bestätigen.

Machen Sie das Beste aus diesem Wissen.

Grawe vergewisserte sich, dass er den Screenshot angehängt hatte. Dann verschickte er die Nachricht. Ob Dickhart ihm die Lüge abnahm, dass in den Videos Botschaften versteckt waren? Die App signalisierte ihm den erfolgreichen Versand der E-Mail. Grawe griff zu seinen Einkaufstaschen und verließ das Café. Vor dem Eingang der Karstadt-Filiale stand ein Mülleimer, in den er im Vorbeigehen das Handy fallen ließ. Von nun an würde er darauf verzichten, mobil erreichbar zu sein. Das Tablet und öffentliche WLAN-Netze würden ihm reichen.

Grawe senkte den Kopf. Er lief zum Hauptbahnhof, von wo er in einen Bus steigen würde, um nach zweimaligem Umsteigen das Apartment zu erreichen. Sobald er die ersten Sachen dort abgeladen hätte, würde er zu einem Sexshop aufbrechen, um Hand- und Fußschellen zu kaufen. Birker käme der Verrat teuer zu stehen.

29

Konnte es noch schlimmer kommen, fragte sich Drosten. Erst waren sie völlig umsonst zur Mönckebergstraße gerast, wo ihnen der Verdächtige offenbar knapp entwischt war. Sie hatten lediglich sein Handy in einem Mülleimer gefunden – was nur einen Schluss zuließ: Grawe war auf der Flucht.

Nach ihrer Rückkehr ins LKA-Präsidium war dort zu allem Überfluss der Journalist Karl Dickhart aufgetaucht, der sich am Empfang nicht abwimmeln ließ. Er bestand auf ein vertrauensvolles Gespräch mit den Ermittlungsleitern, weil er ansonsten ohne Rücksprache eine spektakuläre Story veröffentlichen würde. Also hatten sie ihn in einen Besprechungsraum gebeten. Dickhart würde auf der einen Seite sitzen, Drosten, seine beiden Partner sowie Decking und Dorfer auf der anderen.

»Wow«, entfuhr es Dickhart, als ihn ein Beamter in den Raum führte. »Jetzt komme ich mir wichtig vor. Aber ehrlich gesagt ist dieser Rahmen sehr angemessen.«

»Setzen Sie sich«, sagte Dorfer. »Warum wollten Sie uns so dringend sprechen?«

Der leicht übergewichtige Mann schaute sie über die Ränder seiner Brille hinweg an. Er zog sein Smartphone aus der Trenchcoattasche und nahm Platz. »Eins will ich vorab klarstellen: Ich werde in jedem Fall eine Titelstory veröffentlichen. Und zwar noch heute Abend online. Entsprechend steht sie morgen früh in der Druckausgabe. Aber aus guten Gründen will ich Ihnen die Chance einräumen, Einfluss darauf zu nehmen.«

»Was für ein wundervoller Einstieg in unser Gespräch«, spottete Sommer. »Fühlt sich außer mir noch jemand unter Druck gesetzt?«

»Folgende E-Mail habe ich heute von einer mir unbekannten E-Mail-Adresse bekommen. *Maxtobjul[at]gmx*. Sagt Ihnen das etwas?«

Drosten erkannte gleich, dass sich die Adresse aus den drei Vornamen Grawes zusammensetzte. »Ich habe eine Vermutung, um wen es sich handeln könnte«, antwortete er wahrheitsgemäß. »Was hat Ihnen der Absender geschrieben?«

»Halten Sie sich fest. Ich lese es Ihnen wortwörtlich vor.« Er legte eine effektheischende Pause ein und lächelte.

Zwei Minuten später wussten die Polizisten, dass Dickhart allen Grund für seinen selbstgefälligen Auftritt hatte.

»Sie können das nicht veröffentlichen«, sagte Dorfer. »Damit gefährden Sie unsere Fahndung.«

»Ganz im Gegenteil«, entgegnete Dickhart. »Die Rohfassung des Artikels, den wir unseren Lesern bereitstellen werden, steht fest. Hören meine Kollegen innerhalb der nächsten Dreiviertelstunde nichts von mir, schalten wir diese Fassung online. Allerdings haben Sie die Gelegenheit, einiges klarzustellen. Denn ich bin nicht so dumm, jedes Wort dieser E-Mail für wahr zu halten. Was hat es mit dieser Maite Geib auf sich? Ist sie ein Mordopfer, das der Öffentlichkeit vorenthalten wurde?«

»Bevor wir uns darüber mit Ihnen austauschen, interessiert mich eine andere Sache«, sagte Drosten. »Sie haben sich zweifelsfrei auf Birker eingeschossen. Das war so auffällig, dass wir sogar überprüft haben, ob Sie als Mörder infrage kommen.«

Dickhart hob überrascht die Augenbrauen. »Befragt haben Sie mich in diesem Zusammenhang nie.«

»Weil Sie während des ersten Mordes in Amerika waren«, erklärte Drosten. »Aus welchem Grund greifen sie Birker öffentlich an?«

»Birker hat, vermutlich ohne es zu wissen, meine Nichte attackiert. Sie ist eine der Influencerinnen, die er aufs Korn genommen hat. Zum Glück entsprach sie nicht dem Auswahlschema des Mörders, denn sie ist braunhaarig und nicht der sportliche Typ. Was Birker da veranstaltet, finde ich in jeder Hinsicht unverantwortlich. Deswegen habe ich ihn mir vorgenommen. Da meine Nichte einen anderen Nachnamen trägt und in der Öffentlichkeit nie die Beziehung zu mir ausnutzt, konnte Birker das nicht wissen. Und ich sah keinen Grund, ihm das mitzuteilen. Beantwortet das Ihre Frage?«

Drosten nickte. »Geben Sie uns fünf Minuten, damit wir uns besprechen können? Danach machen wir möglichst reinen Tisch.«

Dickhart schaute auf seine goldene Armbanduhr. »Beeilen Sie sich besser. Ich werde die mit der Redaktion vereinbarte Deadline nur nach hinten verschieben, falls Sie mir interessante Informationen liefern.«

* * *

Anderthalb Stunden später verließ Dickhart den Raum zum zweiten Mal. Er wirkte hochzufrieden. Kaum hatte er die Tür geschlossen, schüttelte sich Sommer.

»Was für ein schleimiger Typ! Am liebsten würde ich jetzt heiß duschen.«

»Falls er Wort hält, ist der Schaden, denn Grawe mit der Mail anrichtet, erträglich«, merkte Dorfer an. »Dieses Bekennerschreiben wird uns in Verbindung mit den heutigen Vorfällen helfen, einen Durchsuchungsbeschluss für Grawes Wohnung zu erhalten. Bestimmt finden wir in der Wohnung etwas, was sich für einen DNA-Test eignet.«

»Das stimmt«, bestätigte Kraft. »Als Dickhart hier großkotzig hereingeplatzt ist, hatte ich Schlimmeres befürchtet. Die Mail an den Redakteur zu verschicken, war ein Fehler. Dazu hätte sich Grawe nicht herablassen dürfen.«

»Zumal sie voller Lügen steckt«, sagte Sommer. »Wenn Grawe hofft, dass wir deswegen die Schutzmaßnahmen für Reinthaler aufheben, hat er sich geirrt. Auch seine Behauptung, für immer unterzutauchen, kaufe ich ihm nicht ab. Das ist alles ein riesiger Bluff!«

»Zu welchem Zweck?«, fragte Decking.

»Alles, was ich jetzt äußere, ist reine Spekulation. Aber die Gedanken wabern schon seit einer Stunde durch meinen Kopf.« Sommer fuhr sich durch die Haare. »Die Feiertage stehen kurz bevor. Erst Weihnachten, dann der Jahreswechsel. Am Jahresende ist jede Behörde versucht, keine zusätzlichen Überstunden anzuhäufen. Personell aufwendige Überwachungsaktionen sind aus Kapazitätsgründen schwierig. Das werden auch Laien wissen. Wenn er uns in Sicherheit wiegt, dann vermutlich in der Hoffnung, gefahrlos zuschlagen zu können.«

»Und wer ist sein Ziel?«, erkundigte sich Dorfer. »Reinthaler oder eine andere …«

»Birker«, unterbrach Sommer ihn. »Ich glaube, wir haben es mit einem massiv enttäuschten Bewunderer zu tun. Er hat sich selbst als Birkers größter Fan bezeichnet. Der von seinem Idol hintergangen wurde. Deswegen will er sich rächen. Egal, wie zurückhaltend Dickhart die Artikel formuliert, sie werden Birker schaden. Seine Karriere ist zerstört. Von dem Schlag erholt er sich nicht. Das reicht Grawe aber vermutlich nicht. Ich glaube, er will Birker töten. Oder ihm einen Verlust zufügen, den er niemals verkraften wird.«

»Seine Frau Conny«, mutmaßte Decking.

Sommer nickte. »Wie lange können Sie den Schutz für die Birkers personell aufrechterhalten?«

»Die Aktion war auf zehn Tage angesetzt«, sagte Dorfer. »Wir sparen Personal, da niemand mehr Grawe verfolgen muss. Ich sehe also keinen Grund, wieso unsere Vorgesetzten in den nächsten Tagen Vorschläge für Einsparungen verlangen sollten. Genehmigt ist genehmigt.«

»Wunderbar«, sagte Sommer. »Ich bin mir sicher, Grawe wird sich nicht lange zurückhalten. Er weiß, dass mit jedem Tag die Gefahr steigt, dass wir ihn aufspüren. Außerdem brodelt es in ihm, sonst hätte er Dickhart nicht diese Mail geschickt. Das war nur die erste Eruption. Der große Ausbruch folgt noch.«

30

Amaniel Chamapiwa gönnte sich einen Schluck Wasser und prüfte mit kritischem Blick seine Arbeit. Die letzten neunzig Minuten hatte er das Apartment der Birkers für Gäste vorbereitet, die am Nachmittag anreisen würden. In den nächsten Wochen standen wegen der Weihnachtszeit und dem Jahreswechsel viele Buchungen auf dem Plan – und somit reichlich Arbeit für Chamapiwa. Dank der Einnahmen könnte er jedem seiner Kinder vielleicht noch ein Extrageschenk unter den Weihnachtsbaum legen.

Chamapiwas letzte Tätigkeit des Tages wäre das Ausspülen und Trocknen des Trinkglases, das er in die Spüle stellte. Vorher müsste er noch den Teppichboden im Schlafraum saugen.

Es klingelte an der Apartmenttür, und Chamapiwa zuckte überrascht zusammen. Er schaute auf die Uhr. Ob das Frau Birker war? Sie hatte in den letzten beiden Jahren im Dezember jeweils einen seiner Einsätze abgepasst, um ihm Geschenke für ihn und die Kinder zu überreichen. Bei den aktuellen Zeitungsartikeln über Matze Birker hätte Chamapiwa Verständnis dafür, wenn sie es vergessen hätte, doch offenbar war auf sie Verlass. Vielleicht brauchte sie auch einen Zuhörer, bei dem sie ihr Herz ausschütten konnte.

»Ich komme«, rief er.

Er wusste, Frau Birker würde niemals ihren Schlüssel benutzen, während er die Wohnung reinigte. Dafür besaß sie zu viel Anstand.

Chamapiwa trat an die Tür und öffnete sie mit strahlendem Lächeln. »Hallo, Frau ...«

Sein Lächeln gefror. Im Hausflur stand ein Mann, dessen Foto die Zeitungen abgedruckt hatten. Die Polizei suchte nach ihm. In der rechten Hand hielt er ein großes Messer. Chamapiwa bemerkte auch einen schwarzen Rucksack auf seinem Rücken.

»Rein mit dir!« Der Mann stellte seinen Fuß in die Tür, damit Chamapiwa sie nicht zuwerfen konnte.

Chamapiwa dachte an seine Kinder. Sie durften ihren Vater unter keinen Umständen verlieren. Es war ausgeschlossen, sich dem Mann zu widersetzen. Er hob die Hände und trat zwei Schritte zurück.

»Was wollen Sie?«, fragte er.

Der Mann folgte ihm ins Apartment und warf die Tür zu. »Du setzt dich auf die Couch«, befahl er. »Wenn du mir gehorchst, passiert dir nichts. Falls du auf dumme Gedanken kommst, steche ich dich ab. Einfach so. Das macht mir nichts aus.«

»Bitte nicht.« Chamapiwa wich langsam ins Wohnzimmer zurück und nahm wie befohlen Platz. »Was wollen Sie?«, wiederholte er.

»Ich weiß über dich Bescheid«, sagte der Eindringling. »Du hast vier Kinder. Drei Töchter, die Kleinste ist erst fünf Jahre. Die Älteste vierzehn. Du hättest den Birkers verbieten sollen, dein trauriges Schicksal für ihre Homestory auszunutzen. Jetzt musst du das ausbaden.«

»Ich habe nichts getan«, jammerte Chamapiwa.

»Und deswegen wirst du vielleicht überleben. Vorausgesetzt, du gehorchst mir. Du rufst deine älteste Tochter Genzebe an und bittest sie um Hilfe, weil du die Arbeit allein nicht schaffst.«

»Nein! Lassen Sie meinen Liebling aus dem Spiel. Bitte!«

»Wenn du überleben willst, musst du mir gehorchen. Du rufst deine Tochter an. Sie kommt hierher. Sobald sie hier ist, melden wir uns bei Conny.«

»Nein!«

Wütend trat der Eindringling vor. »Sollen deine Kinder wirklich Vollwaisen werden? Weißt du, was man mit afrikanischen Kindern in Heimen macht? Du willst dir das lieber nicht ausmalen.«

* * *

Lukas Sommer saß an seinem Laptop im Wohnzimmer der Birkers und überprüfte die Kommentare der letzten Stunden. Gemeinsam mit Drosten und Kraft übernachtete er seit mittlerweile zwei Nächten in der Villa des Prominenten. So sparte das Hamburger LKA Personalkapazitäten und die KEG Hotelkosten. Conny Birker hatte sich sofort darauf eingelassen, sie einzuquartieren, während Matze anfangs widersprochen, sich aber schnell geschlagen gegeben hatte. Der Promi verbrachte viel Zeit in seinem Arbeitszimmer bei geschlossener Tür. Die Berichterstattung über ihn war verheerend, und die öffentliche Meinung hatte sich gegen ihn gewandt. In weniger als achtundvierzig Stunden hatte er auf seinen sozialen Kanälen eine sechsstellige Anzahl an Followern verloren. Diejenigen, die ihm weiter folgten, kritisierten ihn – oft genug mit unflätigen Ausdrücken. In einem der letzten Kommentare verglich ihn ein Nutzer mit einem Kinderschänder und drohte ihm an, ihn öffentlich zu erhängen. Sommer sicherte den Beitrag auf der Festplatte. Unabhängig davon, was Birker angestellt hatte, gab das niemandem das Recht, ungestraft Morddrohungen auszustoßen.

Sommer klappte den Laptop zu und betrachtete das prasselnde Feuer im Kamin. Von Grawe fehlte nach wie vor jede Spur. Je näher Weihnachten rückte, desto stärker wurde Sommers Bedürfnis, zu seiner Familie zurückzukehren. Verena und Robert erging es ähnlich. Die Hamburger LKA-Kollegen waren derzeit in einer parallel laufenden Mordermittlung eingebunden und ließen sich kaum noch blicken. In spätestens zwei Tagen würde Drosten darauf plädieren, den Einsatz in Hamburg abzubrechen.

Sommer fragte sich, ob er sich geirrt hatte. Er hätte darauf gewettet, dass Grawe bald zuschlagen würde. Doch es passierte nichts. War der Mann aus Hamburg verschwunden? Reichte es ihm, mit dem medialen Echo Birkers Karriere zerstört zu haben?

Seine Erfahrung sprach gegen diese Theorie. Ein Täter wie Grawe konnte nicht einfach aufhören. Aber wie lange würde er sich noch zurückhalten?

Drosten gesellte sich zu ihm. »Karlsen bittet uns um ein Update. In fünf Minuten per Videokonferenz. Kommst du dann zu uns?«

»Na klar.« Sommer löste sich vom Anblick des prasselnden Feuers. »Verliert er die Geduld?«

»Das halte ich für ziemlich wahrscheinlich«, erwiderte Drosten. »Du kennst ihn ja. Er kommt mit Rückschlägen besser klar als mit Stagnation.«

***

Conny Birker lag im Schlafzimmer und starrte an die Decke. Wie hatte ihnen ihr Leben nur so schnell entgleiten können? Innerhalb weniger Wochen waren sie wie auf einer Achterbahn ins Bodenlose gestürzt. Wie lange würde die rasante Talfahrt noch andauern? Matze sprach fast kein Wort mehr mit ihr. Als ob es ihre Schuld sei, dass die Presse so verheerend über ihn berichtete. Er wollte nicht einsehen, dass sein Plan von vornherein zum Scheitern verurteilt gewesen war.

Ihr Handy gab den Klingelton von sich, den sie für Facetime-Gespräche nutzte. Sie schwang die Beine vom Bett und warf einen Blick aufs Display. Das Profilbild von Amaniel Chamapiwa füllte einen Teil des Bildschirms aus. Rasch rieb sie sich die Augen, ehe sie den Anruf entgegennahm.

»Amaniel, wie geht's Ihnen?« Sie versuchte, fröhlich zu klingen.

»Frau Birker, Sie müssen sofort herkommen. Ins Apartment.« Der Mann wirkte verängstigt.

»Was ist denn los?«

»Zeig's ihr«, erklang eine Männerstimme.

»Wer ist da bei Ihnen?«, fragte sie.

Chamapiwa drehte das Handy von sich weg.

Erschrocken hielt Conny sich die Hand vor den Mund. Sie sah Grawe, der offenbar die älteste Tochter Chamapiwas gefesselt hatte und mit einem Messer bedrohte.

»Conny, du kommst sofort allein zu uns«, befahl der gesuchte Mörder. »Niemand erfährt davon, sonst folgt Genzebe ihrer Mutter ins Jenseits.«

»Nein«, jammerte Chamapiwa.

»Wie soll ich das anstellen?«, fragte Conny Birker. »Wir haben Polizisten im Haus, die uns beschützen. Ich kann nicht einfach …«

»Das ist mir völlig egal. Du bist in genau dreißig Minuten hier. Sonst steche ich Genzebe ab wie ein Schwein. Eine halbe Stunde! Sollten Bullen die Wohnung stürmen, nehme ich Genzebe mit ins Grab. Die Bullen haben keine Chance, sie zu retten. Ende des Telefonats. Leg auf!«

»Helfen Sie uns!«, flehte Chamapiwa, ehe er die Verbindung trennte.

Das Schicksal gab ihr also einen weiteren Tritt in die Magengrube. Birker erhob sich mit zittrigen Beinen. Die Polizisten würden sie niemals fahren lassen. Sie würde rund zwanzig Minuten zum Apartment brauchen. Nicht viel Zeit zur Planung ihrer Flucht.

Birker verließ das Schlafzimmer und stieg die Stufen zum Erdgeschoss hinunter. Zu ihrer Überraschung saß niemand im Wohnzimmer. Aus der Bibliothek drangen Stimmen. Hatte sie vielleicht doch eine Chance, die Bedingung des Mörders zu erfüllen? Für Chamapiwa und seine Familie würde sie das Risiko eingehen. Geräuschlos zog sie die Schublade auf, in denen ihre Schlüssel lagen, nahm sie heraus und ließ die Schublade offen stehen. Conny Birker schlüpfte in ihre Boots, zog eine Jacke über und öffnete vorsichtig die Haustür.

***

Draußen erklang das Geräusch eines startenden Motors.

»Habt ihr das auch gehört?«, fragte Sommer, der mit seinen Kollegen in der Bibliothek die Video-Konferenz abhielt.

»*Was* gehört?«, hakte Karlsen nach, der sich offenbar angesprochen fühlte.

»Ich meinte nicht Sie«, erklärte Sommer. »Hier geht etwas vor.«

Er sprang auf und verließ eilig den Raum. In der Vorhalle sah er, dass eine Schublade der Kommode geöffnet war. Sommer riss die Haustür auf. Conny Birkers Wagen stand nicht an seinem Platz. Das Tor zur Straße schloss sich in diesem Moment automatisch.

Wo wollte sie hin, und wieso hatte sie ihnen nicht Bescheid gegeben?

Sommer lief zurück in die Bibliothek.

»Conny Birker ist einfach ohne Rücksprache weggefahren. Ich gehe hoch zu ihrem Mann, vielleicht weiß er, wo sie hinwill.«

Er nahm jeweils zwei Stufen auf einmal und klopfte fest an Birkers Bürotür. Ohne eine Antwort abzuwarten, betrat er den Raum. Der Promi saß an seinem PC und schaute ihn leeren Blickes an. »Können Sie nicht warten, bis ich Sie hereinrufe? So viel Privatsphäre muss doch …«

»Wohin ist Ihre Frau gefahren?«, unterbrach Sommer ihn.

Birker runzelte die Stirn. »Conny ist weg? Seit wann? Mir hat sie nicht Bescheid gegeben.«

»Scheiße!«

Sommer machte auf dem Absatz kehrt und rannte zurück ins Bibliothekszimmer. Verena und Robert hatten die Videokonferenz mit Karlsen beendet.

»Matze weiß nicht, wo sie hinwill.« Sommer griff zu seinem Tablet. Sie hatten die Telefone des Ehepaars mit einer Software des BKA dupliziert, um unliebsame Überraschungen zu vermeiden. Sommer wählte Connys Anschluss aus. Das System zeigte ihm einen Facetime-Anruf an. Sommer stellte sich in den Flur. »Herr Birker!«, rief er. »Wer ist Amaniel Chamapiwa?«

Der Promi tauchte am Treppenabsatz auf. »Ein netter

Mann, der unsere Ferienwohnung reinigt, wenn jemand das Apartment gebucht hat. Wieso?«

»Weil er sich bei Ihrer Frau gemeldet hat und sie sich daraufhin sofort davonschleicht.«

»Soll ich ihn anrufen? Oder Conny?«

Sommer überlegte kurz, ehe er den Kopf schüttelte. »Nein! Hat jemand in den letzten Tagen oder für heute Ihr Apartment gebucht?«

»Das muss ich am PC prüfen.«

Birker verschwand aus Sommers Blickfeld. Der Hauptkommissar nutzte die Zeit, um sich seine Jacke überzustreifen.

»Ja«, rief Birker. »Wir kriegen heute Gäste für zwei Nächte.«

»Ich brauche einen Schlüssel zum Apartment.«

»Liegt in der Schublade. Mit einem weißen Anhänger, auf dem HafenCity steht.«

Sommer durchsuchte die Schublade, ohne den beschriebenen Anhänger zu finden. »Haben Sie zwei Exemplare?«

Birker kam im gemächlichen Tempo die Treppe herunter. Er schaute in die Schublade. »Dann hat Conny ihn mitgenommen. Moment. Ich muss mal eben überlegen.« Er kratzte sich am Kopf, ehe er kurz die Schublade durchwühlte und zwei Schlüssel herausfischte, die an einem Ring hingen. »Das ist das zweite Exemplar.«

»Sicher?«, fragte Sommer.

Birker nickte. Sommer nahm die Schlüssel entgegen und drehte sich zu seinen Kollegen um. »Ihr bleibt hier. Ich fahre zum Apartment. Fordert beim LKA Verstärkung an. Die sollen mir am liebsten Dorfer und Decking in einem Zivilfahrzeug schicken.«

31

Connys Herz raste. Siebenundzwanzig Minuten nach dem Anruf stand sie vor der Apartmenttür. Was würde sie dort erwarten? Mit zittriger Hand führte sie den Schlüssel ins Schloss, benötigte allerdings zwei Versuche dafür. Sie stieß die Tür auf. Direkt in ihrem Blickfeld stand Grawe hinter Genzebe, die mit Hand- und Fußschellen an einen Stuhl gefesselt war. Er drückte ihr ein Messer an die Kehle. Wäre sie nicht allein gekommen, hätte er vermutlich sofort zugestochen.

»Tür zu!«, befahl der Mörder.

Birker gehorchte. »Ich habe Ihre Bedingungen erfüllt, nehmen Sie bitte das Messer weg.«

»Ja, du warst ein braves Mädchen«, lobte er. »Das ist ein verheißungsvoller Anfang. Komm zwei Schritte näher. Dann siehst du, dass es deiner Putzkraft auch gut geht.«

»Ich bin hier, Frau Birker«, erklang Chamapiwas Stimme.

Sie trat wie befohlen zwei Schritte in den Raum und sah den Afrikaner, der ebenfalls mit Hand- und Fußschellen fixiert war.

»Entfernen Sie sich bitte mit dem Messer von Genzebe«, bat Birker.

»Zieh dich aus!«, entgegnete Grawe.

»Was?«

»Ich muss mich davon überzeugen, dass du keine Waffe trägst. Ausziehen. Und zwar vollständig. Sobald du nackt bist, reden wir weiter.«

Conny Birker schlüpfte aus ihren Boots. Nach und nach legte sie die Kleidungsstücke ab und ließ sie auf den Boden fallen. Als sie nur noch in Unterwäsche in der Diele stand, drehte sie sich einmal um ihre Achse.

»Keine Waffe«, sagte sie.

»Ausziehen. Sonst steche ich zu.« Die Erregung in Grawes Stimme war nicht zu überhören. »Letzte Chance. Drei. Zwei.«

»Stopp!«, schrie Birker. Hektisch öffnete sie den BH-Verschluss. Dann schlüpfte sie aus dem Slip und ertrug Grawes gierige Blicke.

»Herzlichen Glückwunsch. Du hast zwei Leben gerettet. Wir ziehen uns jetzt ins Schlafzimmer zurück. Du gehst voran.«

Mühsam unterdrückte Birker die Tränen. Sie schaute zu Chamapiwa, der seinerseits zu Boden guckte, um ihr einen Rest Würde zu belassen. Langsam ging sie ins Schlafzimmer. An der Strebe des Metallbetts hing eine Handschelle.

»Da du Rechtshänderin bist, darfst du dir die linke Hand fesseln«, sagte Grawe.

Birker bemerkte ein Handy, das auf einem Stativ stand.

»Was haben Sie vor?«, fragte sie.

»Ich werde Matze unser Video schicken. Als Abschiedsgeschenk. Aufs Bett mit dir und die Handschelle ums linke Gelenk zuschnappen lassen.«

Das Wort *Abschiedsgeschenk* hallte in ihrem Kopf wider. »Bitte nicht«, sagte sie.

Er schubste sie nach vorn. Um nicht das Gleichgewicht zu verlieren, hielt sie sich am Bettpfosten fest und drehte sich zu ihm um. Der Mörder drückte die Tür zu und schloss ab.

»Du hast eine faire Chance«, behauptete er. »Wenn du mir glaubwürdig zeigst, dass du mich liebst, passiert dir nichts. Die Frauen hätten mich nur lieben müssen, dann würden sie noch leben. Selbst dein Mann hätte mir seine Liebe beweisen können. Stattdessen wollte er mich auf eine miese Tour reinlegen. Jetzt hast du die Chance. Wenn du mich tief und innig liebst, wirst du das hier überstehen. Du musst mich bloß wie die Liebe deines Lebens behandeln. Aufs Bett mit dir, sonst spürst du mein Messer.«

Sie legte sich auf die Matratze und fesselte ihre linke Hand.

Zufrieden nickte er. »Wunderbar. Oh Gott, du bist Matzes Frau. Was für ein Glück ich habe, mich mit dir zu vereinigen.« Langsam öffnete er die Knöpfe seines Hemdes.

Um ihm dabei nicht zusehen zu müssen, blickte sie zum Handy. Nahm es die Szenerie bereits auf, oder war es noch ausgeschaltet?

* * *

Sommer holte vor der Apartmenttür tief Luft. Was würde ihn in der Wohnung erwarten? Drosten hatte ihm vor wenigen Minuten eine Nachricht geschickt. Dorfer und Decking hatten keine Chance, zeitnah zur HafenCity zu kommen, organisierten jedoch Verstärkung. Allerdings würde Sommer nicht darauf warten.

Leise führte er den Schlüssel ins Schloss. Kaum hatte er die Tür geöffnet, sah er eine junge, dunkelhäutige Frau, die gefesselt auf einem Stuhl saß und ihn mit großen Augen anstarrte. Auf dem Boden zwischen ihnen lag ein Kleiderhaufen. Sommer legte einen Zeigefinger an die Lippen, damit der Teenager nichts Unüberlegtes sagte. Er lehnte die Tür an und betrat die Wohnung. Dabei zog er seinen Dienstausweis aus der Jackentasche. Nach drei Schritten sah er einen weiteren gefesselten Menschen. Bei ihm handelte es sich wahrscheinlich um Chamapiwa. Der Mann deutete mit dem Kopf auf eine Tür. Sommer verstand sofort. Er streifte seine Winterjacke ab und zog die Waffe aus dem Holster. Dann ging er zu der geschlossenen Tür.

»Streichle mich«, erklang gedämpft eine Stimme aus dem Raum.

Sommer bückte sich und versuchte, einen Blick durchs Schlüsselloch zu erhaschen, doch es steckte ein Schlüssel von innen. Vermutlich war die Tür abgeschlossen. Sie wirkte allerdings nicht sonderlich stabil. Ehe Sommer seinen nächsten Schritt unternahm, benötigte er mehr Informationen. Daher schlich er zurück ins Wohnzimmer und beugte sich an Chamapiwas Ohr.

»Welche Waffen hat der Mann?«, flüsterte er.

»Ein großes Messer. Mehr habe ich nicht gesehen. Aber er hat einen Rucksack dabei, den er vor einer Weile ins Schlafzimmer gebracht hat.«

Sommer nickte. Er kehrte zur Tür zurück. Der Flur bot ihm genug Platz, um Schwung zu holen. Mit etwas Glück würde die Tür schon beim ersten Tritt nachgeben. Spätestens nach dem zweiten. Würde Grawe sofort zustechen?

»Gib dir Mühe! Das kannst du besser!«

Grawe schien mit seiner Geisel nicht zufrieden zu sein. Connys Leben hing am seidenen Faden. Sommer stellte sich in Position und trat mit aller Kraft zu. Die Tür erbebte und sprang aus der Angel, flog jedoch noch nicht auf. Sommer warf sich mit der Schulter dagegen und verschaffte sich freien Zutritt.

»Waffe weg!«, schrie er.

Grawe lag neben Conny und hielt ihr ein Messer an den Bauch, während sie ihn befriedigen musste. Seine Hand zuckte. Sommer schoss. Leblos sackte Grawe zusammen.

Conny hatte eine große Schnittwunde erlitten und blutete stark.

32

Lukas Sommer verließ Conny Birkers Krankenhauszimmer. Er legte den Kopf in den Nacken und reckte seine verspannte Muskulatur. Die Patientin hatte die zweite Operation gut überstanden und schwebte mittlerweile nicht mehr in Lebensgefahr. Alles in allem hatte sie Glück gehabt. Die Messerklinge hatte kein Organ irreparabel verletzt. Körperlich wäre eine große Narbe das Einzige, was Conny in ein paar Monaten an die dramatische Situation erinnern würde.

Sommer sah Drosten auf sich zukommen. Dessen Körperhaltung und das Lächeln auf seinem Gesicht sprachen Bände.

»Wie geht es Frau Birker?«, fragte er.

»Sie ist eingeschlafen. Die zweite Operation ist gut verlaufen. In vier oder fünf Tagen wird sie voraussichtlich aus dem Krankenhaus entlassen.«

»Das sind erfreuliche Neuigkeiten.«

»Du hast offenbar auch positive Nachrichten. Oder warum grinst du wie ein Honigkuchenpferd?«

Nach dem tödlichen Schuss hatte sich Sommer aus den Ermittlungen zurückziehen müssen. Drosten und Kraft versorgten ihn jedoch mehrmals täglich mit Neuigkeiten.

»Verabschiede dich schon mal von deinem bezahlten Urlaub«, sagte Drosten.

»Suspendierung ist das richtige Wort. Sind die Bosse endlich zu Verstand gekommen?«

Drosten nickte. »Zum Glück hat Grawes laufende Handykamera alles aufgezeichnet, was im Schlafzimmer geschah. Durch seine Vorsichtsmaßnahmen hat es bloß ein bisschen gedauert, bis die IT auf die Daten zugreifen konnte. Du hast mit dem finalen Rettungsschuss das einzig Richtige getan. Und wir haben jetzt eine gewisse Vorstellung von Grawes Motivation.«

Für Sommer war das nichts Neues. Conny hatte ihm erzählt, was Grawe im Schlafzimmer verlangt hatte. »Ob die drei Opfer tatsächlich eine Chance hatten, ihn von ihrer Liebe zu überzeugen?«

Drosten zuckte die Achseln. »Das LKA hat mittlerweile vier seiner Ex-Freundinnen aufgetrieben, die allesamt eine ähnliche Geschichte erzählen. Anfangs blühte Grawe immer auf, überhäufte die Frauen mit Geschenken und malte ihre gemeinsame Zukunft in rosaroten Farben aus. Sobald die ersten Anzeichen von Alltag in die Beziehungen einkehrten, warf er den Partnerinnen vor, dass sie ihn weniger liebten als er sie. Die Vorwürfe wurden mit der Zeit so belastend, dass die Frauen irgendwann das Weite suchten. Keine von ihnen hat es länger als zehn Monate an Grawes Seite ausgehalten.«

»Hat die Recherche bei den Eltern etwas gebracht?«

»Sie rundet das Bild ab. Grawes Vater ist vor vielen Jahren nach einem schweren Schlaganfall gestorben, die beiden hatten ein schwieriges Verhältnis. Seine Mutter lebt in einem Pflegeheim, da sie an Alzheimer erkrankt ist. Die Pfleger erinnern sich, dass Grawes letzter Besuch mindestens sechs Monate zurückliegt. Bei dieser Gelegenheit hat er sich bei einem Pfleger beklagt, dass ihn seine Mutter nicht mehr erkennt. Seitdem ist er nicht mehr ins Heim zurückgekehrt.«

»Apropos Besuch«, sagte Sommer. »Matze war in den

letzten Tagen erst zweimal bei seiner Frau. Jeweils für wenige Minuten. Wenn da nicht ein Wunder passiert ...« Er ließ den Satz unvollendet.

***

Matze Birker starrte auf die E-Mail. Wie konnte der Fernsehproduzent nur so feige sein? Statt ihm die Entscheidung persönlich mitzuteilen, schickte er ihm bloß eine Nachricht. Der Sender trieb die Planung für das gemeinsam entwickelte TV-Format nicht weiter voran. Die aktuelle Resonanz in den Medien würde den Erfolg der Sendung von vornherein ausschließen. Der Produzent ließ sich zwar eine Hintertür offen, indem er ankündigte, in einem Jahr die Entscheidung zu überdenken, aber vorläufig war Birker aus dem Geschäft.

Dieser verlogene Haufen! Er verspürte unbändige Wut. Um sich abzureagieren, griff er nach der Kaffeetasse und schleuderte sie gegen die Wand. Der Becher zerbrach in Dutzende Teile.

Sekunden später tauchte Conny im Türrahmen auf. »Warum machst du das?«

Er funkelte sie wütend an. Seit ihrer Rückkehr aus dem Krankenhaus waren sie sich aus dem Weg gegangen. Die getrennten Schlafzimmer und die große Villa ermöglichten ihnen den nötigen Abstand. Für ihn bestand kein Zweifel, wer an der Misere die Schuld trug. Deswegen hatte er seine Frau so selten im Krankenhaus besucht, und deswegen ertrug er momentan ihre Nähe nicht. Wäre sie ihm nicht mehrfach in den Rücken gefallen, könnte er sich weiter im Glanz seiner Fans sonnen. Ihr Verrat hatte seinen Abstieg ausgelöst.

»Raus!«, schrie er.

»Was?«

»Verpiss dich!«

»Matze! Reg dich ab!«

»Du verlässt sofort mein Haus!« Auf dem Tisch stand eine halb gefüllte Wasserflasche. Er schnappte sie, visierte seine Frau an und holte zum Wurf aus.

»Nicht!«

Birker warf.

Conny schirmte sich den Kopf mit den Händen ab. Die Flasche prallte an ihren Unterarmen ab, fiel zu Boden und zersprang. Wasser verteilte sich auf dem Parkett. Conny stöhnte vor Schmerz. »Spinnst du?«, brüllte sie.

»Verpiss dich! Ich will dich nie wiedersehen. Das ist alles deine Schuld! Du steckst mit ihnen unter einer Decke und hast mich ruiniert! Mit uns ist es aus. Geh doch zu deinem beschissenen Ex zurück. Der nimmt dich bestimmt!«

»Du bist so armselig.« Conny warf ihm einen letzten Blick zu, dann wandte sie sich ab.

»Verpiss dich!«, schrie er zum dritten Mal. »Ich kann dich keine Minute länger in meinem Haus ertragen.« Blind vor Wut fegte er alle Gegenstände von seinem Schreibtisch. Er lehnte sich mit dem Rücken an die Wand. Seine Wut war noch immer nicht verflogen. Birker schnappte sich das Stativ mit der festgeschraubten Kamera und schlug sie mehrfach gegen die Tischkante, bis das Objektiv zerbrach. Frustriert warf er das Stativ weg.

Er würde es allen zeigen, die sich mit ihm angelegt hatten. Der Fernsehproduzent würde ihn um einen neuen Vertrag anbetteln, Conny ihn winselnd um Verzeihung bitten. Auch die Bullen würden ihre Strafe erhalten. Und er wusste schon, wie er das anstellen würde. Jemand musste der Öffentlichkeit die Wahrheit erzählen.

Sein Unterbewusstsein registrierte die zufallende Haustür. Er hatte keine Zeit, sich darum zu kümmern. Die neue Idee entfachte ein Feuer in ihm. In den zu Boden geworfenen Gegenständen suchte er nach seinem Smartphone, das den Sturz zum Glück überstanden hatte. Er prüfte sich im Selfie-Modus und fuhr sich durchs Haar. Noch am Boden sitzend startete Birker die Liveaufnahme einer neuen Story.

»Leute, ihr kennt mich als jemanden, der sich der Wahrheit verpflichtet hat«, begann er seine Erklärung. »Wir alle werden verarscht. Von den Bullen genauso wie von Mitmenschen, denen wir vertrauen. Ich habe so viel erlebt in den letzten Wochen. Diese Lügen, die man über mich verbreitet hat. Methoden, die der Staat benutzt, um uns als Marionetten an unsichtbaren Fäden tanzen zu lassen. Wisst ihr, dass der Staat jederzeit und ohne richterliche Genehmigung unsere Standorte ausfindig machen kann? Ich habe es selbst erlebt. In den wichtigsten Zeitungen stehen bloß noch Fake News. Aber ich lasse mir das nicht länger gefallen. Abonniert meinen Kanal, falls ihr das bisher nicht getan habt. Oder bleibt mir treu, wenn ihr schon zu meinen Fans gehört. Die Presse lügt, die Bullen lügen. Wollt ihr einen Beweis? Maximilian Grawe wurde von einem Polizisten hinterrücks erschossen. So können sie einfach behaupten, er habe sich durch mich angestachelt gefühlt. Grawe kann ja nicht widersprechen. Durch die Exekution kommt es nicht einmal zu einem Prozess, bei dem ich mit meiner Aussage die Wahrheit ans Licht bringen würde. Der Staat ist sogar so weit gegangen, dass er meine eigene Noch-Ehefrau gegen mich aufgestachelt hat. Wie eine Spionin haben sie Conny rekrutiert. Ich kann euch bloß eins raten: Vertraut niemandem! Sondern nur euch selbst. Ich reiße dieses System ein. Wartet es ab. Hier bei mir erfahrt ihr die Wahrheit. Auch wenn die Bullen und die Presse behaupten werden, alles, was ich sage, sei gelogen. Bestimmt diskreditieren sie mich. Werden mich als Spinner bezeichnen. Aber ich lasse mich nicht unterkriegen. Niemals. Ihr hört von mir!«

Birker stoppte die Aufnahme und bestätigte die Nachfrage der App, ob er das Video freigeben wolle.

Das Feuer in ihm loderte immer heißer. Er würde es allen zeigen. Die Wahrheit ans Licht zerren. Die Bullen und die Presse hatten sich mit dem Falschen angelegt. Wie hatten sie bloß so dumm sein können, ihn als Opfer anzusehen? Das würde ihnen noch sehr leidtun. Matze Birker lachte höhnisch.

Nachwort

Liebe Leserinnen und Leser,

obwohl die Corona-Pandemie nun schon seit März unser aller Leben mal stärker, mal weniger stark umgekrempelt hat und ich seitdem fünf Bücher veröffentlicht habe, handelt es sich bei *Der Schattenbringer* um meinen ersten Roman, dessen Idee ich erst nach dem Ausbruch der Pandemie hatte. Die meisten Einfälle für neue Thriller habe ich auf Reisen, wenn ich total entspannt bin. Bei *Der Schattenbringer* war das anders. Nicht nur, weil zu dem Zeitpunkt Verreisen keine Möglichkeit war, sondern auch, weil die Geschichte lose auf tatsächlich stattgefundenen Streitigkeiten zwischen einem Prominenten und Influencerinnen basiert. Doch wie bereits zuvor in meinem Roman *Tödlicher Fake*, in dem ich den Spiegel-Fälschungsskandal aufgriff, hat meine Fantasie erneut alles wild ausgemalt und übertrieben. Ich befand mich auf dem Rückweg vom Sporttraining, als mir bewusst wurde, dass mir die Realität gerade eine wundervolle Vorlage liefert. An der Umsetzung habe ich dann seit dem Spätsommer gearbeitet.

Wenn Ihnen der Roman *Der Schattenbringer* gefallen hat und Sie mich unterstützen wollen, nehmen Sie sich doch bitte ein paar Minuten Zeit und hinterlassen eine Bewertung auf der Produktseite meines Buches im Internet. Neben Rezensionen freue ich mich auch über persönliches Feedback von Ihnen, sei es per Mail oder per Facebook. Ich bemühe mich stets, darauf zu antworten. Das klappt meistens, aber leider nicht immer. Sehen Sie mir das bitte nach. Auch wenn Sie weitere Anregungen oder Bitten haben, lese ich mir das stets sehr gerne durch.

Per E-Mail kontaktieren Sie mich unter:

kontakt@marcus-huennebeck.de

Per Facebook erreichen Sie mich wie folgt:

www.facebook.com/MarcusHuennebeck

Wollen Sie immer zeitnah informiert werden, wenn es etwas Neues von mir gibt? Dann tragen Sie sich doch in meinen Newsletter ein:

www.marcus-huennebeck.de/newsletter

Alle neuen Empfänger erhalten die Kurzgeschichte *Die Namen des Todes – Die Jagd beginnt* als Dankeschön geschenkt.

Für den Fall, dass Sie den Roman zeitnah nach seinem Erscheinen Anfang Dezember gekauft und gelesen haben, wünsche ich Ihnen ein schönes Weihnachtsfest und einen guten Übergang ins neue Jahr. Ich hoffe sehr, dass 2021 uns wieder die gewohnte und liebgewonnene Normalität zurückbringt.

Vielen Dank und herzliche Grüße

Marcus Hünnebeck

Lesetipps

Ich werde oft nach der richtigen Reihenfolge meiner Bücher gefragt. Diese finden Sie im Folgenden, auch wenn ich der Meinung bin, dass man jeden meiner Thriller unabhängig von den anderen lesen kann. Aber für alle Leser, die sich gern an der chronologischen Reihenfolge des Erscheinens orientieren, ist diese Auflistung gedacht.

Die KEG-Reihe:

Die Todestherapie
Der Wundennäher
Der Schädelbrecher
Blut und Zorn
Die TodesApp
Muttertränen
Todesschimmer
Vaters Rache
Rachekrieger
Der Geisterfahrer
Nesthäkchens Schrei
Bittere Brut
Tödlicher Fake
Schreikind
Eiskalte Reue
Der Schattenbringer

Die Buchinger-Reihe:

So tief der Schmerz
Kein letzter Blick
Wundenherz

Bei meinen übrigen Büchern finden Sie die Reihenfolge direkt auf den Produktseiten der Bücher.

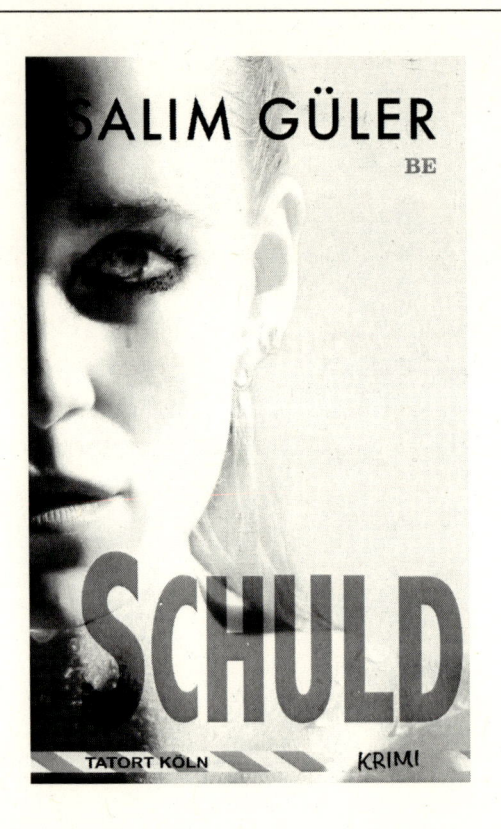

Salim Güler

Schuld

Die Morde an Laura Schneider und ihrer sechsjährigen Tochter erschüttern die Ermittler Brandt und Aydin von der Kölner Kriminalpolizei. Hat die Tat mit dem Millionenerbe der Tochter zu tun? Schnell geraten zwei Angehörige in den Fokus der Ermittlungen. Doch beide haben ein Alibi. Als plötzlich Verstrickungen mit dem Geldeintreiber eines bekannten Clans erkennbar werden, droht das BKA, Brandt und Aydin von dem Fall abzuziehen, obwohl sie vor der Aufklärung des Verbrechens stehen.

Taschenbuch, 320 Seiten, € 11,90 [D]
ISBN 978-3-96357-135-0

Daniela Arnold

Schattenküste

Albas beschauliches Leben auf der Insel Sylt entwickelt sich zum Albtraum: Sie und ihre Tochter fühlen sich seit Längerem beobachtet und verfolgt. Die Situation eskaliert, als eine Fremde ihnen auflauert und sie anfleht aufzupassen, weil jemand aus ihrer eigenen Familie ihren Tod wolle. Handelt es sich um eine Verrückte, oder stimmt es, dass sie niemandem mehr trauen darf? Kurz darauf wird Albas Schwester tot aufgefunden, und auch Alba scheint in großer Gefahr zu schweben.

Taschenbuch, 248 Seiten, € 11,90 [D]
ISBN 978-3-96357-220-3

Elke Bergsma

Hetzjagd

Als eine junge Doktorandin tot aufgefunden wird, deutet vieles darauf hin, dass das Thema ihrer Promotion das Motiv für den Mord ist. Schnell legen sich die Ermittler Büttner und Hasenkrug auf einen Hauptverdächtigen fest. Es beginnt eine Hetzjagd durch Ostfriesland bis hinein ins Ruhrgebiet. Der Verdächtige ist seinen Verfolgern aber ständig einen Schritt voraus und lehrt sie bald, dass nicht immer alles so ist, wie es scheint.

Taschenbuch, 280 Seiten, € 11,90 [D]
ISBN 978-3-96357-118-3